Tv-serie: Anjali Taneja
Boekbewerking: Alexandra Penrhyn Lowe
Creatie: Studio 100

uitgeverij: Studio 100
ISBN: 978-90-5916-233-4
NUR: 280
D/2007/8069/13
Derde druk: juni 2007

HET HUIS ANUBIS

HET GEHEIM VAN DE TOMBE

STUDIO100

1

DE MUSICAL

'Victor gaat vanavond iemand vermoorden.' Nienke keek naar Fabian en Amber, die haar met open mond aanstaarden.

'Vermoorden? Wie dan?' kon Fabian uiteindelijk uitbrengen. Amber fladderde wild met haar handen, maar er kwam geen geluid over haar lippen.

'Ik weet het niet, ik weet niet of ik het goed heb gehoord,' stamelde Nienke. Ze staarde naar haar handen. De druppels die uit haar natte vlechten vielen, maakten plasjes op de houten vloer. Nienke kneep haar handen zo hard in elkaar dat haar knokkels helemaal wit werden. Plotseling keek ze omhoog. Er brandden tranen in haar ooghoeken.

'Wat doen we nu? We kunnen hem nu niet meer confronteren met het verhaal van Sarah in de musical! Wie weet wat hij ons aandoet als hij het ziet?' zei Nienke wanhopig.

'We moeten meteen naar de politie!' riep Amber angstig en ze wilde weglopen, maar Fabian hield haar tegen.

'Met wat dan?' zei hij zo kalm mogelijk. 'We hebben geen bewijs. Alleen een tachtig jaar oude opname van een klein meisje.'

Nienke knikte langzaam. Ze wist dat Fabian gelijk had. Zo was het toch de hele tijd gegaan? Ze konden niet naar de politie. Het was hun woord tegen dat van gerespecteerde volwassenen. De politie zag haar al aankomen met haar verhaal: 'Toen ik in het Huis Anubis kwam wonen, kreeg ik een medaillon van een oude verwarde dame. Ze vertelde mij dat er een schat in het huis verborgen lag, maar dat ik moest oppassen, omdat er kapers op de kust zouden zijn. Daarna kwamen we erachter dat de oude vrouw Sarah van Winsbrugge-Hennegouwen was, de dochter van het beroemde archeologenechtpaar dat in het huis woonde en tachtig jaar geleden door een tragisch ongeluk om het leven kwam. Ik denk dat onze conciërge Victor Roodenmaar hen heeft vermoord, want hij heeft namelijk een levenselixer waardoor hij niet ouder wordt. En nu heb ik gehoord dat hij nog iemand gaat vermoorden.' Nee, de politie zou hen nooit geloven.

'Nienke!'

Nienke schrok op. Patricia stond voor haar in haar Anubis-kostuum. Haar hele gezicht schitterde van de gouden schmink. Fabian legde Patricia uit wat er aan de hand was. Toen hij vertelde dat Victor vanavond misschien iemand zou vermoorden, werd Patricia helemaal gek.

'Dat is Joyce!' gilde ze. 'Hij gaat Joyce vermoorden!'

'Joyce?' Nienke begreep er helemaal niets van.

'Joyce zit in de zaal! Weet je nog dat briefje dat ik kreeg? Daar stond een stoel- en een rijnummer op…'

'Maar dat meisje dat daar zit, lijkt helemaal niet op Joyce!' viel Amber Patricia in de rede. Voordat Patricia iets kon terugzeggen, stond hun dramadocent Jason Winker voor hen. Hij had een verfrommeld script van de musical in zijn handen.

'Nienke! Waar was je nou? Je hebt een scène gemist!'

'Eh… Sorry, ik was niet lekker,' zei Nienke snel. Jasons wenkbrauwen schoten omhoog en hij keek haar ongelovig aan. 'Waarom heb je dat dan niet even gemeld? Je had geluk dat Amber voor je kon inspringen! Kom, je moet nu op!'

Jason hielp Amber mee de witte jurk van Sarah over Nienkes hoofd te trekken. Amber wisselde een ongeruste blik met Nienke en Patricia. Fabian stond nerveus aan zijn zwarte cape te friemelen.

'Fabian en Patricia, jullie moeten NU op!' zei Jason ongeduldig en hij duwde Fabian en Patricia richting het podium waar een meisje met kort bruin haar en een walkietalkie in haar hand driftig stond te gebaren dat ze onmiddellijk moesten komen.

Voor Nienke nog iets kon zeggen, trok Fabian zijn cape recht en stapte achter de gordijnen vandaan het podium op. Daar lagen Mick en Mara als Sarahs ouders doodziek in bed. Nienke hoorde de stem van de kleine Sarah weer in haar hoofd: *Ik weet het zeker, Victor heeft mijn ouders vermoord...*

Nienke stond met haar ogen stijf dicht in de coulissen. Ze wilde er nu niet aan denken. Niet eraan denken dat Victor Sarahs ouders had vermoord. Niet aan denken dat hij vanavond iemand anders zou vermoorden en er ook niet aan denken dat hij waarschijnlijk op band had opgenomen dat zij – Nienke – zijn kluis in zijn kantoor had gekraakt om de laatste wasrol te beluisteren.

'Nienke, je moet nu echt op.' Jason stond achter haar. Nienke knikte en draaide zich naar het podium. Ze voelde de hitte van de spotlights.

'Gaat het wel een beetje?' vroeg Jason zachtjes.

Nienke knikte weer. Ze kon Jason niet vertellen dat het niet de zenuwen waren, maar dat ze doodsbang was. Wat zou Victor doen als hij wist dat ze hem doorhadden?

Nienke liep het podium op. Ze slikte om het droge gevoel uit haar mond te krijgen, maar dat werkte niet. Ze probeerde voorzichtig in de zaal te kijken om te zien of Victor er zat, maar de lichten waren te fel; ze zag alleen maar een paar donkere silhouetten op de eerste rij.

'Het Oog van Horus heeft het kwaad gezien en de vloek van Anubis is voltrokken. In ruil daarvoor schenk ik je dit,' hoorde Nienke Patricia zeggen. Ze keek op en zag dat Patricia als de god Anubis Fabian een flesje en een rol papier overhandigde. Patricia zag er eng uit met het grote coyotemasker op haar hoofd, maar Fabian was nog enger in zijn zwarte cape en met een groot ravenmasker op. Mick en Mara lagen hand in hand in het bed midden op het podium. Hun ogen waren dicht. Nienke zag Micks borstkas zachtjes op en neer gaan.

Verder leken ze wel echt dood, dacht Nienke vaag.

Ze dwong zichzelf om zich te concentreren en keek weer naar Fabian die het masker van zijn hoofd trok.

'Wat is het?' zei Fabian terwijl hij het flesje tegen het licht hield.

'Wie de instructies nauw opvolgt, heeft het eeuwige leven,' zei Patricia onheilspellend.

'Een levenselixer... het eeuwige leven... VAN MIJ!' Fabian trok het dopje van het flesje en dronk het flesje in één teug leeg. Meteen daarna greep hij naar zijn keel.

'Frederik... Moordenaar!' siste Nienke bijna onwillekeurig. Ze voelde de tranen achter haar ogen branden.

'Geen lucht... ik sterf...' Fabian zakte door zijn knieën op het podium, terwijl Patricia hooghartig op hem neerkeek.

'Alleen je ziel sterft. Die is nu van mij!' zei ze triomfantelijk. Met een tik van haar staf en een donderslag verdween ze van het podium.

Nienke rende naar het grote bed. 'Papa! Mama!' gilde ze wanhopig, terwijl de tranen over haar wangen stroomden. Ze hoefde niet eens te spelen: haar tranen waren voor de ouders van Sarah en voor Sarah zelf die zo verdrietig, bang en eenzaam in het Huis Anubis was opgegroeid zonder dat ze ooit de schat had kunnen vinden.

'Sarah?'

Nienke schrok op. Mick had haar hand gepakt en kwam moeizaam overeind.

'Papa! Je leeft nog!' Nienke kneep zo hard in de hand van Mick dat hij met een van pijn vertrokken gezicht ineenkromp.

'Sarah? Lieve Sarah. Zoek het geheim... Zoek de schat die verborgen ligt,' fluisterde hij zachtjes.

'Geheim? Wat is er verborgen?' De tranen bleven maar over Nienkes wangen stromen.

Mick keek ongerust, maar viel gelukkig niet uit zijn rol.

'Het huis... Zoek in het huis... Kijk uit voor Frederik...' Met een laatste krachtsinspanning gaf hij Nienke een aai over haar wang. Daarna viel hij terug op bed. Zijn ogen keken strak naar het plafond.

Sarahs vader was dood.

'Waar moet ik zoeken, papa? Papa?' Nienke liet haar hoofd op de borst van Mick zakken en begon hartverscheurend te huilen.

Toen hoorde ze muziek. Ze moest het eindlied zingen! Nienke ademde diep in en uit, veegde zo goed en zo kwaad als het kon haar tranen van haar wangen en liep naar de voorkant van het podium. Terwijl ze de eerste zin zong, zag ze Victor. Hij zat naast Trudie op de eerste rij, in een ouderwets blauw fluwelen pak. Zijn dunne grijze haar was strak naar achteren gekamd. Nienke rilde even. Hij keek haar recht aan, maar ze kon niets in zijn ogen lezen. Niets.

Toen de laatste noten waren weggestorven, was het muisstil in de zaal. Nienke keek verlegen naar haar voeten. Plotseling golfde een donderend applaus over haar heen. Ze keek verdwaasd op en zag dat haar oma enthousiast in haar handen klapte en spontaan ging staan. Een aantal mensen volgde haar voorbeeld en al snel gaf de hele zaal Nienke een staande ovatie.

Ondanks de spanning en de angst van de hele avond begon Nienke te lachen en ze kon nog net een buiging maken voordat het rode toneeldoek voor haar neus sloot. Het gejoel uit de zaal klonk gedempt door de stof heen. Fabian sloot zich bij haar aan en pakte haar hand waar hij zachtjes in kneep. Rechts van haar stonden Mick en Mara, die springlevend uit het bed waren gekomen. Mick had zijn arm om Mara's middel geslagen en Mara keek stralend naar hem op.

Die zijn verliefd, dacht Nienke, en ze keek weer naar Fabian. Haar hart maakte een vreemd sprongetje.

'Die zijn verliefd,' zei hij zachtjes en hij kneep weer in haar hand. Nienke voelde haar wangen rood worden. Gelukkig gingen op dat moment de gordijnen weer open en werden ze naar voren getrokken, waarna ze een buiging maakten voor het publiek. Een aantal leerlingen stond achteraan in de zaal oorverdovend hard op hun vingers te fluiten. De conrector Van Swieten probeerde hen tot stilte te manen door wild met zijn armen heen en weer te zwaaien, waardoor hij eruitzag als de dirigent van een orkest. Blijkbaar zagen de brugklassers dit als een aanmoediging, want het gefluit werd harder en harder en ze begonnen nu ook op de vloer te stampen.

Tijdens de buiging zag Nienke dat Patricia via de coulissen

probeerde van het podium te komen, maar Jason hield haar tegen.
'Ik moet... Joyce! Ik moet haar waarschuwen!' zei Patricia.
'Joyce is hier helemaal niet,' zei Jason en hij duwde haar weer terug naar de rest van de groep. Patricia keek om zich heen en pakte toen een microfoon.
'Wegwezen, snel!' schreeuwde ze panisch naar iemand in de zaal. Nienke begreep er niets van. Tegen wie had ze het? Tegen Joyce? Maar die zat toch helemaal niet in de zaal?
Tot haar schrik zag ze dat Victor opstond en naar achteren liep. Wat ging hij doen? Ze rekte haar hals, maar ze kon niet goed zien wat hij ging doen omdat het te donker was. Intussen kwam Van Swieten snel richting het podium lopen.
'Patricia toch! Wegwezen? Zo vreselijk was het stuk toch niet?' grapte hij. Hij werd gevolgd door een boomlange vrouw met een streng gezicht en een grote donkerblauwe hoed op. Toen hij via het zijtrapje het podium op wilde lopen, duwde de vrouw hem opzij.
'Mag ik even?' zei ze pinnig. Ze stapte met haar hoge hakken het podium op en liep naar Patricia. Ze stak haar hand uit, waar Patricia beduusd de microfoon in legde. Daarna tikte de vrouw een paar keer op de microfoon en draaide zich toen om naar het publiek.
'Geacht publiek, voordat u een feestelijk drankje kunt drinken in het dramalokaal, wil ik als rectrix van deze school graag even het woord nemen.'
Achter in de zaal klonk boegeroep. Op dat moment probeerde Patricia weer van het podium te komen, maar ze werd weer door Jason tegengehouden.
'Je kunt nu echt niet weg. De rectrix gaat een praatje houden,' fluisterde hij.
Tijdens de hele tien minuten lang durende saaie speech waarin de rectrix allerlei mensen bedankte, bleef Patricia ongerust de zaal inkijken. Toen de rectrix eindelijk klaar was, sprong ze meteen van het podium af en liep met het publiek de zaal uit.
'Kom mee,' siste Fabian en hij trok Nienke mee de coulissen in. Ze werden op de voet gevolgd door Amber.

'Dat huilen was niet gespeeld, hè?' vroeg Fabian aan Nienke. Hij sloeg een arm om haar heen. 'Het komt allemaal goed,' zei hij geruststellend. 'Zat Victor nou wel of niet in de zaal?'

'Hij zat er... Ik heb hem duidelijk gezien.'

'Ik ook, ik ook!' zei Amber, die bijna omver werd gelopen door een kartonnen palmboom met een klein meisje eraan.

'Denk je dat hij het doorhad dat het over hem ging?' vroeg Nienke. Ze pulkte aan haar witte jurk.

'Hm, hij zal het vast wel begrepen hebben.'

'Ik kan maar beter verhuizen!' zei Nienke. 'Victor heeft opgenomen hoe ik zijn kluis openmaak en de wasrol beluister!'

'Maar Victor neemt toch niks op als er niemand is?' vroeg Fabian.

'Ik zag heel duidelijk "rec" op het scherm staan. Dan neemt hij toch op?' zei Nienke somber.

Zonder dat de drie het merkten, was Appie bij hen komen staan.

'Victor neemt alles op in huis,' zei hij luchtig.

'Alles? Altijd?' vroeg Nienke, maar ze wist het antwoord al.

'Alles... Je weet toch hoe hij is,' zei Appie schouderophalend.

'Maar wat is er dan?' Hij keek nieuwsgierig van de een naar de ander.

'Niks,' zei Fabian meteen.

'Kom op... Ik ben niet gek. Wat mag hij niet zien?'

'Niks, zeggen we toch!' zei Amber fel en ze pakte de handen van Fabian en Nienke om hen mee te trekken naar de kleedkamers.

Appies blik gleed naar beneden en bleef hangen op de handen van de drie. Plotseling begon hij te lachen.

'Oh, dat is het!' zei hij triomfantelijk. 'Jullie hebben gezoend!'

Appie begon op en neer te springen, wat er nogal komisch uitzag, omdat hij een soort zwart balletpakje met een zwarte maillot droeg. Hij zag eruit als een mislukte balletdanser.

'Wie met wie? Of alle drie samen? Oh, viezerds!' Appie draaide zich om en nam zichzelf in een omhelzing, zodat het net leek of iemand anders hem omhelsde. Hij liet zijn eigen handen gepassioneerd over zijn rug gaan. 'Mm, oh, ja, ga door!' zei hij met hese stem.

Fabian trok hen zachtjes mee naar de kleedkamers. Appie ging zo op in zijn liefdesscène, dat hij niet merkte dat ze verdwenen.

In de meisjeskleedkamer zakte Nienke in een stoel en verborg haar hoofd in haar handen. 'Wat moeten we nu doen?' vroeg ze ongerust.

'Ik weet het niet,' zei Amber.

'Maar we moeten toch IETS doen,' zei Nienke gefrustreerd. Ze trok de elastiekjes uit haar vlechten en smeet ze op tafel.

Er werd zachtjes op de deur geklopt.

'Binnen!'

Fabian kwam binnen in zijn gewone kleren. 'Zijn jullie klaar?' Hij keek naar Nienkes ongeruste gezicht. 'Gaat het wel?' vroeg hij bezorgd.

'Jawel... nee... ik weet gewoon niet wat we moeten doen... Straks gaat Victor iemand vermoorden!' zei ze paniekerig.

Fabian ging naast Nienke zitten. 'Weet je dat heel zeker?' vroeg hij voorzichtig.

'Victor had het erover dat hij iets moest elimineren.'

'Iets of iemand?'

Nienke twijfelde. Wat had Victor nou gezegd?

'Hij zei: *ik zal dit voor eens en altijd elimineren.*'

'Wat is "elimineren"?' vroeg Amber.

'Uit de weg ruimen,' zei Fabian.

'Echt?' Ambers ogen werden groot.

'Als hij "dit" zei, dan hoeft dat toch niet een persoon te zijn?'

Nienke voelde het schaamrood naar haar wangen stijgen. Had ze zich vergist?

'Maar als het over Joyce ging? Dat zei Patricia toch?' zei ze. Ze was nog niet helemaal gerustgesteld.

'Patricia *wilde* gewoon graag dat Joyce er was, maar Joyce zat echt NIET in de zaal,' zei Fabian kalm.

De deur van de kleedkamer ging open. 'Nienke, wat was je geweldig!' Nienkes oma stond in de deuropening met een grote bos rozen. 'Wacht...' Ze duwde de rozen in de handen van Fabian, die ze verbouwereerd van haar overnam.

'Ik wil je wel een fatsoenlijke knuffel kunnen geven.' Ze nam Nienke in haar armen en drukte haar tegen zich aan. Nienke rook de vertrouwde geur van haar oma's parfum en begroef haar neus in de zachte wol van haar vest.

'Klein konijn, wat kun je prachtig zingen.' Haar oma maakte zich los uit de omhelzing en pakte Nienke bij haar schouders. 'Dat heb je van je moeder. Die kon dat ook...'

Nienke zag hoe haar oma over haar schouder in de verte staarde, alsof ze zo het verleden in kon kijken.

'Oma?' zei Nienke en ze pakte haar hand.

'Je lijkt elke dag meer op je moeder,' zei oma met tranen in haar ogen.

Nienke voelde een brok in haar keel.

'Kom, dan gaan we wat drinken, dat hebben jullie wel verdiend.' Nienkes oma trok hen mee. Nienke liep een beetje zenuwachtig door de gangen. Wat zou er gebeuren als ze Victor ineens tegenkwam? Had hij haar al gezien op de band? Ze zuchtte. Ze wist zeker dat hij wist dat er iemand in huis geweest was. Als hij de banden zou bekijken...

Ze liepen het dramalokaal binnen, waar Mara met een grote glimlach op haar gezicht aan de bar stond. Terwijl haar oma drankjes bestelde, keek Nienke het versierde lokaal rond. Er stonden een stuk of veertig mensen. De discobal aan het plafond draaide rond en strooide zilveren vlekjes door het lokaal. Nienke zag de donkerblauwe hoed van de rectrix in de menigte. Ze was druk in gesprek met Jeroen, die zijn hoofd in zijn nek moest leggen om de boomlange vrouw aan te kijken.

Mick kwam binnen en liep richting de bar. 'Mick!' riep Amber, maar Mick hoorde Amber niet. Hij liep recht naar Mara die hij omhelsde en een zoen op haar mond gaf.

'Hier heb ik geen zin in, hoor,' bitste Amber. Ze pakte Nienkes hand en trok haar mee naar een hoekje achteraan in het lokaal.

'Ben je jaloers?' vroeg Nienke. Ze dacht dat haar vriendinnetje het niet erg meer vond dat zij en Mick uit elkaar waren.

'Ik? Hoe kom je erbij!' zei Amber snel en bestudeerde heel geïnteresseerd haar roze nagels.

Nienke keek naar de bar en zag Patricia naar de bar lopen. Mara omarmde haar en begon druk te praten. Nienke ving flarden op over "Mick" en "gezoend", maar Patricia leek Mara niet te horen. Haar ogen gleden zenuwachtig over de menigte in het lokaal... Alsof ze iemand zocht.

Joyce waarschijnlijk, dacht Nienke. Ze wilde naar haar toelopen om te vragen waarom ze toch dacht dat Joyce op school was, maar ze werd tegengehouden door een enthousiaste Trudie die haar in een knuffelhoudgreep nam en haar een minuut niet meer los wilde laten. Pas toen Nienke zei dat ze naar de wc moest (wat trouwens niet eens gelogen was), liet Trudie haar los en kon ze weer ademhalen. Nienke speurde het lokaal door, maar Patricia was nergens meer te bekennen. Ze liep snel de gang op, maar daar zag ze haar ook niet. Welke kant was ze opgegaan?

Nienke liep de hoek om richting de wc en botste bijna tegen een meisje met kort bruin haar en een grote bril met een donker montuur.

'Oh sorry,' zei Nienke. Ze kreeg kippenvel toen ze Victor achter het meisje zag staan. Ze deed snel een stap achteruit en zag toen ook mevrouw Van Engelen en meneer Van Swieten.

'Ah, Nienke,' zei Van Swieten snel, terwijl hij met zijn hand over zijn gezicht wreef. Zijn andere hand lag op de schouder van het meisje dat een beetje chagrijnig voor zich uitstaarde.

'Ze vond jou het beste van allemaal,' zei Van Swieten. Nienke begreep niet wat hij bedoelde. 'Wie?'

'Mijn nichtje.' Hij duwde het donkerharige meisje een beetje naar voren. Nienke knikte even naar haar, maar het meisje staarde stug voor zich uit.

Die is ook niet echt blij, dacht Nienke en keek naar het bleke gezicht. Ze kwam haar bekend voor, maar wist niet waarvan. Nienke keek van het meisje naar Victor en er ging een rilling door Nienke heen. Ze hoorde Victors stem in haar hoofd: *Ik zal dit voor eens en voor altijd elimineren...*

Ze keek weer terug naar het meisje. Was zij het? Maar waarom zou Victor het nichtje van Van Swieten moeten vermoorden? Dat sloeg nergens op. Haar fantasie sloeg op hol. Fabian had gelijk: Victor had toch "dit" gezegd. Dat was geen persoon.

'Als je ons wilt excuseren? Ze moet de trein halen.' Van Swieten gaf de peinzende Nienke een kort knikje en liep samen met het meisje naar de klapdeuren. Zijn hand lag nog steeds op haar schouder. Victor en mevrouw Van Engelen liepen er snel achteraan.

Nienke staarde hen na tot ze door de deur waren verdwenen. Blijkbaar had Victor de tapes nog niet gezien, want anders had hij er vast wel iets over gezegd. Of juist niet. Misschien bewaarde hij het wel voor later, als er geen andere volwassene bij was. Dan sloot hij haar misschien voor straf op in de kelder voordat hij haar op straat zou zetten.

Nienke rilde weer. Ze wist zeker dat Victor tot zoiets in staat was. Hij had al eerder laten zien dat hij er alles voor overhad om zijn gezag te handhaven. Nienke wist zeker dat ze uit het Huis weg moest zo gauw Victor de tapes had bekeken.

Ze liep met een rare knoop in haar maag terug naar het dramalokaal. Ze maakte zich nu zo'n zorgen over de tapes en Victor dat ze was vergeten dat ze op zoek was naar Patricia en dat ze moest plassen.

2
DE VERDWIJNING VAN PATRICIA

Tijdens het avondeten werd Nienke steeds zenuwachtiger. Ze kon geen hap door haar keel krijgen en prikte lusteloos in een van de Egyptische lamsgehaktballetjes die zo hard waren dat je er een ruit mee kon ingooien. Hoewel Trudie zich enorm had uitgesloofd en speciaal voor de gelegenheid een Egyptische maaltijd had klaargemaakt, was het niet echt lekker. Appie en Jeroen lachten zich suf, ze vonden dat Trudie "gestoofde slang in combinatie met gemarineerde vleermuisvleugels met een snufje mummiepoeder" had klaargemaakt.

'Waar is Amber?' vroeg Fabian. Nienke keek naar de lege stoel aan tafel. Ze had nog niet eens gemerkt dat Amber er niet was.

'Hallo allemaal!' Hun gymlerares Esther kwam binnenzeilen met haar gebruikelijke enthousiasme. 'Eet smakelijk!'

'Het is heel smakelijk, wil je ook wat?' vroeg Appie, die Esther een bord met een soort grijze drab voorhield.

'Nee, dank je, ik heb net gegeten,' zei ze snel. 'Ik kom eigenlijk voor Mick.'

Ze vertelde Mick dat de oud-Olympisch kampioen Spieros Flikflakis hem had uitgekozen om deel te nemen aan een trainingskamp in Engeland. Mick was dolblij: krap twee weken geleden had hij zijn test gehaald waardoor hij in aanmerking kwam voor een sportbeurs en nu mocht hij twee weken naar een trainingskamp!

'Je moet wel snel vertrekken,' besloot Esther. Mick moest de volgende dag al weg.

'Geen probleem,' zei Mick snel.

'Micky goes England!' gilde Appie enthousiast.

'Het land van voetbal… en vrouwen!' zei Jeroen tactloos. Deze opmerking kwam helemaal verkeerd aan bij Mara, die opstond en zonder iets te zeggen de kamer uitliep.

Daarbij botste ze bijna tegen Amber die binnenkwam met een dienblad met daarop een kop thee en een beschuit met muisjes.

'Heeft iemand Patricia gezien?' vroeg ze, terwijl ze het dienblad neerzette en naast Nienke en Fabian ging zitten. 'Ik begrijp er niks van… Op school zei ze dat ze zich niet lekker voelde, dus wilde ik haar een kopje thee brengen, maar ze is helemaal niet in haar kamer.' Amber keek naar de tafel met de vieze hapjes, pakte het bord van het blad en nam een hap uit de beschuit.

Nienke zuchtte diep. Ze kon zich even niet druk maken over Patricia, ze kreeg gewoon buikpijn van de gedachte dat Victor een videoband had waarop ze zijn kluis openmaakte. 'Je hebt niet echt honger, hè?' zei Fabian.

Nienke schudde lusteloos haar hoofd.

'Ga je mee?' vroeg Fabian en hij maakte een hoofdgebaar naar de deur.

Nienke knikte en stond op. Ze had geen zin meer in eten. Ze wilde alleen maar in bed liggen en niet meer nadenken.

'Ik kom zo, ik wil eerst Patricia bellen,' zei Amber. Nienke knikte weer en slofte achter Fabian aan naar boven. In de slaapkamer viel ze op bed, trok de deken over haar hoofd en begroef haar neus in haar witte speelgoedkonijn Noek. Ze kon wel huilen.

Fabian trok de deken zachtjes van haar hoofd en ging naast haar op het bed zitten.

'Het komt vast wel goed,' zei hij optimistisch, maar Nienke zou niet weten hoe dit nog goed kon komen. Ze *stond* op die tape, dat was gewoon zo. En als Victor haar zou zien, zou hij haar wegsturen.

Fabian trok aan Nienkes schouder maar ze duwde hem weg, pakte haar kussen en legde dat over haar hoofd. Ze probeerde na te denken over een oplossing, maar haar hoofd bleef zo leeg als een grote holle ton.

De deur klapte open en Amber kwam binnengerend. 'Het is een groot complot!' riep ze boos. Ze stampte met haar hak op de grond.

'Wat is er?' vroeg Fabian.

'Wat ben jij aan het doen?' vroeg Amber verbaasd toen Nienke met een rood aangelopen hoofd onder haar kussen vandaan kwam. Nienke haalde haar schouders op. 'Niks... Wat is er met een complot?'

'Patricia... Victor zegt dat ze naar haar oom en tante in Spanje is.'

'Huh? Naar die ordinaire tante in Benidorm? Daar zou ze het nog geen dag uithouden,' zei Fabian verbaasd. Hij vertelde dat Patricia's oom en tante een keer op bezoek waren in het Huis Anubis.

'Haar oom zag eruit als een met goud behangen autoverkoper en haar tante had een huid als een bruine leren tas, haar haren waren spierwit geblondeerd en ze stak de ene sigaret met de andere aan,' zei Fabian. 'Daar gaat ze toch niet voor de lol heen?'

'Victor liegt!' Amber stampte weer met haar voet. 'Toen ik Patricia sprak, was ze misselijk en ging ze naar huis. En nu zou ze ineens in het vliegtuig zitten? Ik geloof er niks van. En toen ik net haar mobieltje belde, werd ineens de verbinding verbroken, en daarna kreeg ik alleen haar voicemail.' Amber plofte naast Fabian neer op Nienkes bed, dat kreunde onder het gewicht van drie personen.

'Eerst Joyce, nu Patricia,' zei Amber boos.

Nienkes adem stokte. Ze hoorde Victors stem in haar hoofd: *Ik zal dit voor eens en altijd elimineren...*

Opeens was de videoband niet meer belangrijk. Een vreselijke gedachte kroop in haar hoofd omhoog. Was Patricia Victors doelwit geweest? Had hij haar...?

Nee, dat was te absurd. Waarom? Maar waarom loog hij dan en zei hij dat Patricia in Spanje zat?

'We moeten extra vroeg naar bed omdat die engerd ons morgen een of andere documentaire wil laten zien,' hoorde ze Amber in de verte zeggen en ze schrok op uit haar verwarde gedachten. 'Wat wil hij laten zien?'

'Die documentaire… Daar bedoelt hij jou mee,' zei Fabian ongerust.

'Misschien moet ik mijn spullen nu alvast pakken. Morgen stuurt hij me zeker weg,' zei Nienke. Ze pakte haar konijn en verdween weer met haar hoofd onder haar kussen.

's Nachts droomde ze dat ze in haar witte jurk op het podium stond. Victor kwam het podium op en wees met een priemende vinger naar haar. 'Je hebt met je neus in zaken gezeten waar je je niet mee moest bemoeien. Je wordt gestraft!'

Ze probeerde achteruit te lopen, maar haar voeten zaten aan het podium vastgeplakt. Victor kwam steeds dichterbij, dichterbij… Wanhopig keek Nienke de zaal in. Het publiek staarde haar boos aan riep: 'Weg met haar! Weg met haar!'

Nienke werd zwetend wakker. Ze wist even niet meer waar ze was, maar meteen daarop schoot de gedachte in haar hoofd: vandaag was de dag dat ze uit Anubis weg moest.

Ze keek naar Amber die met haar roze maskertje op lag te slapen en slikte. Ze wilde niet weg! Haar nieuwe vriendinnetje Amber, Fabian… En ze wilde het geheim van het huis oplossen! Ze waren nu al zo ver gekomen: ze hadden de code van de kluis te pakken gekregen, ze had de laatste wasrol opgenomen waar Sarah hopelijk zou vertellen waar ze moesten zoeken naar de schat die in het huis verborgen lag… Ze MOCHT niet weg! Niet nu ze zo dichtbij was. Ze draaide zich op haar buik en keek naar de wekker. Half acht. Ze moesten om acht uur in de woonkamer zijn. Nienke wist zeker: haar laatste uur in het huis had geslagen.

Toen de grote klok in de hal acht uur sloeg, liep ze samen met Amber de trap af naar beneden. Haar benen leken van lood. De deur van de woonkamer stond open en Victor stond met een grote grijns in de deuropening. Hij gebaarde dat ze naar binnen moesten komen. Hij had de banken en stoelen in rijen voor de televisie gezet, alsof ze in een echte bioscoop zaten. De fluwelen gordijnen waren dicht, zodat er een spookachtige schemering in de woonkamer hing. Fabian stond vlak bij de televisie en gaf Nienke en Amber een glimlachje. Nienke probeerde terug te lachen, maar de spieren in haar gezicht leken wel verlamd. Ze liet zich gedwee door Amber naar de achterste bank voeren. Mick zat al op een stoel, en ook Jeroen en Appie kwamen gapend de woonkamer binnen.

Het laatste uur, het laatste uur, hamerde het door haar hoofd. Ze keek de kamer rond naar de oude schilderijen, de open haard, de grote eettafel, de gekke opgezette dieren van Victor. Dat zou ze allemaal moeten missen. Nienke slikte.

'Welkom in Cinema Anubis! Neem plaats,' zei Victor vrolijk tegen Mara en Trudie die als laatsten binnenkwamen. Trudie keek nieuwsgierig naar de stoelen en banken voor de televisie. 'Victor! Wat een dolle bedoening! Kunnen we dit niet maandelijks organiseren?' zei ze enthousiast.

Victor gebaarde met een grom dat ze moest gaan zitten en ging voor de televisie staan. Hij wreef genoeglijk in zijn handen. 'Vandaag hebben we een primeur. Nog nooit vertoonde beelden zullen schitteren op het witte doek.'

'Hij zit er gewoon van te genieten,' fluisterde Amber walgend tegen Nienke en ze pakte Nienkes hand.

'Sommigen zullen er zichzelf in herkennen,' deed Victor er nog een schepje bovenop.

Nienke had de grootste moeite om niet te gaan huilen.

'Ik moet jullie helaas wel waarschuwen dat deze voorstelling geen happy end heeft,' besloot Victor zijn praatje. De bewoners keken elkaar een beetje verwonderd aan. Trudie ging op het puntje van haar stoel zitten. Ze brandde van nieuwsgierigheid naar wat er komen ging en stak haar vinger in de lucht. 'Hoe heet de film, Victor?' vroeg ze.

'*Het ware gezicht ontmaskerd*,' zei Victor genietend. Hij draaide zich om, pakte de videoband die bovenop de recorder lag en stopte die in het apparaat. Hij drukte op "play" en wreef nog een keer in zijn handen. Vervolgens wierp hij een veelbetekenende blik op Nienke en ging toen zitten. 'Showtime!'

De televisie floepte aan. Nienke hield haar adem in en kneep de hand van Amber tot moes. Het beeld was een paar seconden zwart. Daarna kwam er statische ruis in beeld. Trudie schoof nog verder naar voren op haar stoel.

'Een paar seconden...' mompelde Victor.

'Mooie film, Victor,' grapte Appie toen ze een minuut later nog steeds naar de grijze kriebeltjes op het scherm keken. Victor stond op en zette de recorder aan en uit, maar de ruis bleef.

'Onmogelijk... zelf aangesloten... dit moet daar... ja, dat zit goed,' mompelde Victor in zichzelf terwijl hij de snoertjes nog een keer naliep. Victor draaide zich om naar het publiek dat een beetje schaapachtig naar de televisie staarde.

'Welke onverlaat heeft het gewaagd om aan mijn apparatuur te komen?' vroeg hij dreigend.

Niemand antwoordde.

'Houd je maar niet van den domme. Ik kom er wel achter... Ik zie alles wat jullie doen,' zei hij terwijl hij gefrustreerd een klap op de televisie gaf, die prompt uitging. Nu begon iedereen te lachen, waardoor Victor nog bozer werd.

'De voorstelling is afgelopen!' tierde hij en hij liep met grote stappen de kamer uit.

Nienke begreep er niets van. Waarom stond er niks op de band? Ze kreeg pas antwoord toen ze samen met Amber en Fabian op school was. Ze waren druk aan het speculeren waarom er niets op de tape stond, toen Fabian ineens in lachen uitbarstte.

'Wat is er nou zo grappig?' vroeg Amber verbaasd. 'Weet je hoeveel geluk we hebben gehad?'

Fabian schoot weer in de lach en knikte. 'Inderdaad. Heel veel geluk,' zei hij geheimzinnig.

Nienke en Amber keken elkaar aan. Waar had hij het over? Fabian haalde een grijs blokje uit zijn zak. 'Weten jullie wat dit is?'

Amber haalde haar schouders op. 'Een grijs blokje?'

'Dat klopt, maar het is nog meer.' Hij hield het blokje bij Ambers zilveren oorbel, die eraan bleef kleven.

'Dit is dus geen echt zilver,' concludeerde Fabian.

'Oké, het is een magneet,' zei Amber een beetje gepikeerd en ze trok haar oorbel los. 'Maar wat heeft dat met de videoband te maken?'

Fabian legde aan Amber en Nienke uit dat videobanden waren gemagnetiseerd, waardoor er beelden op de band kwamen.

'Als je een magneet langs de band haalt, dan demagnetiseer je hem en verdwijnen de beelden,' besloot Fabian en hij keek de twee meiden veelbetekenend aan.

'Je hebt de band gewist!' toeterde Amber in Fabians oor terwijl ze hem een zoen op zijn wang gaf. 'Je bent geweldig!' gilde Nienke en ze gaf hem een zoen op zijn andere wang. Fabian schuifelde verlegen met zijn gympen over de grond en knikte. Een golf van opluchting ging door Nienke heen. Ze was gered! Ze hoefde niet weg uit het huis! Ze omhelsde Fabian nog een keer en omhelsde van pure blijdschap Amber toen ook nog maar.

'Ik ben zo blij! Nu kunnen we weer verder met zoeken,' gilde Nienke.

Amber knikte. 'Maar eerst moeten we uitzoeken waar Patricia is. Ik vind het nog steeds een raar verhaal dat ze in Spanje zou zitten.'

De bel ging en Van Swietens fluitje klonk hard over het schoolplein. '*Acta est Fabula!*' riep hij er meteen achteraan.

'Wat zegt hij nou toch altijd?' zei Amber terwijl ze naar de deur liepen. 'Ik begrijp er helemaal niks van.'

'Het spel is over,' zei Fabian wijs.

'Jeetje, Fabian, als we jou toch niet hadden...' Nienke duwde hem de deur door richting het klaslokaal van Van Engelen. Voor het eerste uur stond er Frans op het menu.

'Dan had jij vanavond bij je oma in het bejaardentehuis geslapen en bleef de schat van Anubis voor altijd verborgen,' zei Amber zachtjes. Ze liepen het lokaal binnen waar Van Engelen al voor het bord stond.

'Aandacht en adoratie,' berispte Van Engelen Appie die dansend het lokaal binnenkwam. Hij maakte nog een paar schokkerige bewegingen, maar toen Van Engelen hem over haar bril streng aankeek, hield hij meteen op en ging netjes op zijn stoel zitten. Hun lerares Frans en Nederlands zag er misschien lief uit met haar blonde krullen, maar je wilde geen ruzie met haar hebben.

'Voordat we vandaag beginnen heb ik een tweetal mededelingen. Allereerst wil ik jullie een fax van Patricia Soeters voorlezen,' zei Van Engelen. Amber veerde op en greep Nienke bij haar arm.

Hun lerares pakte een blaadje van haar bureau en las voor wat Patricia had geschreven:

Hallo allemaal, sorry dat ik zo snel weg moest, maar mijn oom en tante hadden dit als verrassing voor me geregeld. Ik ben blij dat ik hier ben en niet op die duffe school moet zitten.

De klas begon te lachen.

Ik lig lekker op het strand. Mijn oom en tante zorgen goed voor me. Zie jullie snel weer. Dikke kus en tot gauw.

'Is getekend "Patricia",' eindigde Van Engelen en ze maakte aanstalten het blaadje naast zich neer te leggen.

'Mag ik het zien?' vroeg Amber snel. Van Engelen keek even verstoord, maar gaf toen toch de fax aan Amber.

Op de fax stond een foto van een breed strand met daarachter een aantal witte appartementencomplexen. Daarboven stond de tekst: *Plaja del Canaria, Benidorm*, met een faxnummer.

'Hm, dit komt wel echt uit Spanje,' zei Amber zachtjes tegen Nienke. 'Kijk, verstuurd van dit nummer.' Amber wees naar het faxnummer waar de tekst *Samiera Soeters* naast stond.

'Dit ziet er echt uit… Dan is ze wel bij haar oom en tante, toch?' zei Nienke.

Amber knikte, maar het ging niet van harte. 'Het blijft vreemd,' fluisterde ze.

'Als ik ook even jullie aandacht mag,' zei Van Engelen, die de fax uit Ambers handen trok. 'Ik heb nog een tweede mededeling: De verkiezingen voor een nieuwe schoolvertegenwoordiger staan weer voor de deur.'

Jeroen gaapte luid en zakte demonstratief onderuit. Van Engelen deed net of ze het niet zag en ging onverstoorbaar door. Ze vertelde dat de verkiezingen dit jaar groots zouden worden aangepakt, omdat de rectrix een beurs beschikbaar zou stellen voor de kandidaat die zou winnen. Daarmee zou de schoolvertegenwoordiger een reis door Europa gaan maken. De verkiezingen zouden over twee weken plaatsvinden en de mensen die zich verkiesbaar wilden stellen, moesten zich aanmelden bij Van Engelen.

Jeroen zakte nog dieper onderuit in zijn stoel.

'Denken jullie dat iemand zich kandidaat gaat stellen voor schoolvertegenwoordiger?' vroeg Amber na de les toen ze weer met z'n drieën op het buitenplaatsje stonden.

'Ik in ieder geval niet,' zei Nienke stellig. Ze hield er helemaal niet van om in het middelpunt van de belangstelling te staan en van speechen kreeg ze spontaan overal kriebel.

'Ab-so-luut niet. Ik kan mijn tijd wel beter gebruiken,' bromde Fabian een beetje nukkig. Hij probeerde nieuwe batterijen in de datrecorder te doen, maar het klepje zat klem.

'Ja, het lijkt me ook een supersuf baantje,' zei Amber. Ze blies in haar thee en stampte even met haar voeten op de grond.

'Het is best koud geworden, hè?' zei Nienke. Ze keek naar de lucht. Misschien ging het wel sneeuwen. Ze hield wel van sneeuw, dat deed haar meteen denken aan gezellige avondjes met haar oma. Eerst de hele dag buiten in de sneeuw rondlopen en daarna lekker opwarmen bij de open haard.

Amber trok haar neus op en stampte weer. 'Veel te koud. Ik zou zo met Patricia willen ruilen.'

'Nee, dat wil je niet,' zei Fabian stellig. 'Niet met die familie.'

'Zijn ze echt zo erg?' zei Nienke, die geen familie had behalve haar oma. Ze kon zich niet voorstellen dat het erg was om naar je familie te gaan.

Fabian knikte, terwijl het klepje van de recorder eindelijk losschoot.

'Toch is het stom. Je verdwijnt toch niet zomaar?' zei Amber peinzend. '... Ben je eindelijk klaar?'

Fabian drukte op play. Ze keken met z'n drieën ingespannen naar de

DAT, maar hoorden alleen het zachte zoemen van het apparaat.

'Je hebt dit toch niet gewist, hè?' vroeg Amber ongerust aan Fabian.

Toen hoorden ze de stem van de kleine Sarah blikkerig uit het speakertje komen: *Zoek degene zonder wie ik niets zou zijn, dankzij Ptah waakt hij nu nog over mij en ons geheim.*

Ze keken elkaar aan. Een nieuw raadsel!

Nienke porde Fabian enthousiast in zijn zij. 'Draai nog eens terug?' vroeg ze. 'Ik heb het niet verstaan.'

Fabian spoelde terug. Weer klonk de stem van Sarah: *Zoek degene zonder wie ik niets zou zijn, dankzij Ptah waakt hij nu nog over mij en ons geheim.*

'Wat zegt ze nou? Dankzij pfwat? Wat?' Nienke keek vragend naar de anderen.

Amber haalde haar schouders op. 'Het klinkt als patat.'

'Ja, dat is het!' zei Fabian ironisch.

'Nou, dat kan toch?'

'Het ligt niet echt voor de hand… Maar wat ze dan wel zegt?'

De drie luisterden nog tien keer naar de stem van de jonge Sarah Winsbrugge-Hennegouwen, maar ze begrepen niet precies wat ze zei.

'Zo komen we niet verder,' zei Fabian gefrustreerd en hij klikte de datrecorder uit. 'Laten we kijken wat we op internet kunnen vinden.'

Amber keek op haar horloge. 'Ik kan niet, ik heb aan Jason beloofd om de kostuums van de musical op te ruimen.'

Fabian keek naar Nienke. 'Ga jij mee dan?'

Nienke knikte. Samen liepen ze naar het computerlokaal waar Fabian achter een van de computers neerplofte. 'Waar zullen we mee beginnen?' vroeg hij terwijl hij met zijn vingers boven het toetsenbord wiebelde.

'Euh, wat dacht je van Paah?' stelde Nienke voor. Ze keek over Fabians schouder mee hoe hij achtereenvolgens 'Paah, Faah, Pah, Pa, Tah, Baah, en allerlei andere woorden die ze maar konden bedenken, intypte, maar niks gaf een logisch resultaat.

'Dit wordt niks,' zei Fabian moedeloos toen ze op een Chinese site terecht waren gekomen. Hij staarde naar de onbegrijpelijke tekens.

'Dat valt me van je tegen,' grapte Nienke. 'Ik had wel verwacht dat je Chinees kon lezen.'

Nienke legde een vinger op haar lippen. Er klonken voetstappen op de gang. Van Engelen kwam haastig langsgelopen met een blauwe envelop in haar handen.

'Nog suggesties?' vroeg Fabian toen Van Engelen voorbij was.

'Wat dacht je van P-T-A-H?' stelde Nienke voor.

'Dat is toch geen woord?'

Maar Fabian tikte het toch in. 'Bingo!'

Op de site van Wikipedia, rubriek "Het oude Egypte" stond: *PTAH: SCHEPPER-GOD VAN MEMPHIS, HEER VAN HET HANDWERK EN DE CREATIVITEIT.*

'Maar wat heeft dat te maken met het raadsel?' vroeg Nienke terwijl Fabian het opschreef.

'Dat zoeken we later wel uit, eerst hier weg.' Fabian sprong op en trok Nienke het lokaal uit.

Ze wilden net de hoek omlopen, toen ze stemmen hoorden. Fabian hield Nienke tegen en gebaarde dat ze stil moest zijn. Ze hoorden iemand snikken. Een vrouw.

'Kalmeert u alstublieft toch even… Hier,' hoorden ze de stem van Van Swieten.

Nienke en Fabian spiedden heel voorzichtig om het hoekje. Van Swieten gaf net een enorme witte zakdoek aan mevrouw Van Engelen, maar die duwde overstuur zijn hand weg.

'We kunnen haar toch niet zomaar opofferen?' zei ze en begon weer te snikken.

Nienke keek naar Fabian. Waar ging dit over?

'Op dit moment ligt de prioriteit niet bij haar.' Van Swieten pakte mevrouw Van Engelen bij haar schokkende schouders en probeerde haar naar zijn kantoor te leiden, maar Van Engelen bleef stokstijf staan.

'Dat is misdaad!' schreeuwde ze ongecontroleerd.

Van Swieten keek om zich heen. Fabian en Nienke trokken snel hun hoofd terug.

'Neemt u zich in acht! Er zijn leerlingen...' hoorden ze hem sissen.

'Dat kan me niet schelen! We moeten... we moeten... we... we...'

Fabian en Nienke spiedden weer het hoekje om. Van Engelen liet zich nu als een mak schaap met gebogen hoofd Van Swietens kantoor binnen leiden. De conrector keek nog een keer om zich heen en deed daarna de deur dicht.

'Wat was dat nou?' vroeg Nienke aan Fabian.

'Ik heb geen flauw idee. Maar ze had het toch over iemand opofferen?'

'Ja, dat hoorde ik ook,' zei Nienke ongerust. 'Wie dan? Waar slaat dit op?'

Voordat Fabian antwoord kon geven, stond Amber ineens voor hun neus. Ze was buiten adem en zag bleek. 'Ik moet jullie wat laten zien,' zei ze dwingend, en ze trok hen naar het buitenplaatsje.

'Moet je kijken wat ik in het kostuum van Patricia vond,' zei Amber toen ze veilig buiten stonden en zeker wisten dat niemand hen kon horen. Amber gaf Nienke een briefje.

Om 19.00 bij de oude wilg. Praat met niemand en kom alleen, X J.

Nienke gaf het briefje aan Fabian.

'Kus, J? Wie is J?'

'Ik dacht even dat het Jason was,' zei Amber. Haar wangen werden rood.

Fabian lachte. 'Jason?'

'Nou ja, hij begint toch met een J? Maar dat slaat nergens op.' Amber werd nog roder en keek snel naar haar schoenen.

Fabian staarde in de verte en woelde door zijn haar. Zijn blik stond op "Ik-ben-heel-hard-aan-het-nadenken-en-heb-de-oplossing-bijna".

'Joyce!' riep hij ineens.

In een reflex draaide Amber zich om. 'Waar?' vroeg ze sullig.

'Niet hier... Patricia wees haar aan tijdens de musical, weet je nog? Wij geloofden haar niet,' zei Fabian tegen Amber.

'Dat meisje in die stoel? Ze leek niet eens op Joyce, ze had bruin haar en een bril!'

'Bruin haar en een bril?' Nienke zag ineens het meisje voor zich waar ze tegenop was gebotst na de musical. Zij had kort bruin haar en een bril.

'Had ze kort bruin haar?' vroeg ze aan Amber, die even nadacht.

'Zoiets ongeveer.' Ze wees ter hoogte van haar kin.

'Ik heb dat meisje gezien!' riep Nienke. 'Na de musical werd er een meisje meegenomen door Van Swieten. Hij zei dat het zijn nichtje was, maar ze kwam me zo bekend voor!'

'Dat was dan toch Joyce,' zei Fabian. 'Ze heeft contact gezocht met Patricia en zou haar ontmoeten bij de oude wilg,' zei Fabian serieus.

'En *toen* is Patricia verdwenen,' zei Amber.

Ze waren even stil.

'Dit is allemaal heel vreemd,' zei Nienke. De andere twee knikten. Ze hoorden de bel gaan. De pauze was afgelopen, maar niemand besteedde er aandacht aan.

'Denken jullie nog dat Patricia in Spanje zit?' vroeg Amber met een zacht stemmetje.

'Nee, er is iets heel ergs aan de hand. Nienke en ik zagen net Van Engelen helemaal overstuur door de gang lopen. Ze huilde en schreeuwde tegen Van Swieten dat iets misdadig was.'

Amber schrok zich dood. 'Ging dat over Patricia? Ze zou toch niet...?' Ze durfde haar zin niet af te maken.

Ineens stond Van Swieten achter hen. Hij blies keihard op zijn zilveren fluitje.

'De bel is allang gegaan! *Vitea, vitea!*' riep hij hard en gebaarde dat ze naar binnen moesten. Van Swieten volgde hen de school in en liep vervolgens achter hen aan naar het lokaal.

'Wat doet hij?' siste Amber. 'We hebben toch geen les van hem?'

'Nee, we hebben Nederlands... Van Engelen' fluisterde Nienke, en ze keek achterdochtig achterom. Van Swieten volgde hen het lokaal in waar de rest van de klas al op zijn plaats zat. Het bureau voor het bord was leeg. Van Swieten ging erachter staan en schraapte zijn keel.

'*Silentium*! *Silentium*! Recht zitten allemaal!'

Iedereen ging recht zitten en keek verwonderd naar de conrector. Van Swieten schraapte nogmaals zijn keel. 'Ik heb een mededeling voor jullie. Helaas is mevrouw Van Engelen verhinderd. Zij zal voorlopig vervangen worden door juffrouw Knaap.'

Nienke keek verschrikt naar Fabian en Amber.

'Maar waarom komt mevrouw Van Engelen niet?' vroeg Mara ongerust. Ze was dol op mevrouw Van Engelen.

'Onvoorziene omstandigheden,' zei Van Swieten kortaf.

'Wat dan?' vroeg Fabian.

'Daar kan ik in haar belang niets over loslaten,' antwoordde Van Swieten bot, maar Fabian gaf niet op. 'Wanneer komt ze terug?'

'Dat weet ik op dit moment nog niet.'

Mara keek heel ongelukkig. 'Maar bij wie moeten we ons dan opgeven om ons kandidaat te stellen voor schoolvertegenwoordiger?'

'Mensen, wat stellen jullie veel vragen,' zei Van Swieten geïrriteerd. 'Daar kom ik later nog op terug.'

'Maar…' Mara wilde nog iets zeggen, maar de conrector snoerde haar de mond. 'Genoeg! *Claude os, aperi oculos*!'

Iedereen hield morrend zijn mond dicht.

'Zoals ik al zei: mevrouw Van Engelen wordt zolang vervangen door juffrouw Knaap… Juffrouw Knaap?'

De deur zwaaide open. De leerlingen van klas 4L konden hun ogen niet geloven: er kwam een vrouw binnen in een wijd oranje gewaad en met een oranje tulband om haar hoofd. Een zoete wierookgeur vulde het lokaal.

'Dag meneer Van Swieten, dag lieve, lieve mensen!' zei ze met zachte, zalvende stem, terwijl ze naar de conrector liep en hem stevig omhelsde.

'Goed, u redt het verder wel, neem ik aan?' zei hij terwijl hij zich losmaakte uit haar omhelzing en ongemakkelijk aan zijn boord trok.

'Geen probleem, er bestaan alleen uitdagingen, weet u, geen problemen,' zei juffrouw Knaap op dezelfde zalvende toon.

Appie rolde met zijn ogen. 'Die heeft een klein tikje van de molen gekregen volgens mij!' fluisterde hij tegen Jeroen, terwijl hij met zijn handen wuifde om de wierooklucht te verdrijven. Jeroen tikte tegen zijn voorhoofd. 'Klein? Zeg maar gerust mokerslag!'

'Ik hoop dat jullie het fatsoen kunnen opbrengen om je te gedragen,' zei Van Swieten. Hij keek strak naar Appie en Jeroen. Juffrouw Knaap greep meteen in: 'Nou, nou, wat een negatieve energie,' zei ze. Vervolgens vouwde ze haar handen bijeen en maakte een kleine buiging in de richting van de conrector. '*Namaste*, meneer Van Swieten.'

'Euh, ook goedendag.' Van Swieten liep snel het lokaal uit.

De rest van de les vulde juffrouw Knaap met het praten over chakra's, derde ogen en de vele mysteriën van het universum, wat gepaard ging met veel gezwaai van haar armen, waarbij de wierooklucht zich als een dikke wolk door het hele lokaal verspreidde. De drie van de Club luisterden nauwelijks. Ze konden niet wachten tot de bel eindelijk zou gaan en ze konden bespreken wat er allemaal gaande was met Van Swieten, Van Engelen, Patricia en Joyce.

Toen de bel eindelijk ging, vluchtte heel 4L het bewierookte lokaal uit. De Club liep naar het fietsenhok waar Amber met een smak haar tas op de grond gooide.

'Wat is dit?' riep ze. 'Eerst Joyce, dan Patricia, en nu komt Van Engelen ineens niet meer? Van Swieten liegt dat hij barst!'

'Ik begrijp het niet,' zei Fabian gefrustreerd en woelde door zijn haar. 'Wat is er dan met Patricia en Joyce gebeurd?'

'Weet ik veel? Ontvoerd of zo?'

'Maar waarom dan? Ik begrijp er geen bal van.' Fabian keek naar Nienke die zenuwachtig aan een van haar staarten plukte.

'Oké, laten we alles rustig op een rijtje zetten, misschien komen we dan verder: Patricia ziet Joyce. Joyce wordt meegenomen door Van Swieten. Op een of andere manier weet zij een afspraak met Patricia te maken, maar als Patricia naar de afspraak gaat, verdwijnt ze,' ratelde Nienke snel achter elkaar. 'Van Engelen

MOET er iets mee te maken hebben, anders zou ze die fax niet hebben gegeven.'

'En niet zo overstuur zijn geweest bij Van Swieten,' vulde Fabian haar aan. 'Ze wist iets.'

'Maar ze was het ergens niet mee eens en moest daarom verdwijnen,' zei Nienke.

Fabian knikte. 'Maar dat geeft nog geen antwoord op de vraag waarom.'

'En nu?' Amber schopte mismoedig tegen een steentje. 'We kunnen nergens heen. Op school kunnen we niemand vertrouwen en de politie gelooft ons toch niet.'

Nienke gooide haar staarten op haar rug. Ze keek vastberaden. Fabian herkende die blik meteen: zo keek ze ook toen ze zo vastbesloten was om de kluis te kraken in de pauze van de musical.

'Dan moeten we Joyce en Patricia zelf opsporen,' zei ze fel. Nienke keek strak naar Fabian en Amber.

'Maar hoe dan? We weten helemaal niks!' zei Amber angstig.

Nienke keek nog vastberadener. 'Mis! We hebben een aanknopingspunt: de oude wilg. We kunnen er vannacht heengaan.'

'Ben je de camera's nu al vergeten?' vroeg Fabian.

Maar Nienke wilde geen twijfels horen. 'We moeten zo snel mogelijk actie ondernemen. Hoe sneller we zijn, des te meer kans we hebben.'

De andere twee waren even stil.

'Je hebt gelijk. Ik doe mee,' zei Fabian. 'Amber?'

Amber keek even naar haar tas, toen naar haar lange roze nagels en slaakte een diepe zucht.

'Oké, ik doe mee,' zei ze toen stellig. 'Vanavond gaan we naar de oude wilg.'

3

HUISARREST

Die avond slopen Nienke en Amber zo zachtjes mogelijk door de pikdonkere meidengang. Ze waren bijna onzichtbaar met hun zwarte kleding aan en een bivakmuts op hun hoofd. De camera's speurden zachtjes zoemend de gang af en ze slopen voetje voor voetje richting de trap, waar een klein beetje licht scheen. Victor zat in zijn kantoor, dus ze zouden onder zijn raam door moeten kruipen. Flarden van spookachtige muziek dreven hun kant op: een zware mannenstem zong in een onverstaanbare taal. Victor luisterde weer naar een opera.

Nienke was blij dat ze niet de stem van de kleine Sarah uit Victors kantoor hoorde komen, want dat zou betekenen dat Victor het ontbrekende gedeelte van het afspeelapparaat te pakken had gekregen. Nadat Victor de laatste wasrol van Fabian had afgepakt en in de kluis had gestopt, waren Nienke, Amber en Patricia zo snel mogelijk naar zolder geslopen om het afspeelapparaat voor Victor te verstoppen, zodat hij de wasrol niet kon afluisteren. Maar het ding bleek veel te zwaar om te tillen en daarom had Nienke de hendel van het apparaat gehaald. Victor had het kapotte afspeelapparaat nu in zijn kantoor staan, maar zonder de hendel kon hij de rol niet afluisteren. Maar het was waarschijnlijk slechts een kwestie van tijd voordat hij het ontbrekende gedeelte had vervangen.

Ze waren bij het kleine trapje naar Victors kantoor aangekomen. Dit was het cruciale punt. Nienke drukte zich met haar rug plat tegen de muur en wilde net om het hoekje kijken, toen Amber struikelde en bijna van het trapje viel. Nienke kon haar nog net bij haar linkerpols grijpen.

'Auw!' riep Amber. Haar stem galmde hard door de gang. Ze sloeg meteen haar hand voor haar mond en drukte zich naast Nienke tegen de muur. Het wit van haar ogen glinsterde in het licht. Ze luisterden gespannen, maar het enige wat ze hoorden, was het gedonder van de onverstaanbare mannenstem op de lp.

'Gaat het?' fluisterde Nienke toen ze dacht dat de kust veilig was. 'Ja, dank je,' fluisterde Amber terug. Nienke gebaarde dat Amber haar moest volgen. Ze zakte door haar knieën en kroop zo zachtjes mogelijk van het trapje af. Nu waren ze op het gevaarlijkste punt. Vanaf hier kon ze Victor zien zitten, dus als hij op zou kijken, zou hij hen ook kunnen zien. Gelukkig deed hij dat niet, hij keek geïrriteerd naar een blauwe envelop die hij in zijn handen had.

Voetje voor voetje slopen ze verder, totdat ze zich achter het grote harnas naast Victors kantoor konden verschuilen. Nienke hoorde Ambers gejaagde ademhaling naast zich. Nu kwam het tweede gevaarlijke gedeelte: onder Victors raam en langs de open deur sluipen.

'AAAAAAAAAAAAAAAAAAAAAAAAAAAAAAAAAAAH!'

Nienke en Amber schrokken zich rot. Beneden gilde iemand heel hard. Ze hoorden Victor meteen uit zijn stoel komen en Nienke en Amber maakten zich zo klein mogelijk achter het harnas.

'AAAAAAAAAAAAAAAAAAAAAAAAAHHHH!'

Het gegil hield aan. Victor zwaaide de deur open en keek geïrriteerd naar buiten. Precies op dat moment stootte Amber van de zenuwen tegen het ene been van de ijzeren ridder, waardoor het hele harnas rammelde. Toen besefte Nienke hoe weinig bescherming het harnas bood: toen Victor zich omdraaide, zag hij hen meteen.

'Wat is dit?' vroeg hij boos. 'Sta op en haal die dingen van je hoofd!'

Nienke en Amber kwamen achter het harnas vandaan en trokken beiden hun bivakmuts af. Victor keek hen strak aan. 'Nienke en Amber,' zei hij langzaam. 'Naar de woonkamer. NU!'

Hij draaide zich om en liep snel de trap af, de jongensgang in waar nog steeds iemand gilde. Nienke keek naar Amber. Ze waren er gloeiend bij. Samen liepen ze langzaam de trap af, richting de woonkamer. De haard was aan en op tafel brandden twee eenzame witte kaarsen. Het flakkerende licht maakte grote bewegende schaduwen op de muur. Zonder iets te zeggen gingen Amber en Nienke op een van de oude leren banken zitten. Nienke draaide mistroostig de muts in haar handen rond en haar hart kromp ineen. Wat zou Victor hen voor straf geven?

Op de gang klonk gestommel en al snel kwam Victor binnen met Appie en Jeroen achter zich aan. Daarna volgden Mara en Fabian. Fabian keek met een ongeruste blik naar Nienke, maar zei niks. Mara gaapte hartgrondig en wreef in haar ogen.

'Opstaan!' blafte Victor die bij de eettafel stond. Hij gebaarde dat ze aan de andere kant van de tafel moesten gaan staan. In het kaarslicht zag hij eruit als een enge bleke geest.

Mara gaapte nog een keer. 'Wat is er allemaal?'

'Stilte! Ik heb er genoeg van,' zei Victor hard. Hij keek naar Nienke en Amber die hun ogen neersloegen. 'Wat moesten jullie op de gang? En kom niet met het verhaal dat jullie samen slaapwandelden met een bivakmuts op!'

Appie begon te lachen, maar hield meteen op toen Victor hem woest aankeek. 'Als ik met jou klaar ben, valt er niets meer te lachen,' zei hij dreigend. Hij richtte zich weer tot Amber en Nienke. 'Nou?'

'We hadden een weddenschap,' zei Nienke, voordat Amber misschien de waarheid eruit zou flappen. 'Of we langs de camera's konden komen.' Ze keek Victor strak aan.

'Een weddenschap? Met wie?' Victor geloofde er zo te zien helemaal niets van, maar Nienke was niet van plan om meer los te laten.

'Amber?'

Nienke deed een schietgebedje dat Amber haar mond zou houden. Het hielp. Toen Nienke steels een blik op Amber wierp, zag ze dat haar vriendinnetje haar kaken zo stijf op elkaar had geklemd, dat er een klein spiertje onder haar oor trilde. Nienke keek weer naar

Victor. Zijn gezicht werd langzaam steeds roder.

'Jullie dolen door het huis vanwege een weddenschap en meneer daar...' Victor wees met een priemende vinger naar Appie, '... vindt het nodig om net te doen of hij onder stroom staat. Ik heb er genoeg van! Jullie hebben vierentwintig uur huisarrest!' schreeuwde Victor buiten zinnen. 'Jullie drieën blijven morgen thuis en maken het hele huis schoon. En dan bedoel ik *schoon*.'

Appie schrok op. 'Wat?!'

'Dat is tegen de wet. Ze zijn leerplichtig!' riep Fabian.

Victor sloeg zijn armen over elkaar. 'Nog één woord en jij kunt ook thuisblijven.'

'Maar... we moeten naar school!' zei Amber.

'Niks mee te maken. Laat dat een lesje zijn. Er wordt niet ongestraft 's nachts rondgelopen... Een weddenschap!' gromde Victor. Hij wees naar Appie. 'Dit is je laatste waarschuwing. Volgende keer kun je je koffers pakken.'

Appie sputterende tegen, maar Victor onderbrak hem. 'Ik wil niks meer horen, naar bed jullie!' Hij wees naar de deur.

Nienke liep met haar hoofd gebogen de gang op. Ze baalde als een stekker: hun plan om vanavond naar de oude wilg te gaan was volledig mislukt, en met vierentwintig uur huisarrest voor de boeg konden ze het morgen ook vergeten.

Op de gang trok Fabian zachtjes aan Nienkes mouw. 'Ik ga morgen alleen naar de wilg, oké? Meteen na school.'

'Als ik zeg niks, dan bedoel ik ook niks!' Victor stond vlak achter hen en wees dreigend richting trap. Nienke zag nog net de kans om Fabian een dankbaar knikje te geven en volgde toen Mara en Amber de trap op richting hun slaapkamers.

Victor hield zijn woord: toen de rest naar school was vertrokken, nam hij Amber, Nienke en Appie mee naar de badkamer en drukte hen een zwabber en een emmer met schoonmaakmiddelen in hun handen.

'Het moet glimmen als een spiegel,' zei hij. 'En daarna doen jullie de woonkamer. Alles afstoffen. En dan bedoel ik ook ALLES.'

Met deze woorden verliet hij de badkamer en sloeg de deur achter zich dicht. Amber pakte met een vies gezicht de zwabber.

Ze had waarschijnlijk nog nooit zo'n ding in haar handen gehad, dacht Nienke, terwijl ze de emmer vol liet lopen met heet water. Ze gooide er een flinke scheut schoonmaakmiddel in. Ze wilde zo snel mogelijk klaar zijn, dan hadden ze misschien nog een heel klein kansje om daarna ongezien het huis uit te glippen zodat ze Fabian bij de oude wilg konden ontmoeten.

'Hier, doe jij de spiegels maar,' zei Nienke tegen Amber terwijl ze de zwabber in Ambers handen omruilde voor een zachte doek. Opgelucht begon Amber de spiegels op te wrijven. Nienke plonsde de zwabber in het hete water en dweilde fanatiek de vloer.

'Brrrr, brrrrrr, en hij gaat neer! *Mayday*, *Mayday*,' riep Appie hard. Hij had een klein plastic speelgoedvliegtuigje in zijn hand waar hij de badkamer mee rond rende.

'Appie, denk je dat jij ook iets kunt doen?' zei Amber geïrriteerd.

'Wat heb je daar eigenlijk?' vroeg Nienke nieuwsgierig.

Appie drukte het speelgoedvliegtuigje tegen zijn borst. 'Heb ik gekregen van een heel leuk meisje.'

'Oh, ja? En wie is dat leuke meisje dan?' Ze keek vragend naar Amber, omdat ze wist dat Appie een zwak voor Amber had, maar die schudde driftig nee.

'Kennen we haar?'

'Vast wel,' zei Appie geheimzinnig en hij keek de andere kant op.

'Kijk nou, hij is verlegen, wat schattig!' riep Amber vertederd. 'Is er al iets, eh, gebeurd tussen jullie?'

'Nee… Ik moet eerst een manier vinden om indruk op haar te maken,' zei hij en hij zwaaide met zijn armen. Dat zag er allesbehalve indrukwekkend uit.

'Wat voor meisje is het?' vroeg Amber quasigeïnteresseerd. Achter Appies rug zei ze geluidloos het woord "Mara" tegen Nienke.

'Euh, ze is aardig. Leuk. Spontaan. Sportief,' somde Appie op. Hij pulkte aan het vliegtuigje, waardoor de wielen op de tegels vielen.

'Als ze sportief is, valt ze vast ook op sportieve mannen,' stookte

Amber.

'Met van die gespierde armen en zo'n brede borstkas,' deed Nienke nog een duit in het zakje.

Appie vergat meteen de afgevallen wielen en keek teleurgesteld naar zichzelf in de spiegel.

'Het is nog niet hopeloos, hoor,' giechelde Amber. 'Je moet gewoon trainen… Bodybuilden.' Ze gaf Nienke een knipoog.

'Begin maar met je armspieren,' zei Nienke en ze overhandigde Appie de zwabber. Op deze manier schoten ze voor geen meter op en stonden ze over vierentwintig uur nog in de badkamer.

De deur ging open en Trudie kwam binnen. 'Joehoe!' riep ze op haar Trudie-manier, terwijl ze op haar tenen over de natte vloer liep.

'Gut, zijn jullie hier pas? Het slaat ook nergens op. Het hele huis schoonmaken!' mopperde ze lief.

'Ja, het is niet niks,' zei Appie, terwijl hij de zwabber in een hoek zette en in een bodybuildpose voor de spiegel ging staan.

'Weet je wat, ik doe wel een goed woordje voor jullie bij Victor.' Trudie liep terug naar de deur.

'Alsof dat helpt!' riep Amber.

Trudie draaide zich om. 'Ik heb meer macht dan je zou denken,' zei ze kordaat. 'Ik doe het meteen!' Met die woorden stapte ze de badkamer weer uit en sloot de deur. Amber keek van haar lange nagels naar Appie, die fanatiek zijn verschillende spiergroepen stond aan te spannen.

'Trudie heeft net zoveel overmacht als een huismuis,' mompelde Amber in zichzelf. 'Ga je nog wat doen, of niet?' zei ze terwijl ze de doek naar Appies hoofd gooide.

Nienke zuchtte. Met die twee duurde het echt eindeloos. De ene wilde haar handen niet vuilmaken, en de ander had net zoveel concentratie als een goudvis met geheugenverlies. Gelukkig pakte Amber de doek weer op en begon driftig de wasbak schoon te poetsen.

Tijdens het zwabberen dacht Nienke na over het gesprek van zonet. Ze vond het een beetje gek dat Appie Mara ineens leuk vond. Hij had nooit onder stoelen of banken gestoken dat hij helemaal weg was van Amber en had zelfs een keer de keuken bijna in brand gestoken om haar zogenaamd te 'redden'. Nu het uit was met Amber en Mick, zou je toch denken dat al Appies aandacht naar Amber zou gaan? Vooral omdat Mick tegenwoordig met Mara ging. Nienke keek naar haar vriendinnetje dat met een rood hoofd de kranen poetste. Ze had haar eigenlijk nooit meer gevraagd wat Amber ervan vond dat Mara en Mick samen waren. Ze stond op het punt om het te vragen, maar bedacht ineens dat ze Amber waarschijnlijk in verlegenheid bracht met Appie erbij. Daarom wachtte Nienke tot ze in de woonkamer waren. Nadat de badkamer blonk als een spiegel waren ze met z'n drieën naar beneden gelopen, maar toen had Appie zich uit de voeten gemaakt. 'Even iets doen in mijn kamer,' had hij gemompeld, maar hij was nog steeds niet terug. Nienke en Amber stonden samen voor de enorme eikenhouten kast waar een heel legioen aan opgezette beesten in opgesteld stond. Ze waren beiden gewapend met een grote stofdoek. Nienke trok een vies gezicht toen ze haar doek over een opgezette kaaiman liet gaan.

'Moet je kijken,' zei ze tegen Amber en liet de zwarte doek aan Amber zien. Die stond met haar doek te twijfelen bij een opgezette slang.

'Wat is er, durf je niet?' vroeg Nienke lief, toen Amber de slang oversloeg en een heel klein opgezet hertje begon af te stoffen. Amber keek betrapt en knikte toen. 'Ik weet dat het stom is, maar ik haat slangen. En muizen ook trouwens.' Ze rilde even. 'Heb ik je wel eens verteld dat Mick en ik op vakantie een slang onder ons bed hadden?'

Nu was het Nienkes beurt om te rillen. 'Gatver!' zei ze hartgrondig. Daar zou zij ook spontaan een fobie van krijgen.

Amber knikte heftig. 'In Tunesië. Ik schreeuwde het hele hotel bij elkaar. Mijn vader schaamde zich dood.'

'Was ie giftig?'

'Nee, helemaal niet, hij was doodsbang en glibberde zo weer de tuin in. Maar ik vond het ENG!' Amber lachte als een boer met kiespijn en poetste weer verder.

'Vind je het nou niet raar... eh...' Nienke wist niet zo goed hoe ze het moest formuleren.

'Wat?'

'Dat van Mick en Mara?' vroeg Nienke ineens.

Amber lachte iets te schel. 'Nee hoor, waarom zou ik?'

'Jullie zijn toch heel lang met elkaar geweest?'

'Anderhalf jaar,' knikte Amber nonchalant.

Ze zwegen beiden. Nienke wist niet zo goed wat ze nu nog moest zeggen.

Plotseling begon Amber weer te praten. 'Nou ja... Soms vind ik het wel stom.'

'Dat is toch begrijpelijk?' zei Nienke.

'Nee, ik bedoel, meer stom van mijzelf dat ik hem soms toch nog wel leuker vind dan leuk... nou ja... laat maar.'

Amber keek even naar buiten en toen terug naar de opgezette slang. 'Wil jij dat enge beest doen?' vroeg ze aan Nienke. 'Dan haal ik de stofzuiger uit het washok.' Amber gooide haar stofdoek op tafel en liep de woonkamer uit. Nienke haalde de doek over de slang die haar met opengesperde bek en kille ogen aankeek. Amber had gelijk: het was een eng beest. Ze gooide haar doek ook neer en keek rond. Wat kon ze nu nog doen? Haar oog viel op de rol vuilniszakken. Ze scheurde een zak van de rol, hield hem open en probeerde met haar andere hand de prullenmand erin te legen, maar dat mislukte compleet: de helft viel op de grond. Een bruin zompig klokhuis viel op Nienkes voet en ze begon met een vies gezicht de vuilnis bij elkaar te vegen. Haar oog viel op een halfverbrande blauwe envelop.

Dat was raar, wie verbrandde nou zijn post? Nieuwsgierig trok Nienke de resten tussen de vuilnis vandaan. Op de envelop kon ze nog net "Victor Roodenmaar" ontcijferen. De envelop was voor Victor!

Ze trok voorzichtig de verkoolde restanten open. Haar hart stond stil: in de envelop zat een halfverbrande foto van Patricia! Ze zat op een houten stoel en haar polsen zaten met tape aan de stoelleuning vast. Ook voor haar mond zat een stuk tape. Ze keek angstig onder haar rode haar door de camera in.

'Nienke! Nienke!' Amber stormde binnen. 'Er is iets met Appie!' Amber trok haar mee de woonkamer uit.

'Wat is er?' Nienke stopte snel de restanten van de foto in haar zak. Amber duwde haar richting de jongensgang. 'Hij is bewusteloos! Ik ga naar Victor.' Amber rende de trap op, terwijl Nienke naar de kamer van Jeroen en Appie rende. Angstig klapte ze de deur open. Appie lag met ontbloot bovenlijf op zijn rug midden in de kamer. Zijn ogen waren dicht en zijn armen lagen wijd uitgespreid. Naast zijn hoofd lag een enorm gewicht waar een sticker opzat met "Mick" erop.

'Appie? Appie?'

Appie reageerde niet. Nienke knielde naast hem en luisterde gespannen. Ze hoorde hem zachtjes in- en uitademen, dus hij ademde gelukkig nog wel.

'Appie?' Nienke tikte voorzichtig tegen zijn wang. Hij kreunde even en mompelde wat. Ze kon niet verstaan wat hij zei en boog zich over hem heen.

'Mawa, mawa.'

Mawa? Wat was "mawa"? Nienke begreep er niks van. Ze keek naar Appies gezicht. Plotseling tuitte hij zijn lippen, sloeg zijn armen om Nienke heen en trok haar naar zich toe.

'Appie, wat doe je?' Nienke probeerde zich los te trekken. Op dat moment deed Appie zijn ogen open. Hij keek Nienke verbaasd aan, trok zijn armen terug en greep naar zijn hoofd. 'Wat? Auw, oooh, mijn hoofd,' steunde hij met zijn hand stevig aan de rechterkant van zijn hoofd gedrukt.

Op dat zelfde moment kwam Trudie binnengerend met Amber op haar hielen. Nienke voelde zich vreemd opgelaten en stond snel op.

Trudie knielde naast Appie. 'Appie, gaat het?' Ze voelde voorzichtig aan de bult die op Appies hoofd groeide. Toen zag ze het gewicht dat vlak naast Appie op de grond lag.

'Heb je dat ding op je hoofd gekregen?' vroeg ze, terwijl ze Appie overeind hielp en naar zijn bed begeleidde. Appie keek verdwaasd naar het zware ding op de grond.

'Eeuuh, ik denk het,' stamelde hij, terwijl hij zich in bed liet leggen. 'Ik ben een beetje duizelig.'

Trudie keek ongerust. 'Hier, kom maar… niet te veel bewegen.'

'Ik was nu niet van plan het record kogelkoppen te verbeteren!' zei Appie en hij begon te lachen, maar hield daar snel mee op toen hij doorhad dat lachen alleen maar meer pijn deed.

'Die dingen zijn toch veel te zwaar? Je had je nek wel kunnen breken,' zei Trudie streng.

Amber keek schuldig naar Nienke. Dit kwam natuurlijk door hun gepraat over brede borstkassen en spieren waar meisjes op vallen.

'Heb je het weer voor elkaar, grappenmaker?' Victor kwam binnen. Hij keek geïrriteerd naar Appie.

Trudie reageerde meteen. 'Dit is geen grapje, Victor. Je moet NU de dokter bellen. Appie heeft misschien een hersenschudding.'

Trudie was echt boos. Victor had Appie al op de monitor op de grond zien liggen, maar wilde niet gaan kijken, omdat hij dacht dat Appie weer een grap met hem uithaalde.

'Hij had wel dood kunnen zijn! Je zag toch dat er wat aan de hand was? Je had meteen moeten ingrijpen!' vervolgde Trudie. Haar zachtaardige ogen keken fel naar Victor, die reageerde alsof hij door een wesp gestoken was.

'Wegwezen jullie,' riep hij tegen Amber en Nienke. 'Hier lopen jullie toch alleen maar in de weg. Het huisarrest is afgelopen. Ga maar naar school!'

'En Appie dan?' vroeg Nienke verbaasd.

'Ik denk niet dat het heel ernstig is… Ik blijf wel bij hem, gaan jullie nou maar,' zei Trudie.

Nienke en Amber twijfelden nog even, maar besloten toen dat ze snel weg moesten gaan voordat Victor zich zou bedenken. Ze zeiden Appie gedag, die wazig zijn ene oog opendeed.

'Het was gezellig, hè? Bedankt voor de bloemen!' zei hij dizzy en hij zwaaide de meiden met een slap handje na.

'Weet je zeker dat het niet ernstig is?' Amber wist niet of ze moest lachen of ongerust zijn.

Trudie knikte. 'Het komt wel goed.' Ze gebaarde dat ze weg moesten gaan en de meiden holden de kamer uit. Eenmaal op de gang begonnen ze zachtjes te lachen. Nienke vertelde Amber dat Appie had geprobeerd haar te zoenen. 'En hij zei steeds mawa,' giechelde Nienke.

'Hij dacht natuurlijk dat je Mara was!' gilde Amber en ze begon nog harder te lachen.

Toen herinnerde Nienke zich ineens weer de foto van Patricia die ze in de prullenbak had gevonden en ze greep Ambers hand. Amber keek eerst verbaasd naar haar vriendinnetje die ineens zo serieus keek terwijl ze net nog de lachtranen in haar ogen had staan. Maar toen Nienke haar de halfverbrande foto liet zien, was er bij Amber ook geen glimp van een glimlach meer te bekennen. Ze onderdrukte een gil en Nienke was even bang dat Amber flauw zou vallen, want ze trok helemaal wit weg. 'Dit... dit is Patricia,' stamelde ze.

Nienke knikte en draaide de foto om. De tekst achterop was een beetje verbrand, maar je kon nog duidelijk zien dat er "...n geduld raakt op" met blauwe pen op de achterkant stond geschreven.

'Oh, nee... Nienke!' Amber kneep keihard in Nienkes hand. 'Dus ze IS ontvoerd. We hadden gelijk! Maar waarom is die foto verbrand?'

'Ik weet het niet... Misschien wilde Victor het bewijsmateriaal vernietigen.'

Nienke voelde even een golf van opluchting door zich heen gaan. Als deze envelop voor Victor was, dan betekende dat dat ze door iemand anders was ontvoerd en dat betekende weer dat Patricia in ieder geval niet door Victor was vermoord!

Amber pakte de foto uit Nienkes hand en streek er zachtjes over. 'Arme Patries.'

'Kom! We moeten NU naar de wilg!' Nienke trok Amber mee richting de deur, maar Amber hield haar tegen. 'En Fabian dan?'

'Je ziet toch wat er staat? "Mijn geduld raakt op". We hebben geen tijd te verliezen! Als Victor niks wil doen, dan moeten wij haar zoeken.'

'We kunnen beter in camouflage gaan,' zei Amber. 'Straks houden ze de wilg in de gaten.'

Wie "ze" waren, wist Amber eigenlijk ook niet, maar daar kwamen de twee achter toen ze een half uur later – in camouflagekleding – naar de wilg liepen. Ze zouden naar sporen zoeken die naar Patricia zouden kunnen leiden. Nienke keek naar de grote oude statige boom toen Amber haar plotseling hardhandig een bosje induwde. En een hand voor haar mond sloeg. Ze wees door de dorre takken heen naar de wilg. Nienkes adem stokte in haar keel: Rufus Malpied liep om de boom heen! En erger: hij keek hun kant op! Even leek het of hij naar hen toe kwam lopen, maar toen gleed zijn blik naar de grond en begon hij rond de wilg te speuren. Na een tijdje keek hij spiedend om zich heen en liep toen naar een zwarte geblindeerde bestelbus die schuin achter de wilg stond. Hij opende het portier, tikte met zijn zwarte schoenen tegen de zijkant van de auto om de modder van zijn zolen te kloppen en startte toen de motor.

Nienke keek naar Amber. Moesten ze nu niet iets doen? Hem tegenhouden, of volgen? Maar de bestelbus reed al en trok met loeiende motor op verder het bos in. Een paar meter verder klapte de bus hard in een diepe kuil op het bospad. De bus maakte een rare slingerbeweging en het leek er even op dat Rufus de macht over het stuur had verloren en tegen een grote eik zou botsen, maar hij herstelde zich en de bus was binnen een paar seconden uit het zicht verdwenen.

Nienke kwam overeind en klopte het zand van haar legergroene jas. 'Wat deed Rufus nou hier?'

'Denk je… Heeft hij iets te maken met Patricia?'

'Absoluut… Hij beloofde haar toch de hele tijd dat hij iets wist van Joyce?' Nienke dacht na over Rufus, die een tijdje geleden contact had gezocht met Patricia. Hij had haar beloofd dat hij haar met Joyce in contact kon brengen. Maar voordat het zover was, hadden ze hem bewusteloos in de bosjes gevonden. Victor had hem toen opgehaald in zijn oude Volkswagenbusje. Sindsdien had Patricia hem nog een keer gezien: hij zat in een rolstoel en werd voortgeduwd door een verpleegster. Het was een heel bizar verhaal, en Nienke had nooit veel vertrouwen gehad in die vreemde man met zijn zwarte gleufhoed en zijn zwarte jas.

'Maar... Rufus was toch oké?' zei Amber die schichtig om zich heen keek.

Nienke dacht na en beet op haar lip. 'Ik denk het niet... Ik heb het rare gevoel dat hij Patricia erin heeft geluisd.'

'Maar waarom dan?' Amber begreep er niets van.

Uit frustratie sloeg Nienke met haar vlakke hand op de wilg. 'Ik weet het niet! Om bij Joyce te komen? Weet ik veel?'

Ambers ogen werden groot. 'Misschien is hij wel een handelaar in organen of zo.'

Ondanks alles moest Nienke lachen door die gekke opmerking. 'Oké, laten we ons concentreren op het hoe, niet het waarom. Rufus zocht iets.'

Amber begon nu ook de grond af te speuren. 'Misschien heeft Patricia een spoor voor ons achtergelaten.'

Tot Nienkes verbazing trok Amber een vergrootglas uit een van de zakken van haar camouflagejas. 'Ik wist dat ie nog een keer van pas zou komen,' zei ze tegen een verbouwereerde Nienke en ze begon met minutieuze precisie rond de wilg te zoeken.

Na tien minuten speuren moesten de meiden toegeven dat er helemaal niets te vinden was rond de boom behalve een paar torren, een regenworm en een kruisspin. Nienke besloot de cirkel iets groter te maken en begon ook op het pad te zoeken. Amber volgde haar voorbeeld.

'Zie jij wat?' vroeg Nienke overbodig.

'Nee... heb jij hier al gekeken?' Amber wees naar een grote wortel die als een knoestige bruine hand uit de aarde omhoogstak. Nienke knikte.

'Domme boom! Zeg jij dan wat!' riep Amber gefrustreerd.

'Daar kun je lang op wachten,' zei Nienke terwijl ze verder het pad

opliep. Plotseling stond ze stil en boog zich voorover. 'Amber!'
Nienke stond een paar meter van de kuil waar de bus zo hard in
was gereden en wees naar de grond. Amber zag het ook: er lagen
grote druppels olie in het zand.

Nienke liep een paar meter verder. 'Hier ook!' Ze bukte en wreef
met haar vinger over de zwarte vlek. Het liet een vettige zwarte
substantie op haar vinger achter.

'Verse olie,' zei Nienke triomfantelijk tegen Amber die met een
vies gezicht naar Nienkes vingers keek. 'De bus van Rufus lekt.'

Ze volgden het oliespoor dat hen steeds dieper het bos in leidde.
Toen het begon te schemeren, werd het steeds moeilijker om het
spoor te volgen. Bij een splitsing bleven ze staan. Aan beide kanten
was geen druppeltje meer te bekennen.

'Jij gaat die kant op, ik deze kant,' besliste Nienke, die naar het
linkerpad wees en zelf het rechterpad opliep, maar Amber volgde
haar. 'Ik ga voor geen goud in mijn eentje in dit enge bos lopen,'
huiverde Amber.

Amber had geluk. Twintig meter verder vonden ze opnieuw een
paar druppels, dus de bus was die kant opgegaan. Amber en Nienke
zeiden weinig, maar ze dachten beiden hetzelfde. Wat zouden ze
aantreffen aan het eind van dit spoor? Zou Rufus echt iets te maken
hebben met Patricia's verdwijning?

Na tien minuten doemde er in de schemering een oude loods op.
Er ging een schok van herkenning door Nienke heen: ze had deze
loods al eerder gezien toen ze samen met Fabian in het bos was
verdwaald. Dat was nadat ze het kistje met de wasrollen hadden
opgegraven. In het bijna-donker zag de loods er nog griezeliger
uit dan de vorige keer. Het hele gebouw was gemaakt van roestige
golfplaten en er zaten geen ramen in. Aan de zijkant stond een
grote hoeveelheid oude pallets opgestapeld en ergens achterin
stond een kapotte vuilgele verroeste vorkheftruck.

'Gatver, dit is een perfecte plek om een lijk te dumpen,' fluisterde
Amber.

'Of om iemand gevangen te houden die ontvoerd is,' zei Nienke.
Heel zachtjes en voorzichtig naderden ze de loods. Omdat er geen

ramen in de loods zaten, konden ze niet zien of er iemand binnen was. Nienkes gehoor stond op scherp. Het hele bos leek wel zijn adem in te houden. Er was geen geluidje te horen, en zelfs de wind was gaan liggen. Nienke keek om zich heen, maar de bus van Rufus was nergens te bekennen.

'Ik zie geen bus,' zei ze zachtjes.

'Maar die is er wel geweest... Kijk!' Amber wees op een grote zwarte vlek rechts van het gebouw.

'AAAAAAAH!' schreeuwde Amber plotseling.

'Amber! Wat is er?' riep Nienke die zich rotschrok.

'Ik dacht... ik dacht dat ik iemand zag.'

Nienke keek om zich heen, maar zag helemaal niemand.

'Je ziet spoken,' zei ze dapper. 'Gaan we naar binnen?'

'Maar Rufus dan?' Amber greep Nienkes arm.

'De bus is er toch niet? Misschien zit Patricia daar wel alleen.'

Voetje voor voetje kwamen ze dichter bij de ijzeren deur. Nienke hoorde Amber naast zich gejaagd in- en uitademen. Ze strekte haar hand uit naar de klink. Zou ze het erop wagen? Ze luisterde scherp, maar ze hoorde niks. Geen stemmen, niks. Ze keek naar Amber naast haar die met ogen als schoteltjes naar de klink staarde. Nienkes voeten voelden alsof ze zaten vastgeplakt aan de halfvergane zwarte plastic mat die voor de deur lag.

Amber en Nienke krompen in elkaar, toen ze een geluid achter zich hoorden. Angstig draaiden ze zich om. Een zwarte kraai vloog over hun hoofden en streek neer in een boom. Nienke huiverde, ze hoorde de stem van de oude Sarah in haar hoofd: *Pas op voor de zwarte vogel, pas op voor de zwarte vogel...*

Nienke keek naar de deur. Als Patricia daar zat, moesten ze haar bevrijden. Ze wist zeker dat Patricia voor haar hetzelfde zou doen.

'Ik doe het,' fluisterde ze vastberaden en op hetzelfde moment duwde ze zo zachtjes mogelijk de klink naar beneden. Ze had eigenlijk verwacht dat de deur op slot zou zijn, maar tot haar verbazing ging hij zachtjes piepend open. Nienke stapte heel voorzichtig naar binnen. Toen haar ogen gewend waren aan het donker, zag ze een paar meter van haar vandaan een houten stoel op zijn kant liggen. Ze keek geschrokken naar Amber.

'Is dat…?' vroeg Amber zachtjes.

Ze liepen op hun tenen samen naar de stoel. Er zaten resten tape aan de leuningen. Het was de stoel waar Patricia op vastgebonden had gezeten!

Plotseling bukte Amber zich en pakte iets glinsterend van de grond. 'Kijk! Patricia's ketting! Ze is hier zeker geweest.' Ambers stem klonk hard en hol in de verlaten ruimte.

'Maar waar is ze nu?' Nienke schrok van haar eigen stem die tegen een muur weerkaatste. Ze keek om zich heen, maar zag of hoorde niemand.

Op hetzelfde moment hoorden ze achter zich een krakend geluid en de deur klapte met een smak dicht. Ze hoorden hoe iemand twee schuiven op hun plaats schoof. Nienke nam een sprint en trok aan de klink, maar het was al te laat: de deur gaf geen centimeter mee.

Ze zaten gevangen.

4

HET COMPLOT MET VAN ENGELEN

Nienke rammelde nog een keer aan de deur, maar hij was en bleef op slot. Buiten hoorde ze een auto met piepende banden wegrijden.

'Iemand heeft ons opgesloten!' Nienke draaide zich om. Amber stond naast de stoel aan de grond genageld. Nienke liep naar haar vriendinnetje en schudde aan haar arm. 'Kom, er moet nog een andere uitweg zijn.'

Maar die was er niet. De loods had geen ramen, en er was nergens een andere deur. Terwijl Amber probeerde te bellen, trok Nienke haar oude vertrouwde haarspeld waarmee ze de zolderdeur altijd openmaakte, uit haar haren en frummelde die tussen het ijzer van de deur.

'Geen bereik,' zei Amber moedeloos en ze stopte haar mobiele telefoon weer in haar zak.

'Nee hè!' Nienke hield een klein stukje van haar speld tussen haar vingers, de rest was afgebroken. Zuchtend pulkte ze het andere eind tussen het ijzer vandaan.

'Probeer dit anders,' zei Amber die kwam aanlopen met een grote ijzeren staaf in haar handen. 'Dat doen inbrekers toch ook altijd?' Ze overhandigde Nienke het ijzeren gevaarte. Ze wrikte het ding tussen de deur en de plint en trok vervolgens uit alle macht, maar de deur bewoog nog steeds niet.

'Help eens?'

Amber keek zuchtend naar haar nagels. Ze had er al eentje gebroken bij het stofzuigen. Nu zou er waarschijnlijk helemaal niets van overblijven. Ze hielp Nienke mee met trekken totdat ze allebei een rood hoofd hadden van de inspanning, maar ook dat hielp niet.

Amber sloeg met haar handen tegen het ijzer. 'Help! Help!' gilde ze boven het oorverdovende geroffel van de golfplaten uit.

'Amber! Stop! Er is niemand in de buurt.'

Amber liet zich op de koude grond zakken. 'Oh, Nienk, wat moeten we nou? En wat gebeurt er met Patries?'

Ze begon zachtjes te huilen. Nienke sloeg een arm om haar heen, maar Amber begon alleen maar harder te huilen. 'Wij zijn nog met z'n tweeën, maar zij... Wat gaat die man met haar doen?' snikte ze.

'Ssst, het komt wel goed,' troostte Nienke, maar ze was zelf ook heel erg ongerust. Ze zaten opgesloten in een verlaten loods en niemand wist waar ze waren. Als niemand hen kwam bevrijden, dan zouden ze hier omkomen van honger en dorst.

Nienke liep naar de stoel en zette hem overeind. 'Kom, straks word je nog verkouden.' Ze hielp Amber overeind. Die liet zich met een zucht op het kale hout van de zitting ploffen en verborg haar gezicht in haar handen. 'Wat doen we nu?' klonk haar stem gesmoord. Nienke zakte zelf op een stapel houten pallets en haalde haar schouders op. 'Ik weet het ook niet.'

Zo bleven ze een tijd zwijgend zitten. Nienke dacht na, maar ze kon niet bedenken hoe ze uit de loods konden komen. Ze voelde in de zak van haar jas en viste er een half rolletje pepermunt uit. Ze gaf Amber er eentje en stak er zelf ook een in haar mond. Ze had wel eens gehoord dat je goede ideeën kreeg als je op een snoepje zoog, maar haar hoofd bleef akelig leeg. Hoelang zaten ze hier nu al? Een uur? Het was vast al avond. Zonder ramen had ze geen flauw benul van de tijd. Het moest vreselijk zijn geweest voor Patricia om hier opgesloten te zitten.

Nienke herinnerde zich plotseling iets en sprong op.

'Wat is er?' Amber keek op.

'De foto van Patries...' Nienke voelde eerst in haar jaszakken, maar daar zat de foto niet in, en ook in haar broekzakken kon ze hem niet vinden. De foto was weg.

'Dat is waarschijnlijk alleen maar goed,' troostte Amber. 'Als ze ons gaan zoeken, vinden ze misschien de foto.'

'Ik hoop het maar.' Nienke ging weer op het hout zitten.

'Ik heb dorst,' zei Amber.

'Ik moet plassen,' zei Nienke terwijl ze Amber nog een pepermuntje gaf.

'Ik heb net wel een emmer zien staan.' Amber wees naar een groene emmer die iets verderop in een hoekje stond. Nienke trok een vies gezicht, maar schoot toen ineens van de pallets af.

'Wat?'

Nienke hield een vinger voor haar mond. 'Sst... ik hoor wat.'

Ze zwegen beiden.

Nu hoorde Amber het ook: voetstappen. Er liep iemand rond de loods!

Amber deed bang een stap achteruit, maar Nienke pakte een stuk hout van de stapel waar ze net op had gezeten en sloop zachtjes naar de deur... De voetstappen kwamen dichterbij en stopten bij de deur. Amber volgde haar op de voet en ging achter Nienke staan, die met trillende handen in de aanslag stond. Er werd aan de deur gemorreld! Ze hoorden hoe eerst een schuif opzij werd geschoven, toen twee... Nienke hief het stuk hout hoog boven haar hoofd. De klink ging naar beneden...

'WRAAAGH!!!' Nienke gaf een kreet toen de deur openging en wilde toeslaan, maar de persoon die binnenkwam nam een noodsprong opzij.

'Wacht! Stop! Ik ben het!'

Nienke opende voorzichtig haar ogen. Een golf van opluchting ging door haar heen toen ze zag wie het was.

Het was Fabian.

Nienke liet meteen het stuk hout vallen en omhelsde hem. Ze was nog nooit zo blij geweest om hem te zien. Hij drukte haar bijna fijn in zijn armen.

'Godzijdank,' fluisterde hij in haar lange bruine haar.

'We dachten dat we hier dood zouden gaan!' gilde Amber, terwijl ze Fabian ook omhelsde.

Nienke kon het nog steeds niet geloven. Daar stond hij in zijn streepjestrui en z'n blauwe jas, met zijn warrige haar!

'Hoe heb je ons gevonden?' stamelde ze.

Fabian vertelde dat Trudie had gezegd dat ze Amber en Nienke naar school had gestuurd, maar Fabian had hen niet op school gezien. Toen hij was gaan kijken in hun kamer, vond hij in de jaszak van Amber het briefje van Joyce aan Patricia. Hij wilde meteen naar de oude wilg gaan en toen hij langs het kantoor liep, hoorde hij Victor aan de telefoon met iemand praten over hen tweeën. Zo was hij er achtergekomen dat iemand hen ergens had opgesloten. Hij wist alleen niet waar, maar bij de oude wilg had hij een oliespoor gevonden dat hij had gevolgd.

'Het was een gokje, maar wel een goede,' besloot Fabian.

'Ongelooflijk dat je het hebt kunnen volgen,' zei Nienke. 'Het spoor was soms heel vaag.'

'Vaag? Het was juist heel duidelijk! Soms was er zelfs een dubbel spoor.'

'Dan heeft Rufus ons dus opgesloten,' concludeerde Nienke. Daarna is hij teruggereden en heeft zijn bus nog een keer olie gelekt.'

Fabian begon te lachen. 'Tjee, wat ben ik blij jullie te zien!' Hij omarmde de beide meiden weer.

'Niet half zo blij als wij zijn.' Nienke keek lief naar Fabian, die meteen een kleur kreeg als een vuurtoren. Hij keek verlegen de loods rond. 'Niet echt gezellig, hè?'

Amber trok de deur open en liep naar buiten. 'Laten we gaan, ik wil hier weg!'

Daar waren de anderen het volledig mee eens en ze liepen zo snel mogelijk terug naar huis. Het was pikdonker in het bos, maar gelukkig had Fabian een zaklamp bij zich. Tijdens hun terugtocht vertelden Amber en Nienke over de foto die ze hadden gevonden en dat ze Rufus hadden zien lopen en wegrijden.

'Hoe is het trouwens met Appie?' vroeg Amber.

'Appie?' vroeg Fabian verbaasd. 'Wat is daarmee, dan?'

Amber vertelde kort hoe Appie een gewicht op zijn hoofd had gekregen, maar Fabian verzekerde hen dat hij Appie die middag in de keuken had gezien en dat hij er prima uitzag.

'Gelukkig maar,' zuchtte Nienke. Dan zijn er tenminste vandaag niet nog meer slachtoffers gevallen. Haar gedachten dwaalden naar Patricia. Waar was ze nu? Zij hadden het geluk gehad dat Fabian hen had bevrijd, maar Patricia was nog steeds in de klauwen van Rufus.

'Gaat het?' vroeg Fabian. Hij sloeg een arm om Nienkes schouder.

'Ja… Ik ben zo blij dat je ons hebt gevonden.'

Toen ze het Huis Anubis binnenkwamen, sloeg de grote klok in de gang elf uur. Zachtjes slopen ze door de donkere gang, toen iemand ineens een zaklamp aanknipte: Victor stond bovenaan de trap.

'Waar komen jullie zo laat vandaan?' zei hij geïrriteerd, terwijl hij de lichtstraal op hun gezichten richtte.

Nienke keek boos en sloeg haar armen over elkaar. 'Dat zou jij niet weten.'

'Het is een uur na de avondklok. Kinderen horen dan binnen te zijn.'

'We zaten opgesloten! Wat maakt die avondklok nou uit,' zei Nienke hard. De andere twee keken verbaasd, dit waren ze niet van Nienke gewend.

'Je hoeft niet zo brutaal te doen.'

'Dat doe ik wel! Waarom heb je niks gedaan?' Nienke ging steeds harder praten.

'Verklaar je nader.'

Nienke voelde haar bloed koken. 'Je krijgt een foto van Patricia waarop ze zit vastgebonden en je doet niks. Rufus heeft haar nu ergens anders mee naartoe genomen en je doet niks. Hij sluit ons op in een loods zodat we van de honger kunnen omkomen, en je doet niks. Dankzij jou is Patricia nog steeds in handen van die gek, en nog steeds doe je niks! Waarom schakel je de politie niet in?' ratelde ze woedend.

Fabian sloeg een arm om haar schouders. 'Nienke, rustig,' zei hij zachtjes, maar Nienke duwde zijn arm weg. 'Nee! Ik wil weten wat er aan de hand is!' Ze keek fel naar Victor. 'Waarom ga je niet naar de politie? Wat heb je te verbergen?'

Het hielp natuurlijk niet. Victor deed net of zijn neus bloedde en stuurde hen naar bed. Nienke kon zichzelf wel voor haar kop slaan dat ze de foto van Patricia was verloren. Met die foto hadden ze tenminste bewijs gehad, maar nu hadden ze helemaal niets. Maar ze wist zeker dat Victor er meer van wist en dat hij samenwerkte met iemand anders, want meteen nadat hij ze naar hun kamers had gestuurd, hoorden ze de voordeur open- en dichtgaan en het hoesten van de motor van Victors oude Volkswagenbusje. Nienke liep in haar pyjama naar de deur.

'Waar ga je heen?' Amber haalde net de zwarte strepen van haar gezicht.

'Naar Fabian. We moeten iets verzinnen om Patricia te vinden.' Nienke trok de deur open en liep de donkere gang door richting de trap. Amber gooide haar watje neer en liep met een glimmend gezicht vol crème achter Nienke aan. Ze wilden net bij Fabian op de deur kloppen, toen hij in zijn kamerjas de deur opendeed: blijkbaar had hij hetzelfde plan gehad als Nienke. 'Kom binnen.' Hij hield de deur open. 'Het is veiliger om hier te zitten, voor als Victor plotseling terugkomt.'

Amber zakte met een zucht op het lege bed van Mick. Nu kwam het goed uit dat hij er niet was.

Nienke sloeg gefrustreerd tegen de houten kast. Ze was nog steeds boos. 'Die vreselijke Victor! Waarom ontkent hij alles? Denkt hij dat we dom zijn, of zo?'

'Arme Patries, straks vinden we alleen nog maar botjes van haar terug,' zuchtte Amber.

'En Joyce dan?' Fabian keek ongerust naar de andere twee. 'We weten dat Rufus Patricia heeft ontvoerd, maar we weten nog helemaal niks over Joyce.'

'We moeten erachter komen waar Rufus is en wat hij wil.' Nienke schopte nog een keer tegen de rand van Fabians bed en ging toen naast Fabian zitten. 'Maar hoe bereiken we hem?'

'We kunnen hem zeker niet in het telefoonboek opzoeken,' zei Amber.

Fabian lachte schamper. 'Onder de "o" van ontvoerder?'

Nienke gaf hem een duw. 'Doe nou even serieus! Laten we onze opties overlopen.'

Ze waren het met elkaar eens dat Victor en Van Swieten onder een hoedje speelden, want waarom had Nienke Joyce anders met hem gezien? Het was vast een of ander complot waar Van Engelen en Jason ook bij betrokken waren. Zij wisten waarschijnlijk wel een manier om met Rufus in contact te komen.

'Maar we kunnen toch niet zijn telefoonnummer aan een van hen vragen?' Nienke keek somber.

'Misschien wel aan Van Engelen,' zei Fabian. De andere twee keken hem ongelovig aan.

'Wie zegt dat zij je dat geeft? En trouwens: ze zit ziek thuis en ik heb haar telefoonnummer niet,' zei Amber.

'Maar ik wel.'

Fabian vertelde dat hij tijdens de les stiekem in Van Engelens agenda had gekeken en haar telefoonnummer had overgeschreven.

'Wat fantastisch!' gilde Nienke, maar Fabian boorde meteen haar kleine sprankje hoop de grond in. Hij had Van Engelen die middag al gebeld, maar ze wilde niet met hem praten en had de hoorn neergegooid.

'Kunnen we het niet nog een keer proberen?' vroeg Amber hoopvol.

Fabian schudde zijn hoofd. 'Ze wilde niet met me praten.' Hij stopte plotseling. 'Ze wilde niet met *mij* praten, maar vast wel met Van Swieten.' Hij stond abrupt op, pakte zijn agenda van zijn bureau en trok de deur open. 'Kom mee! We hebben geen tijd te verliezen.'

Hij leidde een verbaasde Amber en Nienke naar het kantoor van Victor, waar hij de telefoon oppakte. Hij schraapte zijn keel. 'Hoe klinkt dit: mevrouw Van Engelen, amice...'

'Van Swieten praat iets langzamer... Hier, gebruik dit anders.' Ze trok een sjaaltje uit de zak van haar badjas en gaf het aan Fabian.
'Perfect. Oké... Op hoop van zegen...' Fabian sloeg zijn agenda open en toetste het nummer in. Amber en Nienke stonden doodstil en keken ingespannen naar Fabians serieuze gezicht. Alleen een klein adertje dat op zijn slaap klopte, verried dat hij zenuwachtig was. Hij hield het sjaaltje voor de hoorn. Eindelijk werd er opgenomen.
'Mevrouw Van Engelen? Ellie?... Goedenavond, *amice*, Van Swieten hier...' Fabian kuchte.
Amber kneep in Nienkes arm.
'Excuses... ja... koutje op de borst...' Fabian kuchtte weer. 'Ik vind het vervelend u zo laat te storen, maar er is iets belangrijks voorgevallen... Nee, dat kan ik niet over de telefoon bespreken... Te gevaarlijk... *Una missione impossibile*... Kunnen we elkaar ontmoeten morgenochtend?... Op school, ja... Voor de lessen beginnen...'
Amber kneep Nienkes arm bijna fijn.
'Ja, dank u... Goed, dat is dan afgesproken. Zeven uur, bij de hoofdingang... Goed... Tot ziens! Ja, u ook... Tot ziens.'
Fabian legde de hoorn neer. Er parelde zweet op zijn voorhoofd. Een triomfantelijke grijns verspreidde zich over zijn gezicht.
'Dat was geweldig!' gilde Nienke. Fabian glimlachte verlegen en wiste met zijn mouw het zweet van zijn gezicht.
'Morgenochtend om zeven uur hebben we een afspraak met Van Engelen.'
'Perfect!' riep Amber enthousiast. Meteen trok ze een serieus gezicht en bedekte haar ene oog met haar hand. 'Sibuna,' zei ze plechtig.
De anderen groetten haar terug en daarna renden ze als een haas naar hun kamers voor Victor terug zou komen. Eenmaal in bed voelde Nienke zich iets beter. Morgen zouden ze Van Engelen onder druk zetten om contact op te nemen met Rufus Malpied. Misschien was het nog niet te laat...
Ze draaide zich om in haar bed, zocht een warm plekje voor haar

voeten en trok haar witte konijn tegen zich aan. Ze dacht aan Patricia. Waar sliep zij nu? Ze durfde er bijna niet aan te denken. Ze moesten haar terugvinden! Dat MOEST gewoon!

Het was nog schemerig en heel koud toen ze de volgende dag buiten de school op mevrouw Van Engelen stonden te wachten. Amber stampte met haar witte bontlaarzen op de grond. 'Hoe laat is het?' Er kwam een wolkje uit haar mond toen ze praatte.
'Vijf over zeven.' Fabian blies in zijn handen om ze warm te krijgen. Zijn neus was rood van de kou, net als Nienkes wangen.
'Als ze maar komt,' zenuwde Amber.
Precies op dat moment kwam Ellie Van Engelen aanlopen. Ze had een lange bruine jas aan en een enorme bruine gebreide sjaal om haar nek. Ze keek verbaasd toen ze de drie leerlingen zag. 'Wat doen jullie hier?' vroeg ze een beetje geïrriteerd.
Fabian keek haar strak aan. 'We hebben een afspraak.'
'Met jullie?' Van Engelen draaide zich om. 'Ik heb… Oh nee, dat gaat niet!' Ze wilde weglopen, maar Nienke, Amber en Fabian gingen snel om haar heen staan. Van Engelen probeerde zich er langs te wurmen, maar ze lieten haar niet gaan.
'Laat me door!'
'Nee. We hebben uw hulp nodig,' zei Fabian. Hij sloeg zijn armen over elkaar.
'Waarvoor?' Van Engelen wapperde nerveus met haar handen.
'Om Patricia vrij te krijgen,' zei Nienke.
Van Engelen schrok toen ze de naam 'Patricia' hoorde, maar ze deed net of ze van niets wist. 'Waar hebben jullie het over? Patricia zit in Spanje. Bij haar oom en tante.'
Ze wilde weer langs hen lopen, maar nu pakte Fabian haar bij haar schouder. 'U weet donders goed dat het niet zo is.'
'U weet dat Patricia is ontvoerd door Rufus!' zei Nienke fel.
Van Engelen herstelde zich. 'Dat is onzin.'
'We zijn er geweest… Wist u dat hij haar vast tapete aan een stoel?' probeerde Nienke.
'Straks vermoordt hij haar! Hebt u dan helemaal geen hart?' deed

Amber nog een duit in het zakje.

Van Engelen keek schuldig naar haar bruine schoenen, maar bleef zwijgen. Nienke keek ongerust naar Fabian. Dit ging niet de goede kant op. 'Wat wil Rufus? Heeft het iets met Joyce te maken?' probeerde ze weer.

Mevrouw Van Engelen keek op. 'Jullie moeten je hier niet mee bemoeien. Dit zijn jullie zaken niet.'

'Dus u geeft toe dat Patricia is ontvoerd?' vroeg Fabian.

Van Engelen zuchtte. 'Vertrouw er nou maar op dat Patricia binnenkort weer vrij is.'

'U gaat ons niet helpen?' vroeg Nienke.

Hun lerares schudde langzaam haar hoofd. Nienke keek wanhopig naar Amber. Dit was niet wat ze zich ervan had voorgesteld! Amber zag er ook uit alsof ze elk moment in tranen kon uitbarsten. Alleen Fabian keek kalm naar Van Engelen die haar ogen neersloeg onder zijn blik. Heel rustig haalde hij de datrecorder uit zijn zak. Van Engelens ogen werden groot.

'Genoeg bewijs om mee naar de politie te gaan, denkt u ook niet?'

'Oh nee… Je mag niet naar de politie! Joyce…' Van Engelen begon van schrik te stotteren. Ze keek wild om zich heen.

Nienke begon haar geduld te verliezen. Waarom deed Van Engelen dit? 'En Patricia dan? Doet zij er niet toe?'

Van Engelen zweeg weer, maar Fabian duwde haar de datrecorder onder haar neus. 'Kom op! Wat wil Rufus?'

Hun lerares begreep dat ze geen keus had. 'Gegevens… van Joyce,' zei ze langzaam.

Nienke wilde weten waarom, maar dat weigerde Van Engelen te vertellen. Dan zou Joyce in gevaar komen. Fabian wilde weten wie de gegevens van Joyce had en na lang zwijgen antwoordde Van Engelen: ze zaten in een map in het kantoor van Van Swieten. Fabian keek naar Nienke. Ze dachten hetzelfde: om Patricia terug te krijgen, moesten ze de gegevens van Joyce doorspelen aan Rufus Malpied. Alleen zou Joyce dan weer in gevaar komen en dat wilde Fabian ook niet.

Het groepje stond even zwijgend bij elkaar. Nienke keek naar Fabian die richting het fietsenhok staarde. Kleine wolkjes witte adem kwamen uit zijn mond. Hij had weer die blik in zijn ogen die ze wel vaker bij hem had gezien. Het leek alsof hij de oplossing van een probleem in de lucht kon lezen. Fabian keek haar plotseling recht in de ogen en glimlachte. Nienke kreeg een raar gevoel in haar buik en haar wangen werden nog roder, maar gelukkig draaide hij zich om naar Van Engelen en stak zijn hand uit.

'De sleutels van Van Swietens kantoor,' eiste hij.

Van Engelen keek moeilijk. 'Dit kan echt n...'

'U kunt meewerken, of we gaan naar de politie,' onderbrak Fabian haar. 'De keuze is aan u.'

Ze zuchtte en overhandigde haar sleutelbos aan Fabian. Ze spraken met haar af dat ze elkaar na schooltijd weer op het schoolplein zouden zien, zodat ze haar sleutels terug kon krijgen, en ze verder konden bespreken wat ze gingen doen. Fabian ging de school binnen om de map uit Van Swietens kantoor te halen. Als er wat was, moest Amber hem met haar mobieltje bellen. De twee meiden stonden nerveus voor de ingang te duimendraaien toen Nienke plotseling de schrik van haar leven kreeg: door het hek zag ze dat Van Swieten aan kwam lopen!

'Amber, bellen!' fluisterde ze en ze trok Amber achter het fietsenhok.

Amber haalde meteen haar roze mobieltje uit haar tas.

'Nee, nee, nee, niet nu!' fluisterde Amber paniekerig. 'Mijn beltegoed is op!'

Nienke keek om de hoek van het fietsenhok. Van Swieten trok de deur open en verdween fluitend de school in.

'Ik ga erachteraan. Als ik terugkom, lig je op de grond en doe je net of je bent flauwgevallen, oké?'

Nienke liet een verbouwereerde Amber achter en sprintte de school in, achter Van Swieten aan. Ze was net op tijd: de conrector stond al met de sleutel in het slot van de deur van zijn kantoor.

'Meneer Van Swieten! Er is iets met Amber!'

Nienke trok hem aan de mouw van zijn jas bij de deur vandaan. Hij was zo verbaasd dat hij gedwee mee terugliep, het schoolplein op, waar Amber zoals afgesproken tussen de fietsen op de grond lag. Hoewel Nienke wist dat het gespeeld was, zag het er heel naar uit. Van Swieten schrok en tikte Amber voorzichtig op haar wang.

'Amber, hoor je me?'

Amber kreunde en kwam zogenaamd langzaam weer bij. Van Swieten hielp haar naar het bankje, waar ze wiebelend ging zitten en naar haar hoofd greep. Nienke kon Amber wel zoenen en wat haar betreft had ze een Oscar verdiend met haar nepflauwvallen. Toen Van Swieten tot de conclusie was gekomen dat er niet veel met Amber aan de hand was (ze zei dat het kwam door een dieet waar ze alleen groene dingen mocht eten, waardoor Nienke de grootste moeite had om niet in lachen uit te barsten) stond hij op en liep de school weer binnen.

Gespannen wachtten ze op Fabian. Waar bleef hij nou? Het duurde veel te lang! Maar na vijf minuten kwam hij eindelijk met een grote grijns op zijn gezicht de hoek om. Hij trok zijn tas open en showde een rode map met de naam van Joyce erop.

De dag kroop voorbij. Amber, Nienke en Fabian konden niet wachten totdat ze Van Engelen weer zouden ontmoeten. Amber zat de hele dag te wiebelen op haar stoel en werd bij natuurkunde zelfs bijna buiten gestuurd, omdat Van Swieten "helemaal horendol werd van haar gedraai".

Maar eindelijk, eindelijk ging de bel voor het einde van de laatste les. Ze haastten zich naar het bankje bij het fietsenhok, waar mevrouw Van Engelen al zenuwachtig zat te kleumen. Ze sprong meteen op toen ze de drie aan zag komen lopen. Nienke had een beetje medelijden met haar. Ze werd gewoon gechanteerd door drie van haar leerlingen.

Maar het was voor een goede zaak, hield Nienke zichzelf voor. Als ze het niet deden, dan zouden ze Patricia misschien niet meer zien.

Fabian nam het woord en vertelde de zenuwachtige Van Engelen dat ze Rufus moest bellen om hem te vertellen dat hij de gegevens van Joyce zou krijgen in ruil voor Patricia. Van Engelen stribbelde eerst tegen, maar toen Fabian weer dreigde om met de opnamen op de datrecorder naar de politie te gaan, gaf ze uiteindelijk toe. Fabian gaf haar zijn mobiele telefoon.

'Maar over een uur is het al donker,' probeerde Van Engelen nog.

'Kunnen we niet morgen…'

'Nee, het moet nu. Elk uur telt voor Patricia,' onderbrak Fabian haar en hij duwde zijn telefoon in haar hand. 'Bellen.'

Van Engelen keek naar het toestel alsof ze nog nooit een telefoon had gezien. 'Moet ik het voordoen?' zei Fabian geïrriteerd. Nienke zag dat hij zenuwachtig was en zij had hetzelfde gevoel in haar maag. Er kon zoveel fout gaan. Wie zei dat Rufus zijn woord zou houden en Patricia zou laten gaan als hij de gegevens had?

Tergend langzaam toetste mevrouw Van Engelen een telefoonnummer in. Ze keek vertwijfeld naar Fabian, maar die was weer de vriendelijkheid zelf en knikte haar bemoedigend toe. 'Het komt goed,' zei hij.

Van Engelen hield het toestel tegen haar oor en luisterde gespannen. 'Rufus Malpied?' Haar stem klonk schel. '… Nee, het doet er niet toe wie ik ben,' zei ze. 'Ik heb de gegevens van Joyce.' Ze luisterde even en vervolgde: 'Als u om half zes bij het fietsenhok van de school staat, dan wacht ik daar op u. En vergeet Patricia niet!' Met die woorden hing ze op.

Fabian klapte in zijn handen. 'Dat deed u heel goed.' Hij nam zijn telefoon over van Van Engelen die een beetje witjes zag. Ze veegde met haar leren handschoen over haar bleke gezicht. 'En nu?'

'Nu wachten we,' zei Fabian.

'Maar straks herkent Rufus me!'

Amber veerde op. 'Daar weet ik wel wat op!' Ze trok haar lerares de school in. Die was zo verrast – of zo zenuwachtig – dat ze zich gelaten liet meetrekken.

Toen ze waren verdwenen, vertelde Nienke dat ze bang was dat Rufus zijn woord niet zou houden.

'Vast niet,' zei Fabian. 'En daarom gaan wij Patricia bevrijden op het moment dat Rufus de gegevens krijgt.'

'Maar wie zegt dat hij haar bij zich heeft?'

'Dat weet ik niet. Maar ik heb altijd schandalig veel geluk,' grapte hij, maar Nienke zag dat zijn ogen niet mee lachten. Hij wist het ook: ze namen een enorm risico, maar ze hadden geen keus.

Nienkes ogen vielen bijna uit hun kassen toen Van Engelen terugkwam. Amber had haar omgetoverd tot een soort hiphopper met een grote zonnebril op, een stoer jasje en een petje. Nienke herkende haar nauwelijks.

'Metamorfose geslaagd!' zei Amber trots. Van Engelen duwde ongemakkelijk de gigantische zonnebril hoger op haar neus.

De rest van het uur kroop voorbij. Van Engelen stond om de minuut op, waarna ze weer ging zitten. Om tien voor half zes stond Fabian ook op en wees naar de groene vuilcontainer die naast het fietsenhok stond. 'Daar kun je hen mooi in de gaten houden,' zei hij tegen Amber. Ambers mond viel open. 'Daar ga ik echt niet in, hoor!' Ze wees op haar witte bontlaarsjes. 'Weet je wat die gekost hebben?'

Fabian deed de klep van de bak open waar een zurige lucht uitkwam. 'Hij is leeg, kom nou!' Toen Amber hard nee schudde, pakte hij haar bij haar middel en tilde haar de bak in.

'Waarom ga jij er niet in!' sputterde ze, maar Fabian gooide de klep al dicht.

'Het stinkt hier!' klonk er uit de buik van het groene gevaarte. Nienke schoot in de lach.

'U wacht hier,' zei Fabian tegen Van Engelen.

'En jullie?'

'Wij staan op de uitkijk om te kijken of Rufus er al aankomt.' Hij pakte Nienkes hand en trok haar mee over het schoolplein de straat op. Hij keek links en rechts. De straat was verlaten, maar er stonden wel een paar auto's geparkeerd. Fabian trok Nienke de straat over en hurkte tussen een geparkeerde aanhanger en een rode auto.

'Hier hebben we uitzicht over de weg en het hek van het schoolplein,' fluisterde hij.

Nienke knikte. Ze was blij dat ze niet in haar eentje in het vuilnisvat zat.

Na een minuut of vijf hoorden ze een auto aan komen rijden. 'Bukken,' siste Fabian, maar de auto – een witte – reed door.

Nienke voelde dat haar benen begonnen te slapen. Ergens in de verte klonk het gebrom van een auto. Het klonk laag en zwaar. Ze hoorde Fabians gejaagde ademhaling naast zich. Het gebrom werd luider en nu zagen ze twee koplampen die als felle kattenogen aan het eind van de straat opdoemden. De auto minderde vaart, passeerde hen en reed achteruit. Er parkeerde een zwarte bus vlak voor de ingang van het hek van de school! De bestuurder doofde de lichten en klapte het portier open. Er stapte een man uit met een lange zwarte jas aan en een zwarte hoed op. Hij keek behoedzaam om zich heen. Even vingen ze een glimp op van zijn gezicht in het vuile licht van een lantarenpaal.

Het was Rufus!

Nienke deed een schietgebedje toen Rufus door het hek het schoolplein opliep. Als Patricia nou maar in de bus zat. Ze volgde Fabian die de straat overstak en zachtjes naar de bus sloop. Hij probeerde door het achterraam te kijken, maar alle ramen waren geblindeerd.

'Patricia?' siste hij zachtjes. 'Patries?'

'Fabian?' klonk het gesmoord binnen in de bus. Nienkes hart maakte een enorme sprong tegen haar ribbenkast. Patricia zat in de bus!

Fabian trok aan de achterdeur, maar die was natuurlijk op slot.

'Fabian, haal me hieruit!'

'Sst! We doen ons best!' Fabian trok koortsachtig aan de zijdeur van de bestelbus, maar die bewoog ook niet. Nienke keek naar het hek. Ze hadden niet veel tijd.

'De voorportieren dan?' opperde Nienke, maar Fabian schudde zijn hoofd. 'Er zit een schot tussen het voor- en achterstuk.'

'We hadden een breekijzer mee moeten nemen,' zei Nienke gejaagd. Ze rammelde aan de achterdeur.

Amber kwam aanrennen. 'Jullie moeten opschieten!' siste ze. 'Rufus staat al bij Van Engelen.'

'We krijgen de deur niet open!'

Amber keek om zich heen en pakte een grote steen van de grond op. Ze hief hem hoog boven haar hoofd en nam een aanloop, maar voordat ze de ruit in kon gooien, hield Fabian haar tegen. 'Nee! Dat is te gevaarlijk!'

'Haal me hieruit,' jammerde Patricia, die haar vingers door een spleetje aan de roestige onderkant van de deuren had gewriemeld.

'Doe iets!' zei Nienke wanhopig tegen Fabian die naar Patricia's vingers keek. De zwarte nagellak was van haar vingernagels afgebladderd.

'Een oud mechaniek,' mompelde hij.

'Wat?' Nienke wist niet waar hij het over had.

Fabian viste een zakmes uit zijn zak. 'Patricia, haal je vingers weg!' beval hij.

De vingers verdwenen en Fabian opende zijn zakmes. Nienke zag dat hij de blikopener in de roestige lak onder aan de deur zette. Nienke begreep niet waar hij mee bezig was en keek weer naar het hek. Hoelang had Rufus nodig?

Fabian prikte totdat hij een flink gat had. Daarna duwde hij de blikopener terug en trok hij de schroevendraaier uit de houder. Hij peurde met de schroevendraaier in het gat. Nienkes adem stokte in haar keel. Ze zag door de kale bomen iets bewegen op het schoolplein. Rufus kwam terug.

'Schiet op!'

Fabian wiebelde de schroevendraaier heen en weer. 'Zo moet het lukken.' Hij sloot zijn ogen even. Nienke keek angstig naar het hek.

Er klonk een droge klink. De achterdeur sprong open.

5
€€N DOOD SPOOR

'Kom, snel!' Fabian trok Patricia uit de bus en ondersteunde haar, terwijl Nienke zo snel mogelijk de achterdeur dichtgooide.

'Hierheen!' Hij hielp Patricia, die nauwelijks op haar benen kon staan, het voetpad op. Nienke en Amber volgden Fabian en Patricia naar de nooduitgang van de school. Ze glipten door de deur en trokken die snel achter zich dicht. Het was doodstil in de school.

'Waar moeten we heen?'

Fabian maakte een hoofdgebaar richting de kluisjes. Hij trok een pijnlijk gezicht, omdat Patries zwaar op zijn schouder leunde. Nienke ging snel aan haar andere kant staan en tilde Patricia's slappe arm om haar schouder.

'Het komt allemaal goed, je bent nu veilig,' fluisterde ze in Patricia's oor. Ze hielpen haar in een stoel naast de kluisjes. Fabian sprong op en liep naar de koffieautomaat. Nienke kon Patricia nu goed bekijken. Ze zag er vreselijk uit: haar rode haren piekten vet om haar hoofd heen, ze had donkere kringen onder haar ogen en haar groene trainingsbroek zat onder de modder. Ze had haar ogen stijf dicht en ze klappertandde van de spanning.

'Patricia?' Nienke hurkte voor haar neer. Patricia keek angstig naar Nienke.

'Het is voorbij, je bent veilig,' zei Nienke weer en ze omhelsde haar. Patricia verstijfde even, maar klampte zich toen stevig aan haar vast. Ze begroef haar gezicht in Nienkes lange haar en begon zachtjes te huilen. 'Ik… ik,' stamelde ze.

'Sst, stil maar.' Nienke nam het bekertje thee van Fabian over en gaf het aan de snikkende Patricia.

'Wat wilde Rufus van je?' vroeg Fabian.

'Laat haar maar eerst even bijkomen,' zei Nienke. De tranen bleven over Patricia's wangen stromen.

'Ik heb jullie zo gemist!' zei ze emotioneel. Nienke omhelsde haar. Amber en Fabian deden hetzelfde.

'Sibuna,' zei Amber serieus en hield haar hand voor haar ene oog. De anderen volgden, Patricia als laatste. Nienke kreeg een brok in haar keel: De Club van de Oude Wilg was weer compleet.

'Godzijdank!' Een doodongeruste Van Engelen kwam de hoek omrennen.

'Is hij weg? Is hij weg?' stamelde Patricia die bang naar de ingang van de school keek. Van Engelen knikte en knielde bij Patricia.

'Rufus is weg. Hij kan je nu niets meer doen.' Ze nam Patricia's hand in haar handen. 'Oh, Patricia, het spijt me zo... We hadden je daar veel eerder weg moeten halen... Maar Joyce...'

Patricia keek op. 'Joyce? Wat is er met...?'

Nienke kreeg een naar gevoel in haar maag. Ze hadden de gegevens van Joyce aan Rufus gegeven in ruil voor Patricia, maar wat voor gevolgen had dat voor Joyce?

Maar Fabian kreeg een grote glimlach op zijn gezicht. 'Je denkt toch niet dat we Joyce in gevaar zouden brengen?'

'Het is geregeld,' suste Van Engelen en ze glimlachte samenzweerderig naar Fabian. 'Ik heb contact met haar vader gehad. Ze zit alweer ergens anders.'

Nienke begreep het en ze kon Fabian wel zoenen. Daarom hadden ze die ochtend natuurlijk zo lang op hem moeten wachten.

'Maar kunt u ons nou eindelijk vertellen wat er aan de hand is?' vroeg Fabian.

Mevrouw Van Engelen zuchtte. 'Nee, dat kan ik echt niet... Jullie hebben al zoveel van me gevraagd. Hierin moeten jullie me vertrouwen. De veiligheid van Joyce hangt ervan af.' Ze knikten.

Van Engelen liet de Club zweren dat ze zouden zwijgen over de ontvoering en over Joyce. Daarna bracht ze hen met de auto naar het Huis Anubis, waar Patricia meteen onder de douche ging staan. Nienke, Amber en Fabian hingen intussen wat op de banken van de woonkamer. Na een half uur kwam Patricia binnen. Haar haren waren nog vochtig en ze had een schoon trainingspak aan.

'Nu heb ik berehonger,' zei ze terwijl ze op een stoel bij de eettafel zakte.

Patricia werkte in een snel tempo een enorm bord spaghetti met tomatensaus en kaas naar binnen.

'Dat was vurrukkulluk,' zei ze voldaan.

'Zullen we naar boven gaan?' zei Nienke. Ze wilde dolgraag horen wat er nou precies met Patricia gebeurd was.

Ze liepen naar boven, langs Victors kantoor. Victor keek op van een of ander dood beest en staarde hen verrast na, maar hij zei niets.

'Hoe is het eigenlijk met Victors camera's?' vroeg Patricia terwijl ze op Ambers bed ging zitten.

'Die zijn er nog. Maar niet hier,' verzekerde Fabian haar. 'Vertel nou!'

Patricia begon. Ze vertelde dat ze na de musical Joyce in de zaal had gezocht, maar dat ze haar nergens kon vinden. Er zat wel een briefje onder haar stoel (rij elf, stoel twee) geplakt met daarop de tekst: *Om 19.00 bij de oude wilg. Praat met niemand en kom alleen, X J.*

Rufus was ook in de school en had contact gezocht met Patricia. Hij zei dat hij haar kon helpen en daarom had ze met hem afgesproken bij de oude wilg. Maar toen Joyce niet kwam opdagen bleek Rufus helemaal niet aan haar kant te staan. Hij had Patricia vastgebonden en opgesloten. Na drie dagen had hij haar uit de loods gehaald en had ze een nacht in de bus moeten slapen. Het was afschuwelijk geweest. Ze had het heel erg koud gehad en Rufus had haar ook niets meer te eten gegeven.

'Hij wilde me meenemen naar het buitenland, of zo,' zei Patricia. 'Ik was zo bang! Ik dacht dat ik jullie nooit meer zou zien…'

Amber ging naast Patricia zitten en sloeg een arm om haar heen. 'Hoe hebben jullie me eigenlijk vrij gekregen?'

Terwijl Fabian vertelde wat er was gebeurd, gaapte Patricia een paar keer hartgrondig. Nienke zag nu pas hoe bleek ze was.

'Ben je niet doodop?' vroeg ze.

Patricia knikte verontschuldigend.

'Het is wel mooi geweest voor vandaag. Laten we gaan slapen,' zei Fabian.

Patricia twijfelde en keek even angstig naar de deur.

Nienke zag het. 'Wil je hier slapen?' vroeg ze lief.

'Is dat oké?'

'Natuurlijk,' zei Amber enthousiast en ze begon meteen haar bed tegen dat van Nienke te schuiven, zodat Patricia gezellig tussen hen in kon slapen.

Nienke werd 's nachts wakker van Patricia die in haar slaap lag te praten. 'Nee, nee… Rufus…' mompelde ze. Er parelde zweet op haar voorhoofd. 'Niet Joyce!' gilde ze ineens en ze kwam met een ruk overeind.

'Patricia?' vroeg Nienke voorzichtig. Patricia keek met een ruk opzij en keek haar met bange ogen aan.

'Had je een nachtmerrie?'

Patricia knikte een beetje verward. 'Rufus… Ik droomde dat Rufus Joyce had…'

Nienke aaide even geruststellend over Patricia's rug. 'Het was maar een droom. Joyce is veilig,' zei ze en Patricia ging weer liggen.

'Maar het leek zo echt,' stamelde ze.

Nienke probeerde haar gerust te stellen en uiteindelijk was Patricia weer in slaap gevallen, maar ze had de hele nacht liggen woelen en stond de volgende dag gebroken op. Ze was vreselijk ongerust en was ervan overtuigd dat Rufus Joyce op een of andere manier toch te pakken had gekregen.

Toen ze naar school fietsten, kwam er een nare ijsregen uit de grijze lucht. Dat maakte het humeur van Patricia er niet beter op. Ze liep stil en chagrijnig achter de anderen aan het lokaal in, waar mevrouw Van Engelen achter haar bureau stond.

'Bent u weer beter?' vroeg Mara blij.

Van Engelen knikte. Patricia probeerde oogcontact met haar te maken, maar dat lukte niet. Mevrouw Van Engelen deed net of er helemaal niets gebeurd was. Tijdens de les had Patricia nog herhaaldelijk geprobeerd om een soort van reactie van haar te krijgen, maar Van Engelen negeerde het.

'Vinden jullie het niet raar dat Van Engelen net doet of er niets aan de hand is?' zei Patricia tijdens de pauze tegen de rest.

'Dat is toch logisch? Anders komt Joyce misschien in gevaar,' zei Fabian.

Patricia zuchtte. 'Weet je zeker dat Van Engelen contact heeft gehad met de vader van Joyce?'

'Patries, wat heb je?'

Patricia haalde haar schouders op. 'Ik weet het niet... Straks heeft Rufus Joyce ontvoerd.'

Van Engelen stond ineens voor hun neus.

'Waarom doet u net of er niets gebeurd is?' vroeg Patricia scherp.

Van Engelen legde een vinger op haar lippen. 'Komen jullie aan het eind van de dag naar mijn lokaal? Ik wil jullie iets laten zien,' zei ze en ze liep meteen weer weg.

De rest van de dag had iedereen moeite om zijn hoofd bij de lessen te houden. Ze waren verschrikkelijk benieuwd wat Van Engelen hen wilde laten zien en toen de bel was gegaan renden ze met z'n allen naar het lokaal. Van Engelen sloot de deur en wees naar een laptop die op haar bureau stond.

'Ga maar zitten,' zei ze tegen Patricia.

Patricia keek wantrouwig van haar lerares naar de laptop, maar ging uiteindelijk toch op de stoel zitten. Ze keek naar het zwarte scherm. 'Wat moet ik zien?'

Van Engelen bewoog de muis. Plotseling verscheen er een blond meisje in beeld. Ze zwaaide. 'Hoi, Patries.'

Patricia's mond viel open. Toen zag ze pas de webcam die aan de bovenkant van het beeldscherm zat.

'Joyce? Waar ben je? Hoe gaat het met je? Heb je gehoord wat er allemaal gebeurd is? Je bent toch niet bij die enge Rufus?' ratelde

Patricia in één adem.

Joyce lachte. 'Nee, hoor. We zijn nu weer ergens anders. Pappa zegt dat hij ons hier niet kan vinden.'

'Waar was je nou bij de musical?'

'Ik wilde naar jullie toe komen, maar dat vond Van Swieten geen goed idee.'

Amber bemoeide zich ermee. 'Waarom niet?'

'Is dat Amber?'

Amber ging achter Patricia staan en trok Fabian en Nienke naast zich. Ze begon als een malloot te zwaaien. Joyce keek naar Nienke, die ook even zwaaide en verlegen glimlachte. Patricia draaide zich om. 'Dit is Nienke. Zij heeft... euh... zeg maar jouw plek ingenomen.'

Oh jee, dacht Nienke. Daar gaan we weer... Ze kreeg ineens hetzelfde gevoel als toen ze net in het Huis Anubis was komen wonen en Patricia haar ervan beschuldigd had dat *zij* ervoor gezorgd had dat Joyce was verdwenen.

Gelukkig lachte Joyce alleen maar heel lief naar haar. 'Dag Nienke,' zei ze.

'Waarom stuurde Van Swieten je weg bij de musical?' vervolgde Patricia.

'Vanwege mijn veiligheid en die van mijn ouders.'

'Waarom?'

Joyce zweeg.

'Je kunt het ons toch wel vertellen.'

'Laat maar, Patries. Het ligt allemaal een beetje ingewikkeld,' zei Joyce uiteindelijk.

Patricia nam geen genoegen met dat antwoord. 'Ik begrijp het niet.'

'Dat hoeft ook niet,' zei Van Engelen.

Patricia keek boos.

'Vertrouw Van Engelen maar,' zei Joyce verontschuldigend.

'Kom je nog terug?'

Joyce zweeg weer even. 'Ik weet het niet,' zei ze en ze keek een beetje verdrietig recht de camera in.

Bij die woorden brak er iets in Patricia. Een eenzame traan liep over haar wang, die al snel werd gevolgd door een nieuwe. 'Ik hoop het… Ik mis je zo,' stamelde ze.

'Ik mis jou ook, jullie allemaal,' zei Joyce met trillende stem. 'Ik moet nu gaan.' Joyce zwaaide nog een keer en daarna werd het beeldscherm zwart. Patricia verschuilde zich achter haar rode pony, maar Nienke kon aan haar schokkende schouders zien dat ze nog harder moest huilen. Ze legde haar hand op Patricia's schouder, maar ze duwde hem weg, stond op en liep zonder iets te zeggen het lokaal uit.

'Laat haar maar even,' zei Fabian.

Ze liepen achter de huilende Patricia aan die op het bankje bij de kluisjes ging zitten en haar knieën optrok. Ze veegde over haar ogen.

'Gaat het?' vroeg Amber uiteindelijk.

Patricia knikte. 'Ik ben gewoon zo opgelucht dat Joyce veilig is en niet bij die enge Rufus.'

'Maar wat wilde Rufus nou van Joyce?' vroeg Amber aan niemand in het bijzonder.

'Dat weet ik niet,' zei Patricia gefrustreerd.

'Denken jullie dat het iets te maken heeft met het geheim van het huis?' zei Nienke.

Patricia haalde haar schouders op en veegde weer onder haar ogen. 'Over het geheim gesproken… Hoe gaat de speurtocht?'

'Nou,' zei Amber, 'toen jij weg was, hebben we gezocht en gezocht en toen kwamen we uiteindelijk uit in een grot onder het huis en daar lag de schat.' Daarna barstte ze in lachen uit.

Patricia begon ook heel hard te lachen. 'Ik hoor het al! Jullie kunnen niet zonder mij,' zei ze half lachend, half huilend.

'Ahem.' Fabian schraapte zijn keel. 'Toen jullie allemaal opgesloten zaten, heb ik iets ontdekt.'

De meiden keken hem verbaasd aan.

'*Zoek degene zonder wie ik niets zou zijn. Dankzij Ptah waakt hij nu nog over mij en ons geheim,*' zei Nienke. 'Heeft het daarmee te maken?'

Fabian knikte geheimzinnig. 'Niet hier, ik moet jullie iets laten zien... Thuis.'

Ze fietsten als een gek naar huis. Nienke was verschrikkelijk opgelucht: Patricia was weer terug en Joyce was veilig en Fabian had iets ontdekt wat hen misschien wel weer een stap verder bracht in de zoektocht naar de schat! Ze brandde van nieuwsgierigheid, maar hij wilde helemaal niets loslaten.

'Toe nou?' smeekte Amber, maar Fabian schudde zijn hoofd. 'Het is veel leuker als ik het jullie kan laten zien.'

In het huis zei Fabian dat ze vast naar boven moesten gaan, omdat hij iets moest halen. Ze renden met z'n drieën de trap op naar de kamer van Amber en Nienke. Daar wachtten ze vol spanning.

'Kan hij niet opschieten,' zei Amber die op haar bed zat te wiebelen.

De deur ging open. Fabian sloot hem zorgvuldig achter zich en ging naast Nienke op bed zitten. Ze keken hem afwachtend aan.

'Toe nou!' riep Amber die het niet meer hield.

'Kijk!' Fabian haalde een stenen beeldje achter zijn rug vandaan.

'Een kat?' zei Amber teleurgesteld. 'Wat moet je daarmee?'

'Kijk maar.' Fabian liet hen de onderkant van het beeldje zien.

In het steen stonden Egyptische tekens.

'Waar heb je die kat gevonden?' vroeg Nienke opgewonden.

Fabian vertelde dat hij alle beeldjes in de woonkamer had bestudeerd, omdat *Ptah* de God van het handwerken en beeldhouwen was. Zo was hij erachter gekomen dat in de voet van een van de kattenbeeldjes die op de bijzettafel in de woonkamer stonden, tekens gekrast waren.

'Wauw! Weet je wat het betekent?' Nienke bestudeerde de tekens, maar kon er geen wijs uit worden.

'Nee, maar daar komen we wel achter.' Fabian haalde het *Egyptische hiërogliefenhandboek* uit zijn tas en ging weer op Nienkes bed zitten.

'Goed, wat zien we?' Hij sloeg het boek open en vergeleek de tekens met de afdrukken aan de onderkant van het beeldje.

'Het eerste is een slang,' zei Nienke. 'En dan een soort vogel, en dan een raar zigzaglijntje…'

Samen worstelden ze zich door de acht tekens heen. De spanning in de kamer steeg. Het enige geluid dat te horen was, was het bed van Amber dat kraakte door Ambers zenuwachtige gewiebel.

'*Van Sarah*,' zei Fabian uiteindelijk en sloeg het boek dicht.

'Van Sarah?' Dat staat op de onderkant van die domme stenen kat?' vroeg Amber.

Fabian knikte. Patricia keek teleurgesteld. 'Daar hebben we toch niks aan? Misschien moeten we het kapotmaken.'

Maar Fabian schudde zijn hoofd. 'De beeldjes zijn massief,' zei hij tegen Patricia.

'Wat is massief?' vroeg Amber.

'Het tegenovergestelde van hol… zoals jouw hoofd,' pestte Patricia die Amber op haar hoofd klopte. 'Zie je? BOING!'

Nienke zuchtte. 'Dit leidt nergens naar! We moeten verder zoeken.'

'Wacht! Wacht! Wat is dit?' Amber had de kat gepakt en wees naar een aantal streepjes dat in de voet van de kat gekerfd stond. Fabian nam het beeldje van haar over en bestudeerde het.

'Zijn het hiëogliefen?' vroeg Amber gretig, maar Fabian schudde zijn hoofd. 'Het is gewoon versiering,' zei hij.

'Oh,' zei Amber een keek teleurgesteld naar de stenen kat.

'We zitten op een dood spoor,' zei Fabian.

Iedereen was stil. Wat een teleurstelling.

'Zien we niet iets over het hoofd?' vroeg Fabian ineens.

'Maar wat?' zei Nienke. Dit is toch wat Sarah op de wasrol zei?'

Fabian dacht even na. Ineens veerde hij op. 'Heb je alles gehoord?'

Nienke begreep niet waar hij het over had.

'De wasrol! Heb je de wasrol helemaal beluisterd?'

Nienke dacht terug aan de dag dat ze in Victors kantoor stond. Ze was zo gespannen geweest, dat ze op de trap was gaan zitten, terwijl de DAT opnam wat op de wasrol stond. Maar toen was Victor ineens binnengekomen!

'Misschien niet,' zei ze peinzend.

'Dan moet dat het zijn,' zei Fabian. 'We moeten de wasrol nog een keer beluisteren!'

6

DE LAATSTE WASROL

De leden van de Club stonden met z'n allen te kleumen op de buitenplaats van de school. De avond daarvoor hadden Nienke en Fabian gezien dat Victor de wasrol in het afspeelapparaat had geklikt en eraan stond te prutsen. Hij probeerde de wasrol te beluisteren.

'We moeten de wasrol zo snel mogelijk beluisteren,' zei Fabian. 'Straks is ie ons voor.'

'Maar hij heeft de hendel van het apparaat toch niet?' vroeg Amber.

'Nee, die heb ik.' Nienke deed haar tas open en haalde er een oude pop uit. Ze trok het hoofd ervan af en hield het lijfje ondersteboven, waarna er een koperkleurige hendel in haar want viel.

'Maar hoe kan Victor het apparaat dan gebruiken?'

'Dat kan hij nu niet, maar hij kan heus wel aan zo'n hendel komen,' zei Fabian bezorgd terwijl hij in zijn koude handen blies. 'In een antiekzaak, of via internet.'

Nienke wilde er liever niet aan denken. 'We *moeten* die rol eerder horen dan hij.'

De moeilijkheid was alleen dat Victor de afgelopen drie dagen de hele tijd in zijn kantoor had gezeten, alsof hij voelde of wist dat ze daar iets moesten. Hij *bleef* er maar zitten snijden in één van zijn opgezette dieren.

'Er moet toch een manier zijn om Victor een half uur uit zijn kantoor te lokken?' Fabian trok een denkrimpel. 'Waar houdt hij van?'

'Levenselixer,' zei Amber gevat.

'Dat heeft hij al. Grapjas.' Nienke rilde even.

'Hij heeft geen tv,' opperde Amber.

'Daar houdt hij niet van.'

'Opgezette beesten?' Amber keek vies.

Nienke schudde weer haar hoofd. 'Daar heeft hij er al zat van. Nee, het moet iets zijn wat hem even bezighoudt buiten zijn kantoor.'

Amber begon op haar vingers af te tellen. 'Iets met sport. Of uitgaan. Een Valentijnskaart van een onbekende minnares voor een avondje uit...'

'Victor houdt niet van uitgaan. En al helemaal niet van vrouwen,' zei Fabian.

'Houdt die man wel ergens van?'

'Victor heeft eigenlijk een hekel aan alles.'

Ze waren even stil en dachten na. Nienkes hoofd bleef leeg. Ze kon helemaal niets bedenken wat Victor leuk zou vinden.

'Muziek!' Amber sprong op. 'Victor houdt van oude muziek. We kunnen een piano voor hem kopen!'

Fabian en Nienke keken naar Amber die vol passie in de lucht een denkbeeldige piano aansloeg. Ze hield snel op toen ze Fabian en Nienke zag kijken. 'Sorry, weer een stom idee. Ik zeg niks meer.'

Fabian kauwde op zijn lip en wenkte hen toen. 'Kom eens?'

Nienke en Amber liepen nieuwsgierig achter Fabian aan de school in. Hij opende de deur van het computerlokaal en spiekte naar binnen. Er was niemand. Hij ging snel achter een computer zitten en begon iets in te tikken.

'Wat doe je?' Nienke begreep er niks van. Fabian deed soms zo geheimzinnig.

'Op internet vind je vaak heel goedkope spullen,' zei hij zonder zijn ogen van het scherm te halen. Hij floot vervolgens goedkeurend, ging even met zijn handen door zijn haar en pakte toen zijn mobieltje. Amber hing over zijn schouder en las voor wat er op het scherm stond: 'Oud, klassiek orgel in goede staat. Wegens overlijden te koop aangeboden.' Ze keek stralend naar Nienke.

'Victor houdt van dode spullen.'

Fabian had contact. Het orgel was nog te koop en als ze een creditcard hadden, was het geen probleem, dan werd het zelfs thuis bezorgd. Fabian keek op. 'Heeft een van jullie een creditcard?'

Nienke schudde van nee, maar Amber trok achteloos haar portemonnee en overhandigde hem er twee. '*American Express* of *Visa*, vraag maar wat ze willen.'

Nienke keek er even ongelovig naar. Ze had nog nooit in haar leven een creditcard vastgehouden, laat staan gebruikt!

Fabian sloot de deal en hing op. Met beide armen in de lucht begon hij uitgelaten het lokaal rond te rennen. 'Een orgel voor Victor van een onbekende minnares, dat moet toch werken?' riep hij.

De bel maakte een einde aan zijn woeste vreugdedans.

'Wat hebben we nu?' Amber pakte haar tas en liep naar de deur. Ze had een hekel aan te laat komen.

'Euh, natuurkunde geloof ik.'

Ze liepen snel naar het natuurkundelokaal waar Van Swieten al in zijn witte jas achter zijn bureau stond. Mick en Mara zaten naast elkaar aan een tafeltje. Mick probeerde met een merkstift een *tag* op Mara's arm te tekenen, maar Mara trok steeds giechelend haar arm weg. Mick was net terug van zijn trainingskamp in Engeland en Mara liep sindsdien op een roze wolkje.

'Om te kotsen,' mompelde Amber en ze trok Nienke mee naar een tafeltje waar ze de twee goed in de gaten kon houden. Nienke zuchtte. Amber kon nog zo goed volhouden dat ze er geen problemen mee had, alles wees erop dat ze zo jaloers was als een groene gifkikker.

Van Swieten schraapte zijn keel. 'Als ik even jullie aandacht mag? Vandaag begint officieel de selectieronde voor de schoolvertegenwoordiger 2007.'

Mara duwde Micks hand weg en ging recht zitten.

'Het is een dubbele functie waar je niet al te licht over moet denken. De winnaar heeft een zware taak voor de boeg. Hij of zij zal een maidenspeech moeten houden en een themadag moeten organiseren.'

Amber stak haar hand op. 'Wat is een maidenspeech?'

'Dat is de eerste toespraak waarin de kandidaat zich presenteert.'

Amber knikte en probeerde vervolgens Micks blik te vangen, maar die keek alleen maar naar Mara, die met haar hand onder haar kin naar Van Swieten keek. Ze was blijkbaar erg geïnteresseerd in de schoolvertegenwoordiger-verkiezingen. Nienke leek het helemaal niets, ze kreeg al maagpijn als ze alleen al dacht aan het houden van een speech.

Van Swieten vertelde dat sommige mensen geen moeite hoefden te doen om zich aan te melden, omdat je als kandidaat een vlekkeloos cv moest hebben. Hij keek nadrukkelijk naar Jeroen en Appie. Hij was nog niet vergeten hoe ze een paar maanden geleden ervoor hadden gezorgd dat hij zijn voet brak toen ze een kuil in het bos hadden gegraven. Jeroen keek chagrijnig terug en sloeg zijn armen over elkaar.

'Als er geen vragen zijn, dan kunnen de leerlingen die zich kandidaat willen stellen nu hun hand opsteken.'

Van Swieten was nauwelijks uitgepraat toen Mara's hand al trots de lucht inschoot.

'Dat is één.' Van Swieten noteerde Mara's naam.

Nog twee vingers gingen de lucht in: Geneviève Duprix en Karin Fluitsma. Nienke kende de twee meisjes niet zo goed, maar Geneviève was een kleine kattenkop die altijd haantje-de-voorste wilde zijn en Karin was een soort macrobiotisch verantwoorde milieufanate die altijd rondliep met foldertjes met vreselijke foto's van dierenmishandeling. Mara zou het van hen beiden makkelijk winnen.

'Ik ook!'

Nienkes mond viel open. Amber stak haar hand op!

'Amber Rosenbergh, was dat het?' Van Swieten keek de klas rond.

Mara zag eruit alsof ze net tien centimeter was gekrompen en keek met schuwe blik naar Amber, die met een zelfvoldane glimlach terugkeek.

Nienke groef in haar geheugen naar de dag dat Van Engelen de verkiezingen had aangekondigd. Toen hadden ze het erover gehad.

Had Amber toen niet gezegd dat het haar een suf baantje leek? Ze keek van Amber naar Mara naar Mick. Zou Amber zichzelf verkiesbaar stellen vanwege Mick?

Die conclusie had Patricia ook getrokken. 'Wat bezielde jou om je vinger op te steken?' viel ze Amber aan, die zichzelf net afvroeg of ze haar haren donker moest verven omdat ze dan serieuzer over zou komen.

'Ik denk dat ik een mooie mascotte ben voor de school,' zei Amber serieus en ze klapte haar poederdoos dicht.

Fabian begon te lachen. 'Je bedoelt visitekaartje, Amber, niet mascotte.'

Amber werd een beetje rood en begon te sputteren dat het goed zou staan op haar cv voor het geval ze later de politiek in wilde, maar het ging er niet in bij Patricia. 'Je doet dit gewoon om Mara te jennen,' zei ze boos.

'Hoe kom je daar nou bij,' zei Amber, maar Nienke zag dat haar wangen nog roder werden. Patricia zag het ook en keek nog bozer.

Fabian onderbrak de twee bekvechtende meiden. 'Zullen we het even over belangrijkere dingen hebben. Vanmiddag bijvoorbeeld?'

'Wat is er vanmiddag?'

'Amber! Vanmiddag MOETEN we proberen om de wasrol te beluisteren!'

'Oh nee hoor, ik moet vanavond aan mijn meidenspeech werken,' zei Amber beslist.

'Het is maidenspeech,' verbeterde Nienke haar.

'Goed, daar moet ik dus aan werken.'

'Dat bedoel ik nou... Hoe moet het nou met de Club?' zei Patricia nukkig.

Amber rolde met haar ogen. 'Het gaat toch prima met de Club?'

Patricia zuchtte, pakte haar rugzak op en liep weg. Nienke wilde achter haar aanlopen, maar Amber pakte haar bij haar arm. 'Nienk, wil je me alsjeblieft meehelpen met mijn meidenspeech?'

'Je bedoelt maidenspeech,' verbeterde Nienke haar weer.

'Dat zei ik toch?' Amber keek haar met grote ogen aan. '*Pleeeease*?'

Nienke zette haar tas weer neer. 'Oké, dat is goed, maar dan moet je wel beloven dat je vanmiddag meehelpt.'

Na school zaten Nienke, Fabian en Patricia de hele middag zogenaamd te pokeren in de woonkamer om Victor in de gaten te houden. Maar het was nu al bijna tijd voor het avondeten en hij zat nog steeds in zijn kantoor.

Patricia gooide boos haar kaarten op de grond. 'Dit heeft helemaal geen zin!' Ze was al de hele middag geïrriteerd omdat Amber het uiteindelijk toch had laten afweten.

'Stel je voor dat we betrapt worden! Dan kan ik wel naar mijn kandidaatsstelling fluiten,' had ze gezegd en was naar boven vertrokken om aan haar "meidenspeech" te werken.

Fabian stond op en pakte Patricia's kaarten op. Hij keek er rustig naar. 'Stom om weg te gooien. Je hebt een *Royal Flush*,' zei hij vol leedvermaak.

Plotseling hoorden ze Victor tieren in de hal: 'Kluns! Hersenloos addergebroed! Kip zonder kop!'

Nieuwsgierig liepen ze de hal in. De rest van de bewoners stond er al en keek naar het vreemde tafereel: Victor stond naast de voordeur, waar een groot bruin pak in vastzat. Hij schreeuwde tegen een bezorger in een oranje overall die beduusd naar de boze conciërge keek.

'Mijn excuses,' stamelde hij en hij duwde tegen het pak, maar dat bewoog geen centimeter.

Met een grom begon Victor ook aan het pak te trekken. Heel langzaam kwam er beweging in, totdat het met een luid gekraak losschoot en het hele pakket over de stenen vloer naar binnen schoof. Victor kon nog net zijn voet wegtrekken.

'Kunt u… kunt u hier even tekenen,' hakkelde de bezorger die het zweet van zijn voorhoofd wiste. Hij zag eruit alsof hij elk moment gillend weg kon rennen.

'WELKE ONVERLAAT HEEFT DEZE BESTELLING

GEPLAATST?' bulderde Victor tegen de bewoners.

Nienke keek gespannen naar Fabian.

'Het is voor de heer Victor Roodenmaar, van...' stotterde de bezorger, maar hij hield meteen zijn mond toen Victor hem met zijn ene oog ijzig aankeek. Met trillende handen reikte hij Victor de bestelbon aan.

'Van een bewonderaar, voor Victor Roodenmaar,' las Victor al iets kalmer, maar hij keek nog steeds achterdochtig naar het pak. Toen hij besloten had dat er blijkbaar geen tijdbom of paard van Troje in zat, pakte hij een vlijmscherpe scalpel uit zijn borstzak. Hij begon met precieze halen het bruine karton weg te snijden en onthulde steeds meer delen van prachtig glimmend roodbruin hout.

'Wat is het?' fluisterde Mara zachtjes tegen Mick. 'Het lijkt wel een...'

'... Een harmonium.' Victor kreeg een zachte glans in zijn ogen. 'Een echte *Debain* uit 1900.' Hij streek teder met zijn hand over het gladde oppervlak van het orgeltje. Nienke had hem nog nooit zo gezien. Ze kreeg er de kriebels van. Meteen moest ze denken aan wat Sarah op de wasrol had gezegd: *Victor heeft mijn ouders vermoord.* Wist hij zo goed wat voor orgel het was, omdat hij in 1900 op zo'n zelfde instrument had gespeeld? Ze keek naar de conciërge die nu het deksel van het instrument uitklapte. Zijn vingers maakten onwillekeurig trekkende bewegingen, alsof hij moeite had om zichzelf te beheersen bij het zien van het orgel.

'Victor, speel eens een deuntje,' zei Trudie, die aan kwam lopen met een stoel.

'Ja, de vlooienmars, de vlooienmars,' gilde Appie.

Victor hoorde hen niet eens. In trance ging hij zitten, kraakte zijn benige handen en boog zich over de toetsen. Hij zette zijn voeten op de pedalen en begon te spelen. Iedereen hield zijn adem in. Het was prachtig! Slepende, droevige tonen vulden de hal van het huis dat ook mee leek te luisteren.

'Nu is het moment,' fluisterde Fabian en trok aan Nienkes mouw. Nienke knikte en stootte Patricia aan, die met haar mond open stond te luisterden. 'Wat?'

Nienke gebaarde naar boven. Patricia begreep het en trok Amber ook aan haar mouw, maar die weigerde mee te gaan. 'Anders kan ik de verkiezing wel shaken,' zei ze en ze schudde heftig met haar hoofd.

Nienke voelde een golf van irritatie door zich heen gaan. Waarom liet Amber het nou afweten. 'Je hebt het beloofd!' probeerde ze nog, maar Amber weigerde. 'Ik ga…'

'Ssst!' Trudie keek naar het groepje. Toen ze zich weer omdraaide slopen ze – zonder Amber – zo stilletjes mogelijk naar boven en openden zachtjes de deur van het kantoor. Patricia deed de deur dicht. Door de deur heen hoorden ze Victors spel op het harmonium dat was overgegaan in een woeste waterval van klanken.

Des te beter, dan horen ze ons niet, dacht Nienke, die de pop uit haar tas haalde en het hoofd eraf trok. Ze hield het lijfje ondersteboven en de hendel viel koud en hard in haar uitgestoken hand. Ze duwde hem zo snel mogelijk in het afspeelapparaat waar de wasrol nog in vastzat. Gelukkig had Victor de rol niet teruggelegd in de kluis. Dat scheelde tijd.

'Wacht!' fluisterde Patricia. 'Amber heeft de datrecorder!'

'Geen tijd. Dan moeten we maar heel goed luisteren,' zei Fabian en hij draaide aan de hendel van het apparaat.

'Wat er op deze rol staat, gaat met ons mee het graf in,' zei hij plechtig, terwijl hij het mechaniek startte waardoor de rol begon te draaien.

Gespannen stonden ze met z'n drieën in het kantoor en luisterden naar het zachte gekraak dat uit de hoorn van het apparaat kwam.

Plotseling ging de deur van het kantoor open. 'Ik ben het maar,' fluisterde Amber tegen Patricia die zo schrok, dat ze bijna met haar hoofd in de witte zwaan aan het plafond sprong. Amber hield haar hand voor haar ene oog.

'Sibuna,' zei ze serieus. 'Ik dacht dat we dit wel nodig hadden.' Ze trok de datrecorder uit haar bruin leren designertasje. Nienke kon haar wel zoenen.

Fabian nam de DAT van Amber over en drukte op "rec". Daarna startte hij de wasrol weer.

Het eerste wat ze hoorden, was het verhaal dat ze al kenden: dat Sarah dacht dat Victor haar ouders had vermoord, en daarna het raadsel van Ptah. Toen was het stil.

Nienke keek angstig naar Fabian. Ze luisterden gespannen naar het zachte ruisen dat uit de hoorn kwam. Net toen Nienke dacht dat er niets meer zou komen, klonk de stem van de kleine Sarah Winsbrugge-Hennegouwen uit de hoorn: *Dit is het laatste dagboek, mijn laatste boodschap...*

Dus hierna was er niets meer!

Toen pap en mam naar Egypte vertrokken, heeft pap een brief voor mij achtergelaten voor het geval ze niet meer terug kwamen... alsof ze het wisten. In die brief staat een missie. Ik moet op zoek naar een schijf. Een schijf die mij zal leiden naar iets van onschatbare waarde.

'De schat!' fluisterde Amber opgewonden.

Iets wat pap en mam eigenlijk niet mee hadden mogen nemen van hun reizen... Ik wou dat ik iemand had waar ik het mee kon delen.

Sarahs stem werd steeds droeviger en Nienke slikte even. *In die brief die papa voor mij heeft achtergelaten, staat een code. De oplossing van de code zal mij naar de schijf leiden.*

'Een schijf? Wat voor schijf?' vroeg Amber.

'Sst!' Patricia hield haar vinger voor haar lippen. Het klonk alsof Sarah begon te huilen, en daarna sprak ze verder met een verstikte stem: *Ik kan het niet vinden, papa... Ik ben maar alleen en overal dreigt gevaar... ik heb gefaald.*

Weer klonk er gesnik. Over Nienkes wang liep een traan. Fabian zag het en pakte haar hand beet.

Ik zal wachten op veilige afstand tot er iemand anders is die de kracht heeft om de vloek tot zwijgen te brengen. Ik heb de brief teruggelegd op de voor mij veiligste plek van het huis.

'Een brief, we moeten eerst een brief vinden,' zei Fabian opgewonden.

Ik hoop dat degene die de brief vindt, wel de kracht heeft om deze missie te volbrengen. Luister goed: Isis en Osiris, komen in mij saam...

Sta je eenmaal voor me, zoek dan naar de schijf.
Met een code in vier cijfers, het heeft niets om het lijf.
Onthoud te allen tijde dat, wat rondgaat ook kan rusten als het
sterrenbeeld goed staat.

Daarna klonk er alleen maar een zacht geruis. De wasrol was afgelopen. Ze waren er allemaal stil van en Nienke veegde zo onopvallend mogelijk met haar trui de tranen van haar wangen.

'Horen jullie dat?' Amber stak haar vinger in de lucht. De anderen luisterden aandachtig, maar hoorden helemaal niks.

'Dat bedoel ik,' zei Amber en Nienke begreep ineens wat ze bedoelde: de muziek was gestopt, dus Victor zat niet meer achter het orgel!

Fabian reageerde bliksemsnel: hij klikte de datrecorder uit en stak die in zijn zak, toen trok hij de wasrol uit het apparaat en pakte een schroevendraaier van het bureau. 'Victor mag hier nooit achterkomen. Zo hoort hij alleen nog maar ruis,' zei hij, en hij kraste met de schroevendraaier over het tere oppervlak van de rol.

Toen ze zeker wisten dat alles weer in dezelfde staat was, renden ze als een haas uit het kantoor, naar beneden, waar de heerlijke geuren van Trudies kookkunst hen al tegemoet dreven. Ze gingen weer aan tafel zitten en deden net of ze verder gingen met het potje pokeren, maar ze waren allemaal zo hyper, dat ze om beurten maar gewoon een kaart neerlegden en dingen riepen als *"fold"*, *"check"* of *"flush"*. Intussen probeerden ze zo onopvallend mogelijk te bespreken wat ze net op de laatste wasrol hadden gehoord: iets over een schijf, een code, een gedicht en een brief. Daar stond volgens Sarah een code in die zou leiden naar een schijf, wat dat ook mocht betekenen. Ze waren allemaal zo opgewonden dat ze elkaar een paar keer in toom moesten houden omdat ze veel te luid praatten.

Alleen Nienke zat er wat stil bij. Ze voelde zich verdrietig. De rest van de Club had het maar over de enorme schat die ergens in het huis moest liggen, alsof ze niet gehoord hadden hoe verdrietig

Sarah klonk op de laatste rol.

'Ik heb gefaald, papa...'

De woorden gingen Nienke door merg en been. Arme Sarah, ze klonk zo eenzaam en alleen. Nienke keek naar de kale bomen die voor de ramen in de wind heen en weer bewogen. Ze luisterde naar de geluiden van het oude huis dat zuchtte en steunde. Zelfs zonder muizen hoorde je overal gepiep. In dit grote huis was Sarah opgegroeid, met alleen Victor als gezelschap. Nienke rilde even. Dan had zij toch maar geboft: na de dood van *haar* ouders had haar oma voor haar gezorgd, en in dit huis had ze de Club... Ze keek even naar Fabian die zijn hand door zijn donkerblonde haar haalde, zoals hij altijd deed als hij ergens enthousiast over was. Ze kon zich geen betere vriend wensen om de raadsels mee op te lossen.

Alsof hij voelde dat er naar hem gekeken werd, keek hij precies op dat moment op en gaf haar een knipoog. Nienkes maag voelde alsof ze een vrije val maakte in de achtbaan, maar ze duwde het gevoel meteen weer weg. Fabian was gewoon een goede vriend. Toch? Ze had nog nooit een vriendje gehad en was ook nog nooit verliefd geweest, behalve op Niels die ze in de zandbak van de kleuterschool altijd met haar rode plastic schepje op zijn hoofd sloeg.

Nee, dat gekke gevoel kwam gewoon door de spanning. Het raadsel, een brief, een gedicht en een schijf; daar moest ze zich op concentreren. Voor Sarah. Had ze niet gezegd dat Nienke uitverkoren was om het raadsel te ontrafelen? Ze *moest* alles op alles zetten om de schat van Anubis te vinden!

7

'IK HEB VIER LETTERS IN MIJN NAAM'

Op vrijdag had Mara een feestje georganiseerd om te vieren dat Mick weer terug was van zijn trainingskamp. Ze had samen met Trudie de hele woonkamer met slingers behangen en bananencocktails gemaakt (Micks favoriet). De tafel stond vol met chips, knakworstjes, mini-pizza's en leverworst met mosterd. Mara stond in het midden van de kamer en hief haar glas met een groen parasolletje erin. 'Ik wil proosten op Mick, die weer terug is bij zijn surrogaatfamilie…'

Nienke hief haar glas en wilde met Fabian proosten, maar die stond voor zich uit te staren.

'Familie…' peinsde hij hardop. Toen kwam hij weer bij zijn positieven en hief zijn glas op.

'… Helemaal uit het koude, natte Engeland. *Welcome home, Micky,*' zei Mara stralend. Ze keek verliefd naar haar vriendje.

De deur sloeg met een klap open en Amber kwam binnengestormd. Ze zag er prachtig uit in een gouden jurk, haar haren helemaal in de krul.

'Wacht, wacht, wacht!' Amber graaide het glas uit Mara's handen. Mara keek verbouwereerd naar de gouden wervelwind. Ze was even van haar stuk gebracht, maar herstelde zich weer.

'Een toast dus,' vervolgde Mara. Ze keek naar Jeroen die chagrijnig in een stoel zat. Zijn glas stond naast hem op tafel. 'Toast je ook mee, Jeroen?'

'Waarom draait alles toch altijd om jou? Als je maar aandacht krijgt. Ikke ikke ikke,' viel Jeroen fel uit tegen Mara. Hij stond op en liep de deur uit.

'Hij lijkt wel jaloers,' fluisterde Fabian tegen Nienke.

'Nou… op Mick, dan maar,' zei Mara een beetje timide. Mick deelde zijn glas met haar en kuste haar toen vol op haar mond.

'Daar staat er nog één,' zei Nienke zachtjes en ze wees naar Amber. Die zat gefrustreerd naar de twee tortelduifjes te kijken, terwijl ze drie plakjes leverworst tegelijk in haar mond propte. Nienke liep naar haar toe en sloeg een arm om haar schouder. 'Doet het nog steeds pijn om Mick en Mara zo te zien?'

'Hoe kom je erbij? Mijn vader belde… Hij gaat weer verhuizen,' zei Amber, maar ze bleef naar Mick kijken.

'En daar ben je verdrietig om?'

Voor Amber kon antwoorden, zette Fabian zijn glas met een klap neer. 'Haar vader… natuurlijk!'

Nienke begreep niet waar hij het over had. Ze liep achter hem aan de gang op, waar hij naar de schilderijen liep van het echtpaar Winsbrugge-Hennegouwen.

'*Zoek diegene zonder wie ik niets zou zijn…* Dat moet Sarahs vader zijn.' zei hij opgewonden tegen Nienke.

'Wat?'

'Het raadsel! Ptah! De God van het handwerken en beeldhouwen, daar hoort schilderen toch ook bij?'

Hij keek om zich heen en trok toen voorzichtig het schilderij een stukje van de muur.

'Wat doe je?' Nienke keek naar boven. Er brandde licht in Victors kantoor.

Fabian gleed met zijn rechterhand over de achterkant van het schilderij. Plotseling stopte hij en keek triomfantelijk naar Nienke. 'Ik voel iets… Papier!'

Hij peuterde even. Nienke hoorde een schrapend geluid en ineens had Fabian een roomkleurige envelop in zijn handen.

'Snel! Naar boven!'

Nienke rende de trap al op, toen de deur van het washok openging. Jeroen liep met een grote stapel wasgoed de hal in. Hij staarde argwanend naar Fabian die de envelop op zijn rug hield.

'Gezellig sneaky dingetjes doen met zijn tweetjes,' zei hij sarcastisch toen Fabian Nienke de trap op volgde.

Ze liepen zo zachtjes mogelijk langs het kantoor en renden de gang over naar de kamer van Nienke.

'Wacht!' Nienke stopte. 'Moeten we Amber en Patricia niet halen?'

Fabian schudde zijn hoofd. 'Dat valt te veel op. Laten we eerst dit in veiligheid brengen.'

Ze gingen de kamer binnen en gingen op Nienkes bed zitten.

'Ongelooflijk!' Nienke omhelsde Fabian spontaan. 'Je had weer gelijk!'

Fabian straalde. 'Zullen we kijken wat erin staat?' Fabian trok de vergeelde envelop onder zijn trui vandaan.

'Moeten we dat niet met z'n allen doen?' twijfelde Nienke. Fabian keek zo teleurgesteld, dat Nienke moest lachen. Hij zag eruit als een klein jochie dat net z'n ijsje op de grond heeft laten vallen.

'Oké, even kijken kan wel,' zei ze toen.

Fabian reikte haar de envelop aan. 'Wil jij…?'

'Nee, nee, doe jij maar,' zei ze verlegen.

'Oké, samen dan,' Fabian schoof wat dichterbij. Nienke pakte een stukje van de envelop en samen trokken ze hem behoedzaam open. Er zat een opgevouwen vel papier in. Nienke trok het er voorzichtig uit en gaf het aan Fabian.

'Hier, jij moet kijken.'

Hij opende heel voorzichtig het vergeelde papier.

Het was leeg.

De Club kon het niet geloven. Ze hadden de brief gevonden waar Sarah het over had, maar er stond niets op of in.

'Maar er moet toch wat opstaan?' Amber keek gefrustreerd naar Fabian.

'Ik begrijp het niet,' mompelde hij.

Ze waren de hele week met z'n vieren 's avonds bij elkaar gekomen om te kijken naar de brief, maar ze konden helemaal niets vinden.

En ze moesten opschieten, want het leek net of Victor iets op het spoor was. Een paar dagen geleden had hij iedereen in de woonkamer bij elkaar geroepen en verteld dat ze last van muizen hadden. Hij had de bewoners de schuld gegeven en vervolgens alle kamers doorzocht op eten dat ze eventueel hadden laten rondslingeren. Het leek wel of Victor iets wist sinds ze de wasrol hadden beluisterd, maar ze begrepen niet hoe dat kon. Ze hadden de rol toch vernietigd?

De Club dacht eerst dat de muizen en het eten alleen maar een excuus van Victor waren om hun spullen te doorzoeken. Zo had hij een hele doos met energierepen van Mick over het hoofd gezien, terwijl hij Fabians spullen compleet overhoop had gehaald. Maar Trudie vertelde hen dat er wel muizen waren geweest. Ze hadden alle draden van Victors camera's doorgeknaagd, waardoor die het niet meer deden. Een geluk bij een ongeluk, want nu kon Victor hen niet meer in de gaten houden. Maar wat hadden ze eraan als ze niet verder kwamen met die brief?

'Zo vinden we die schijf nooit,' zuchtte Patricia gefrustreerd. Ze had weer een kilometer door de kamer geijsbeerd – wat ze altijd deed als ze zenuwachtig was – en plofte nu op Ambers bed.

'AAAAAH!!!' gilde Amber keihard en ze wees naar Patricia, die meteen weer overeind schoot. 'Wat? Wat?'

'Mijn jasje! Je bent op mijn jasje gaan zitten!' Amber pakte het geruite blazertje op alsof Patricia op haar goudhamster was gaan zitten. 'Kijk nou, helemaal gekreukt!'

'Dan strijk je het toch?' opperde Nienke. Ze zag het probleem niet.

'DIT mag alleen maar chemisch gereinigd en gestreken worden,' zei Amber geïrriteerd en ze keek boos naar Patricia. 'Nu heb ik niets voor morgen.'

Amber was na haar maidenspeech samen met Mara op een gedeelde eerste plaats geëindigd in de strijd voor het schoolvertegenwoordigerschap. Nu moesten ze van Van Swieten de komende twee weken een verkiezingscampagne houden en sindsdien liep Amber alleen nog maar rond in mantelpakjes. De anderen vonden dat ze het een beetje te serieus nam en vooral Patricia had haar twijfels bij het waarom van Ambers kandidaatschap. Net als Nienke dacht ze dat ze het vooral deed om Mick op een of andere manier van Mara terug te winnen. In tegenstelling tot Nienke stak Patricia haar mening niet onder stoelen of banken en daarom zaten de twee meiden elkaar de laatste tijd regelmatig in de haren.

Patricia knipte voor de neus van Amber met haar vingers. 'Even een realiteitscheck, mevrouw de presidentskandidaat: we hebben een raadsel op te lossen en er staat NIETS in die brief!'

Amber keek als een verwend klein meisje. 'Wat kan mij die brief nou schelen.' Ze draaide zich naar haar make-uptafel en pakte de grote witte brandende kaars die daar stond.

'Hier,' zei ze tegen Fabian. 'Een lichtje. Je moet gewoon beter kijken.' Ze duwde de kaars onder zijn neus, precies op het moment waarop hij het document oppakte. Het delicate vergeelde papier miste op een haar na de vlam.

'Amber, kijk nou uit!' riep Patricia boos.

'Nee wacht…' Fabian keek naar het papier. 'Doe dat nog eens?'

'Wat? Het papier in de fik steken?' vroeg Patricia ongelovig.

'Nee, nee, houd het er nog eens vlak achter?' Fabian hield de brief omhoog, terwijl Amber deed wat haar gevraagd werd.

'Kijk!' riep Fabian enthousiast. Door het licht zagen ze het: er stonden als een watermerk letters in het papier!

'Wauw,' Nienke kon nauwelijks een woord uitbrengen.

'Wat staat er? Wat staat er?' Amber stak in haar enthousiasme toch bijna het document in brand.

'Snel! Pen en papier!' Nienke grabbelde een schrift en een balpen van haar bureau en schreef op wat Fabian voorlas:

Lieve Sarah, Isis en Osiris, komen in mij saam
Ik ga rond en ook vooruit en heb vier letters in mijn naam
Ik tik en ik sla, maar ik doe nooit iemand pijn
Behalve die, die eeuwig jong willen zijn.

'Dat wil ik wel!' gilde Amber. 'Is dit het recept van het levenselixer?'

Patricia gaf haar een por als teken dat ze stil moest zijn, zodat

Fabian weer verder kon.

Staat de zon op zijn hoogst, dan zing ik mijn langste lied
Maar als ik me niet opwind, dan zing ik helemaal niet
Sta je eenmaal voor me, zoek dan naar de schijf
Met een code in vier cijfers, het heeft niets om het lijf.

'De code! Zie je die staan?' vroeg Nienke die met het puntje van haar tong uit haar mond zat te pennen.

Fabian schudde zijn hoofd en ging verder:

Alleen die, die kunnen kijken krijgen toegang tot de schat
Met de tijd als metgezel, onthoud te allen tijde dat
Wat rondgaat ook kan rusten als het sterrenbeeld goed staat
Maar dit alles is futiel met een hart doordrenkt van kwaad
Nobelen der harten, neem voorzichtigheid in acht
Want er zit een vloek verborgen in de lust van alle pracht
Deze schat geeft eeuwig rijkdom, daarin schuilt ook groot gevaar
Dus zoek naar haar met verve, maar denk te allen tijde na.

'Wauw,' zei Nienke. 'Wat betekent het?'

'Het is het gedicht wat we ook al op de wasrol hoorden, maar dan uitgebreid,' zei Fabian. Er fonkelden sterretjes van opwinding in zijn ogen. 'Van Sarahs vader.'

'Maar die code? Die vier cijfers staan er niet?' vroeg Nienke weer.

'We moeten eerst dit oplossen,' zei Fabian. 'Het gedicht zegt dat we op een bepaalde plek moeten zoeken, misschien is de code daar wel.'

'Ik begrijp er helemaal niets van,' zei Amber.

'Ik ook niet, maar daar kom ik wel achter,' zei Fabian vastbesloten.

Nienke geloofde hem meteen. Als je de *Da Vinci Code* al tien keer had gelezen, dan was dit waarschijnlijk een soort leuk raadsel voor hersengymnastiek, dacht Nienke.

Fabian pakte een boek van Nienkes boekenplankje. '*De Paardenhoeve*?' zei hij met opgetrokken wenkbrauwen toen hij naar de titel keek.

'Dat is toevallig mijn lievelingsboek,' verdedigde Nienke zich.

Haar wangen werden rood en nog roder toen de andere meiden begonnen te giechelen.

'Geeft niet hoor,' zei Fabian snel en hij stopte het document in het boek. 'Hier ligt het wel veilig.' Hij zette het boek weer op de plank en stopte het blaadje waar Nienke het gedicht op had overgeschreven in zijn zak. 'Hier wil ik graag vanavond even rustig naar kijken. Wie weet wat ik allemaal ontdek.'

Fabian overtrof zichzelf. Hij zat na het eten de hele avond op zijn kamer te puzzelen, omringd door allerlei naslagwerken met titels als *De verborgen betekenis achter de sterrenbeelden*, *Symbolen in het oude Egypte* en *Het geheime woord in beeld*. Gelukkig was Mick de hele avond in de sportschool voor zijn intensieve trainingssessie, zodat Fabian niet bang hoefde te zijn dat Mick over zijn schouder mee zou kijken of moeilijke vragen zou stellen. In de tussentijd was Nienke nog maar een keer in *De Paardenhoeve* begonnen. Ze kon op dit moment toch geen normaal gesprek met Amber voeren, want die had het alleen maar over hoe ze Mara te slim af kon zijn met de verkiezingen. Ze moest zich bedwingen om niet naar beneden te lopen en aan te kloppen bij Fabian. Hij was vast heel geconcentreerd bezig, dus ze wilde hem niet storen. Om tien uur klonken de vaste woorden van Victor door het huis. 'Het is tien uur. We weten allemaal wat dat betekent. Binnen vijf minuten in de kamers. Dan wil ik een speld kunnen horen vallen. Absolute stilte!'

Nienke trok haar pyjama aan. Vanavond zou ze dus niets meer horen van Fabian. Ze gleed onder de dekens en keek even naar Amber, die al een half uur eerder in bed was gaan liggen met haar roze oogmasker op "omdat ze fris moest zijn voor de uitdaging van de volgende dag".

Nienke pakte *De Paardenhoeve* van haar nachtkastje en begon weer te lezen. Een paar minuten later vulden dreigende tonen het huis: Victor zat weer in de kelder achter zijn orgeltje. Ze kon niet goed horen wat voor muziekstuk het was, maar het klonk naar en donker.

'Nienke?'

'Fabian!' Nienke sprong op en trok de deur open. Daar stond Fabian in zijn witte T-shirt en pyjamabroek. Hij had een aantal vellen papier in zijn handen die vol stonden met zijn kriebelige handschrift.

'Nienke, ik ben eruit!' Hij stapte snel naar binnen en deed de deur achter zich dicht. Hij begon op gejaagde toon te vertellen, terwijl hij naar allerlei tekeningetjes wees die op de papieren stonden.

'Kijk, als je dit leest: Isis en Osiris, dat zijn de zon en de maan…' Hij tikte op een tekeningetje van een zon en een maan. Nienke keek hem niet-begrijpend aan. Waar wilde hij naartoe?

Fabian sloeg een bladzijde om en tikte op twee pijlen, eentje stak als een speer naar rechts, de andere ging in een cirkel. 'Hier… ik ga rond, maar ook vooruit. Dat is de tijd…'

Hij sloeg weer een bladzijde om en wees op een rijtje getallen van een tot en met twaalf. 'Als de zon op z'n hoogst staat sla ik mijn langste lied… Om twaalf uur staat de zon op zijn hoogst, dan slaat de klok het vaakst… twaalf keer… dat is dus dat slaan… dus het is een klok!'

Nienke keek naar Fabians stralende gezicht. Ondanks zijn beetje warrige uitleg, klikte het ineens in haar hoofd. Natuurlijk! Het was een klok! De grote ouderwetse staande klok die in de hal stond!

Van pure blijdschap pakte ze zijn hand. 'Jeetje! Fabian, je hebt gelijk! Je hebt het opgelost! Wat ontzettend goed,' ratelde ze.

Fabian keek verlegen naar zijn hand die in de hare lag. Daarna keek hij naar Nienke die meteen haar mond hield. Ze voelde hoe haar hand steeds warmer werd. Wat zou er nou gebeuren als ze zich voorover boog en…?

'Nienke, kun je iets zachter praten!'

Nienke trok snel haar hand terug. De betovering was verbroken door Amber die geïrriteerd haar oogmaskertje optilde.

'Amber… heb je het gehoord?'

'Ja, ik heb het zeker gehoord. Een klok… Wat boeit mij dat nou?' Fabian keek een beetje ongelovig naar Amber die haar oogmaskertje weer op zijn plaats duwde. 'Maar Amber, we zijn een stap dichterbij,' stamelde hij.

'Kun je naar je eigen kamer gaan? Ik moet slapen,' was haar enthousiaste reactie.

Nienke balde gefrustreerd haar vuisten. Zo kende ze haar vriendinnetje helemaal niet! Hoe kon ze nou zo ongeïnteresseerd zijn, terwijl Fabian net het gedicht had opgelost?

'Laat maar… morgen.' Fabian stond op. 'Dan kijken we wat we kunnen ontdekken aan de klok.'

Amber kwam half overeind, trok haar oogmasker af en zuchtte veelbetekenend.

'Oké, oké, ik ga al…' Fabian liep snel naar de deur, waar hij zich nog even omdraaide en heel lief naar Nienke lachte. 'Welterusten.' Hij draaide zich om en verdween in het zwart van de donkere gang.

Nienke stapte weer in bed, knipte het lichtje uit en viel in een onrustige slaap waarin ze droomde over Fabian die haar hand vasthield en haar kuste onder de grote klok in de hal.

Nienke wist al dat het Huis Anubis veel geheimen had, maar er waren er nog veel meer dan ze had vermoed. Daar kwam ze de volgende ochtend achter toen ze na het ontbijt de trap afliep om naar school te gaan. Onder aan de trap stond Victor te tieren tegen twee mensen die angstig het washok uitkwamen.

Nienke was stomverbaasd: wat deden die mensen nou in hun washok?

Victor schreeuwde 'zwervers', en 'tuig van de richel', maar ze zagen er helemaal niet uit als zwervers. De man, die Nienke ergens midden twintig schatte, was gekleed in een zwarte smoking met een wit overhemd en het meisje zag er adembenemend uit in een zeeblauwe tuniek waar allerlei kleine kraaltjes op geborduurd zaten. Haar pikzwarte haar hing tot onderaan haar rug en ze had prachtige groene ogen, die nu angstig naar de razende Victor keken. Om het allemaal nog verwarrender te maken kwam Appie uit de jongensgang rennen. Zijn haar stond alle kanten op en hij had een grote kring van tandpasta om zijn mond. 'Wacht! Victor!

Ik kan het uitleggen.'

'Wat die zwervers in mijn washok doen?' Victor sloeg zijn armen over elkaar. Langzamerhand kwamen de andere bewoners uit alle hoeken en gaten van het huis gedruppeld om te kijken wat er nu weer aan de hand was.

Appie legde aan Victor uit dat de man zijn neef Mo was die samen met zijn verloofde Nabila speciaal heel vroeg naar het huis was gekomen om te vertellen dat hij en Nabila zouden gaan trouwen.

'Wat deden jullie dan in mijn washok?' zei Victor wantrouwig. Hij geloofde geen bal van het verhaal en Nienke kon hem geen ongelijk geven, want zij begreep er ook helemaal niets van!

'Het is goed, Victor, ik ken Mo ook!' Trudie kwam de keuken uitgelopen met een theedoek in haar handen. 'Gefeliciteerd hoor! Wat heerlijk voor jullie!' zei ze en ze gaf Mo en Nabila een klinkende zoen op hun wangen. De jongen, die blijkbaar Mo heette, pakte de hand van de donkerharige schone die keek alsof ze zelf net te horen had gekregen dat ze ging trouwen.

'Hoi iedereen! Ik ben Mo! En dit is mijn verloofde Nabila!' riep de jongen enthousiast.

Victor had er genoeg van en klikte zijn zakhorloge open. 'Wat een onzin allemaal. Wat staan jullie hier nog? Naar school! Het is acht uur!'

Victor begon iedereen richting de deur te manoeuvreren, maar hield Nienke bij de deur tegen. 'Je tas,' zei hij ijzig en voor Nienke kon reageren, haalde hij haar schooltas van haar schouder en keek erin.

'Wat is er?' vroeg Nienke verbouwereerd.

'Je moet je rits wel goed dichtdoen. Straks verlies je iets.' Victor trok de rits, die half openstond, dicht en gaf de tas terug. Nienke begreep er helemaal niets van, maar ving wel de verontruste blik van Fabian op.

'Wegwezen jullie!'

Nienke en Fabian lieten zich dat geen twee keer zeggen en renden achter de rest aan de koude ochtendlucht in.

'Victor zat gisteravond laat aan de klok,' fluisterde Fabian terwijl ze naar hun fiets liepen.

Nienkes hart sloeg angstig een keer over. Victor had gisteravond aan de klok gezeten?

Fabian vertelde dat Victor met zijn hoofd in het deurtje van de klok zat en dat hij ergens aan pulkte met een schroevendraaier.

'Hoe kan dat nou?' Nienke niesde van de koude lucht die in haar neus kietelde. 'Denk je dat hij iets gevonden heeft?' Fabian schudde zijn hoofd. 'Volgens mij niet, want ik hoorde hem goed vloeken en daarna sloeg hij de klok dicht. Maar we moeten wel vanavond naar de klok kijken. Hij weet veel meer dan we dachten!'

Die avond had Trudie speciaal een feestmaal klaargemaakt voor Mo en Nabila. Eindelijk hoorde Nienke het hele verhaal: Mo had een week ondergedoken gezeten in het Huis Anubis omdat hij van zijn familie moest trouwen met Nabila, maar hij had haar sinds ze klein waren niet meer gezien. Daarom had hij helemaal geen zin om met haar te trouwen en was hij op zijn huwelijksdag naar Appie gevlucht. Appie had hem samen met Trudie een week lang onderdak verleend in de voorraadkast in de keuken, waar hij zich door de hele voorraad had heen gegeten (hij had een nogal goede eetlust). Nabila was op haar beurt ook naar Appie gekomen om te vragen of Appie met haar wilde trouwen om zo de familie-eer te redden. Appie had geweigerd, maar hij had haar wel verteld dat ze mocht onderduiken in het washok van het internaat. Vervolgens had hij Mo ook het washok in gekregen en zo op slinkse wijze het stel aan elkaar voorgesteld. Gelukkig was Appies plannetje gelukt en waren ze als een blok voor elkaar gevallen.

'Wat een romantisch verhaal,' zwijmelde Mara en ze keek naar het stralend verliefde stel dat hand in hand aan tafel zat. Mara schepte een flink stuk baklava op die Nabila had gemaakt.

'Dat is niet goed voor je pukkels hoor,' bitste Amber meteen.

Als door een wesp gestoken legde Mara de opscheplepel neer en duwde haar bordje van zich af. Nienke zag dat ze daarna met haar handen over haar gezicht ging om haar huid op eventuele puistjes te checken die Nienke niet zag. Patricia verschoot van kleur en wilde Amber net even goed de waarheid vertellen, toen Appie een soort Arabisch buikdansmuziekje opzette. 'We gaan dansen!'

Mo trok Nabila uit haar stoel omhoog. Dit was voor iedereen het startsein: de tafel en stoelen werden aan de kant geschoven en al snel stond iedereen zo goed en zo kwaad als het kon te heupwiegen.

Fabian trok Nienke mee de hal in, richting klok.

'Maar Victor dan?'

'Heb je Trudie niet gehoord? Die is blijkbaar op familiebezoek.'

Nienke keek ongelovig. Familiebezoek? Ze wist niet eens dat Victor familie had, laat staan dat hij er op bezoek ging. Ze keek naar de klok die statig in de hoek van de hal stond. Ze had het gevoel dat dit de eerste keer was dat ze de klok echt *zag*. Hoe vaak was ze er niet langsgelopen zonder er naar te kijken? Het was een gigantisch bruin houten gevaarte van meer dan twee meter hoog, met bolle poten en een geschulpte onderkant. Het binnenwerk was verstopt achter een deurtje dat Fabian openmaakte.

'Hier zat Victor gisteren met zijn hoofd in.' Fabian stak ook zijn hoofd naar binnen en voelde met zijn vingertoppen over de binnenkant van het hout.

'En?' Nienke stond zenuwachtig naar de deur te kijken en wiebelde van haar ene voet op de andere. Straks kwam Victor binnen!

'Alleen maar stof,' zei Fabian teleurgesteld en liet Nienke zijn grijze vingertoppen zien voor hij ze aan zijn broek afveegde. Nienke keek naar de klok. De wijzerplaat was een ronde cirkel die in een vierkant met gouden ornamentjes zat. Daarboven verschenen de verschillende maanstanden in een donkerblauwe hemel met gouden sterren. Op dit moment keek een volle maan met een rond gezicht hen vriendelijk aan.

Nienke strekte zich op haar tenen, zo kon ze net bij de wijzers die op half negen stonden.

'Hoe laat is het eigenlijk?'

Fabian keek op zijn horloge. 'Vijf voor negen.'

'Hij staat stil,' concludeerde Nienke terwijl ze aan de kleine wijzer voelde.

'Doe je wel voorzichtig?' zei Fabian, maar zijn waarschuwing kwam te laat. De kleine wijzer liet los en viel met een zacht geklingel op de stenen vloer.

'Oh nee!' Nienke pakte de wijzer op en probeerde hem weer op zijn plaats te duwen. Op dat moment hoorden ze rumoer in de woonkamer, alsof er afscheid werd genomen.

'Snel!' spoorde Fabian Nienke aan, die zo goed en zo kwaad als het ging de wijzer op het schroefje in het midden van de wijzerplaat probeerde te klikken.

De deur zwaaide open en Mo kwam met Nabila in zijn armen naar buiten. Nienke draaide zich snel om. Mo had in één van zijn handen een stuk baklava dat hij onhandig in Fabians hand probeerde te duwen.

'Jullie ook bedankt, hè?' zei Mo, die zijn ogen niet van Nabila af kon houden.

'Het was niks,' zei Fabian terwijl hij het plakkerige stuk baklava uit Mo's hand peuterde.

'Dag allemaal!' Mo droeg zijn verloofde de deur uit. De rest van de bewoners zwaaide hen uit. Alleen Appie kon niet zwaaien, want hij had een enorm cadeau met een grote rode strik eromheen in zijn handen. Daarom knikte hij maar enthousiast met zijn hoofd naar het vertrekkende stel.

'Zit de wijzer vast?' fluisterde Fabian. Nienke schudde haar hoofd en keek schichtig naar het statige uurwerk waar de kleine wijzer nu los aanhing. Ze was er helemaal niet gerust in. Fabian zag het en sloeg een arm om haar heen. 'Het komt wel goed. Morgen plakken we hem gewoon.'

Maar het liep heel anders. Terwijl Nienke en Amber hun pyjama aantrokken, kwam Patricia als een dolle stier binnenstormen. Ze vond dat Amber zich schandelijk gedragen had tegenover Mara: 'Je weet hoe gevoelig ze is, en je maakt de ene rotopmerking na de andere!'

Amber stond met een dikke laag make-up afhaalspul op haar gezicht tegenover Patricia. 'Wat dan? Wat dan, hè?' vroeg ze terwijl ze dreigend met haar zak watjes zwaaide. Nienke deed een poging om het te sussen, maar de twee meiden hoorden haar niet eens.

'Tijdens het eten. Over die pukkels. Mara heeft niet eens pukkels!' brieste Patricia.

'Wel! Twee heel grote... hier!' Amber wees op haar voorhoofd.

'Je bent gewoon jaloers op Mara en Mick,' zei Patricia.

'Jij kunt het gewoon niet hebben dat ik schoolvertegenwoordiger word!' kaatste Amber terug.

'Wie zegt dat?'

Amber stampvoette op haar roze muiltjes met veren erop. 'Je zou eens wat solitairder moeten zijn!'

'Het is solidairder, Amber!'

Auw, die deed pijn. Amber hield er niet van als ze op haar fouten werd gewezen.

'Zal wel! Je hebt een eed gezworen, weet je nog?' gilde ze steeds harder.

'Nou wordt ie mooi! Dat was voor de Club van de Oude Wilg, niet om jou aan een of ander zielig schoolbaantje te helpen!' gilde Patricia nog harder.

'Dus je wilt wel een eed zweren voor een of ander triest geheim, maar niet voor mij?'

De deur zwaaide open. De meiden hielden meteen hun mond en draaiden gelijktijdig naar de deur. Een donkere silhouet kwam rustig binnenstappen. Een ijskoud stroomstootje ging langs Nienkes ruggengraat. Het was Victor.

'Wat voor geheim, Amber?' vroeg hij met een rare grijns op zijn bleke gezicht. Hij keek met zijn ene oog naar Amber en het andere naar Nienke.

'Wat? Oh niks...' stamelde Amber en ze zwaaide nonchalant met de zak met watjes in het rond.

'Een niks-geheim?' Victor snoof even. Heel licht, maar Nienke zag het toch. Alsof hij het probeerde te ruiken.

'Gewoon... voor de verkiezing. Een geheim recept braden koken, eh... bakken... eh...' Amber keek schuldbewust naar de roze veren op haar muiltjes.

'Heeft jullie geheim misschien hier iets mee te maken?' Victor hield ineens de afgebroken wijzer in zijn hand. Nienke schrok zich rot.

'Een wijzer van een klok?' vroeg Patricia niet onder de indruk.

'Kapot. Door een van jullie.'

'Daar kom je nu toch niet voor binnen? Straks stonden we in ons nakie!' zei Patricia geïrriteerd. 'Mijn ouders vinden dit niet leuk als ik ze dit vertel.'

Dat deed het 'm. Victor liep meteen de kamer weer uit, maar draaide zich in de deuropening om. 'Ik houd jullie in de gaten. Vooral jou!' Hij wees met een priemende vinger naar Nienke. Toen sloeg hij de deur hard dicht. Hij was weg.

Nienke viel met een zucht achterover op bed.

'Oh! Dit is allemaal mijn schuld!' steunde ze.

De andere twee keken haar niet-begrijpend aan. Nienke vertelde hen dat Fabian en zij bij de klok waren gaan kijken omdat Fabian uit het gedicht had gehaald dat er iets in de klok zat. Ze vertelde ook dat Victor ook al in de klok had gekeken. Nienke wrong haar handen in elkaar. Ze was vreselijk ongerust en de twee anderen konden haar niet geruststellen. Ze had de wijzer van de klok gebroken, wat als Victor erachter kwam dat zij het was? Tot overmaat van ramp begonnen er op dat moment dreigende klanken uit de kelder door het huis te zweven.

Victor was goed op dreef, want hij bleef tot in de kleine uurtjes het ene nare stuk na het andere spelen, terwijl Nienke lag te woelen in haar bed. Zo af en toe viel ze in een onrustige slaap, maar ze schrok steeds weer wakker. De volgende ochtend liep ze met dikke wallen onder haar ogen gebroken naar beneden.

'Heb je wel goed geslapen?' vroeg Fabian. Nienke schudde van nee en maakte een hoofdgebaar naar de klok.

Toen iedereen om acht uur de deur uit wilde gaan, hield Victor hen tegen. Nienke wist al wat er ging komen en probeerde het nare gevoel in haar keel weg te slikken, maar dat lukte niet.

'Welke vandaal is hier verantwoordelijk voor?' zei Victor en zwaaide dreigend met de wijzer. Nienke probeerde zo neutraal mogelijk te kijken, maar het zweet brak haar uit.

Niemand zei iets.

Victor sloeg zijn armen over elkaar. 'Niemand gaat weg voor ik het weet.'

'Misschien de wraak van de zombie?' opperde Appie. Een paar begonnen te grinniken.

'Zwijg!' Victor keek dreigend de groep rond. 'Nou?'

'Het is Fabian.'

Iedereen keek met open mond naar Jeroen.

'En waarom denk je dat?' vroeg Victor met een grijns op zijn gezicht.

'Het lijkt me nogal duidelijk. Hij loopt altijd geheimzinnig te doen... 's Nachts door de gangen te spoken...'

Nienke kon haar oren niet geloven. Wat wist Jeroen?

'Fabian?' vroeg Victor scherp.

'Ik... eh...'

'Hé Ap, waarom doe je niet een leuk sporenonderzoek?' zei Jeroen sarcastisch.

Nu begreep niemand er nog iets van. Waarom zou Appie een sporenonderzoek kunnen doen?

'Met die super-CSI kit die je van Mo hebt gekregen,' voegde Jeroen toe.

Dus dat zat er in het grote pak met die rode strik erom.

Appie keek ongelukkig en begon te stamelen. Maar... Ik heb...'

'Goed, dat is dan geregeld,' onderbrak Victor hem. 'Ik verwacht binnenkort een verslag. Zullen we eens zien wie het laatst lacht.' Met die woorden ging hij de trap op, liep zijn kantoor binnen en deed de deur achter zich dicht.

De bewoners stonden compleet overdonderd naar elkaar te kijken.

Ineens viel Amber uit tegen Jeroen. 'Wat ben je toch een vuilak!'

Jeroen haalde zijn schouders op. 'Al dat geheimzinnige gedoe...' Hij wees naar Fabian en Nienke. '... Ik wil wel eens weten wat er hier aan de hand is.' Hij keek triomfantelijk naar de Club en keerde zich daarna naar Appie. 'Dat doe jij wel even, hè?'

'Hmm, ik heb niet zoveel zin...'

'Goed hoor, dat is ook een manier om te zeggen dat je het niet kan,' treiterde Jeroen.

'Tuurlijk kan ik het wel!' verdedigde Appie zich.

'Bewijs het maar! De ballen!' Jeroen gooide zijn tas over zijn schouder en liep de deur uit.

Toen Jeroen verdwenen was, ging Patricia naast Appie staan en streek hem even door zijn donkere krullen. 'Je hoeft het niet te doen, hoor.'

Appie keek ongelukkig en zei dat hij bang was dat Victor hem zou dwingen, maar daar wist Patricia wel een oplossing voor: Appie moest gewoon iets heel raars vragen als beloning. Daar zou Victor heus niet mee instemmen.

Appie keek angstig omhoog richting Victors kantoor. 'Denk je?'

'Tuurlijk, verzin maar iets bizars.'

Appie keek al een stuk blijer en liep de trap op richting Victors kantoor.

'Denk je echt dat het lukt?' vroeg Nienke angstig aan Patricia. Ze keek ongerust naar de klok waar de grote wijzer op het Romeinse cijfer zes stond.

'Absoluut. Jullie kennen Appie toch? Die verzint zoiets raars dat Victor het nooit goedvindt.'

Nienke probeerde er maar niet aan te denken wat er zou gebeuren als Victor het *wel* goedvond.

8

DE NIEUWE

Patricia kon haar ogen niet geloven toen ze de volgende ochtend de trap afkwam: de klok was als een echte *crime-scene* afgezet met een roodwit plastic lint en Appie was met een kwastje de klok aan het bepoederen om het hout op vingerafdrukken te checken.

'Ap! Waar ben je mee bezig?'

Appie keek ongelukkig. 'Victor vond het goed,' zei hij vaag terwijl hij doorging met poederen.

'Wat vond hij goed?' Patricia keek met een vies gezicht naar een rode emmer waar een soort cement in zat.

'De beloning – ik had een bed gevraagd in de vorm van een Dracula-doodskist – Victor vond het goed.'

'Je had gewoon meer moeten vragen. Verrader!' Patricia beende kwaad weg. 'Als Jeroen nou zoiets zou doen, maar jij?' riep ze over haar schouder naar Appie die met afhangende schouders naast de klok stond.

Bij het ontbijt kwam hij met een vel papier en een inktpad binnen. 'Ik heb jullie vingerafdrukken nodig,' zei hij bedeesd.

'Dat kun je vergeten,' zei Patricia met een mond vol boterham.

Alleen Jeroen sprong vrolijk op. 'Natuurlijk, waar moet ie?' Hij duwde monter zijn wijsvinger in de inkt en drukte die vervolgens op het papier.

'Een meesterwerk,' grinnikte hij, terwijl Appie "Jeroen" onder de blauwe vlek schreef. 'En jij wil vast wel als tweede, toch?' Jeroen sloeg Fabian vriendschappelijk op zijn rug.

Nienke keek ongerust naar Fabian. Hun vingerafdrukken zaten natuurlijk over de hele klok. Maar Fabian had weinig keus en zette gespeeld nonchalant zijn blauwe vinger op het papier, waarbij hij flink wat kracht zette.

'Niet zo hard, dan verpest je het!' riep Appie meteen. 'Amber?'

Amber kwam met een boterhamzakje over haar vinger bij Appie. 'Mag het ook zo?'

Appie trok zuchtend het plastic zakje van haar vinger. 'Het gaat er heus wel weer af met een beetje zeep.' Hij pakte Ambers vinger beet en duwde die in de blauwe inkt. 'Oh, en ik heb jullie schoenen nodig.'

Amber keek alsof hij haar had gevraagd een rechtervoet af te staan. 'Waarvoor?'

'Schoenprofiel… Ik moet er gipsafdrukken van maken.'

'Weet je hoe duur deze zijn?' Amber wees naar haar rode schoentjes.

Op dat moment klonk er een luid gebrul uit de hal en kwam Victor binnen gehinkeld met één witte schoen. Zijn gezicht stond op onweer. 'Wat doet die emmer gips in de hal?'

'Oh… eh… dat was voor mijn onderzoek…' stamelde Appie. 'Bij nader inzien heb ik je schoenen toch niet nodig,' vervolgde hij tegen Amber.

'Je had ze ook niet gekregen,' zei Amber kattig. Ze was een beetje zenuwachtig omdat ze vandaag improvisatietechnieken ging oefenen met Jason en ze wilde graag een goede indruk maken op hun knappe drama/geschiedenisdocent.

Terwijl Amber liep te zenuwen over de juiste outfit en accessoires om zo "serieus mogelijk over te komen", probeerden Fabian, Nienke en Patricia een oplossing te vinden voor het sporenonderzoek van Appie.

'Kunnen we de sporen niet wegvegen?' opperde Patricia.

'Te laat… Hij heeft zijn bewijs nu toch al, het is alleen nog maar een kwestie van vergelijken,' zei Fabian somber. Hij baalde als een stekker. Meestal zag hij wel een uitweg, maar nu kon hij helemaal niets bedenken.

Nienke was er niet veel beter aan toe. De rest van de dag liep ze alleen maar te zuchten en zat ze somber voor zich uit te staren. Zij kon ook geen oplossing bedenken om Appie te stoppen. Wat konden ze doen? Het enige wat ze konden doen, was doorgaan met het zoeken naar de schat die in het huis lag. Voor het te laat was...

Ze werd al misselijk bij de gedachte dat Victor erachter zou komen dat Fabian en zij zijn klok kapot hadden gemaakt en die avond kreeg ze dan ook geen hap door haar keel, terwijl ze anders best van boerenkool met worst hield.

'Wat is er, kindje, ben je ziek?' vroeg Trudie bezorgd.

Nienke schudde van nee en nam dapper nog een hapje van de groene prut op haar bord, maar hoe ze ook slikte, het wilde gewoon niet door haar keel.

Na het eten liep ze meteen de woonkamer uit en liep de trap op naar haar kamer. Ze trok de brief van Sarahs vader uit haar boek, stak een kaars aan en bestudeerde de brief. Ze kon gewoon niks vinden wat op een viercijferige code leek.

Ze las een tijdje in haar boek toen Amber binnenkwam en op bed plofte. Even later kwam Fabian ook binnen. Hij wilde toch nog een keer naar de brief kijken, zei hij. Nienke gaf hem de envelop. 'Succes,' zei ze een beetje wrang, 'maar volgens mij is het hopeloos.'

'Misschien zit er een patroon van letters in? Net als bij *Rennes-le-Château.*' Fabian pakte pen en papier en begon driftig letters te tellen.

Nienke begreep niet waar hij het over had. 'Wat is *Rennes-le-nog-wat?*'

'Een Frans document met een geheime boodschap over de heilige graal.' Fabian zei het met een vanzelfsprekendheid alsof iedereen dat soort dingen wist.

Terwijl Fabian letters telde en Nienke voor de elfde keer bijna moest huilen bij het einde van *De Paardenhoeve*, viel Amber op haar bed in slaap en begon ineens te giechelen. 'Natuurlijk doe ik dat voor je, Jason!' zei ze.

Nienke en Fabian keken op. Amber lag met een grote glimlach op haar gezicht te slapen en blijkbaar droomde ze over Jason. Weer begon ze te giechelen. Fabian en Nienke keken elkaar aan. Toen hield Nienke het niet meer en barstte ze in lachen uit.

'Ssst, straks verstoor je haar leuke droom nog,' fluisterde Fabian, maar daarna proestte hij het ook uit.

'Wat is dit?'

Appie stond in de deuropening. Hij scheen met een klein blauw lampje precies op de brief die op Nienkes bureau lag. In het schijnsel van het lampje stond het, de code in vier cijfers: 1922! Fabian trok het papier weg, maar Appie had het gezien. Hij scheen met het lampje in het gezicht van Fabian. 'Wat is dat voor document?' zei hij met een strenge, zware stem. Hij zat helemaal in zijn *CSI*-rol.

'Dit? Niks, gewoon een spelletje.'

'Een spelletje, hè? Het spel is over voor jou, Fabian!'

Fabian was van zijn stuk gebracht. 'Wat bedoel je?'

'Jij hebt Victors klok gemold. Je vingerafdrukken staan erop!'

Fabian schermde met zijn hand zijn ogen af tegen het felle lichtje. 'Dat bewijst niks,' blufte hij.

'Genoeg bewijs voor Victor,' zei Appie slinks. Hij scheen afwisselend met het lichtje van Nienke naar Fabian. 'Kom op! Wat is hier aan de hand?'

Nienke en Fabian keken vertwijfeld naar elkaar. Moesten ze Appie vertellen waar ze mee bezig waren? Appie de clown die overal een grap van maakte en niets serieus nam? Maar als ze het niet vertelden, ging hij naar Victor en dan was waarschijnlijk alles verloren...

'Moeten we het hem vertellen?' fluisterde Fabian zachtjes.

Appie knikte heftig ja. 'Kom op! Vertel, vertel!'

'Ik weet het niet,' fluisterde Nienke terug.

'Ik heb niet eeuwig de tijd! Victor wacht!' zei Appie dreigend.

Toen werd Amber wakker en begon heel hard te gillen toen ze al die mensen in de kamer zag staan. 'Waaaaaaaah! Ik heb niks gedaan, ik heb niks ged...'

Nienke sloeg een hand voor Ambers mond. 'Sssssst. Het zijn Fabian en Appie.'

'Taliban en Flappie? Wat een rare combi,' zei Amber slaapdronken.

Nienke legde fluisterend uit dat Appie iets gezien had en dat ze nu geen andere keus hadden dan hem het geheim te vertellen.

Amber was nu helemaal wakker. 'Ben je gek?'

'Wat zitten jullie te smoezen? Voor de dag ermee!' Appie scheen op de twee meisjes.

'Maar... moet Patricia hier niet van weten?' zei Amber.

'Dus die zit ook in het complot?'

'Eh... ja... zoiets,' zei Fabian.

'Daar ga ik niet op wachten... het is nu of Victor.' Appie klikte zijn lampje uit en ging op Nienkes bed liggen met zijn handen achter zijn hoofd. 'Laat maar horen.'

'Eerst moet je op je eigen graf zweren dat je niks doorvertelt,' zei Amber en ze kruiste haar vingers.

'Amber heeft gelijk. Wat je nu gaat horen is een zaak van leven of dood.'

'Echt? Wauw! Ik zweer het, ik zweer het op mijn eigen graf,' zei hij snel.

'Nienke?'

Nienke ging bij Appie op bed zitten en vertelde hem over het medaillon dat ze had gekregen van Sarah Winsbrugge-Hennegouwen, de dochter van de oorspronkelijke bewoners van het Huis Anubis. 'Zij vertelde me dat er een schat in het huis verborgen moest liggen.'

Appies ogen begonnen te glimmen. 'Een schat?'

Nienke knikte. 'Toen zijn we gaan zoeken naar aanwijzingen.' Ze vertelde hem over het briefje achter het schilderij op zolder en de verwijzing naar de derde traptrede en hoe ze daarna de wasrollen hadden gevonden met het gesproken dagboek van Sarah erop.

'Maar jullie hebben de schat nog niet?' onderbrak Appie Nienke.

'We weten niet eens zeker of die er is, alleen dat het huis een geheim heeft.'

Appie klikte zijn lampje weer aan en scheen op het document. Op het witte papier zag je duidelijk het cijfer 1922 oplichten. Nienke kon het niet geloven. Appie had stom toevallig de code ontdekt!

'Wat betekent het?' vroeg Appie.

'Daar moeten we nog achterkomen,' zei Fabian.

Appie keek alsof hij de hoofdrol mocht spelen in een actiefilm.

'Je mag er met niemand over praten, zweer je dat? Zelfs niet met Jeroen!' zei ze om Appies enthousiasme een beetje in te dammen.

'Vooral niet met Jeroen,' voegde Fabian toe.

'Ik zweer het, ik zweer het,' zei Appie met glinsterende ogen.

Fabian en Nienke keken ongerust. Toen Amber bij de Club kwam, was Nienke bang geweest dat ze iets zou verraden, maar met Appie was die kans nog veel groter. Zou hij het wel serieus nemen?

Ze stond op van het bed en stopte de envelop weer in *De Paardenhoeve* die ze daarna tussen haar andere boeken op de plank boven haar bureau zette.

'Kom,' zei Fabian tegen Appie, 'We moeten hier weg voordat Victor zijn rondje doet.'

Bij de deur kruiste Appie nog een keer zijn vingers. 'Jullie geheim is veilig bij mij. Ik zweer het op mijn eigen graf,' zei hij plechtig voordat hij achter Fabian aan de deur uitliep.

De volgende dag op school vertelden ze tijdens de pauze aan Patricia dat ze de code hadden ontdekt en dat ze Appie een gedeelte van het geheim hadden verteld. Zoals verwacht sprong Patricia ongeveer uit haar vel. Wisten ze wel hoe onverantwoordelijk dat was? Appie was veel te kinderachtig en kon niets serieus nemen.

'Maar we hadden geen keus!' riep Nienke nogal wanhopig. Ze hield meteen haar mond toen ze vanuit haar ooghoeken Jeroen met bovenmatige interesse naar hen zag kijken. Hij gaf haar de kriebels de laatste tijd. Het leek wel of hij hen de hele tijd in de gaten hield. Zou hij misschien een spion van Victor zijn? Ze keek nog eens, maar nu bestudeerde hij nonchalant de inhoud van zijn plastic bekertje. Achter hem kwam Amber binnen met een grote mand. Ze sprong Jason om zijn nek en gaf hem een van de cadeautjes die ze uitdeelde om zieltjes te winnen voor de verkiezingen.

'Zijn jullie al achter de code?' Appie kwam bij het groepje staan, gooide zijn rugzak neer en trok een blikje sinas open.

'Sssst!' zei Patricia en ze zond Nienke een zie-je-wel-blik.

'Sorry, sorry,' zei Appie snel en fluisterde meteen daarna: 'En? Zijn jullie er al achter?'

Fabian schudde zijn hoofd. 'Nog niks. Wat moeten we nou met 1922?'

'Is het misschien een speciaal jaartal?' opperde Nienke.

'In 1922 mochten vrouwen voor het eerst stemmen, maar ik denk niet dat dat er iets mee te maken heeft,' spotte Fabian.

'Een geldbedrag dan? Of een rekensom?' Nienke trok een denkrimpel en kauwde op de punt van haar vlecht.

'Eens kijken... Een en negen zijn oneven getallen, samen tien... dan twee maal twee,' mompelde Fabian, die in de verte staarde.

'Jullie denken te ver door,' onderbrak Appie hen. 'Meestal ligt de oplossing onder je neus. Zo werkt het ook in detectives. Terug naar de basis, weet je wel.'

'Hmm, misschien heb je wel gelijk,' zei Fabian en hij dacht na. Er zat natuurlijk wel wat in, maar naar welke basis moesten ze dan terug? Ze hadden een gedicht dat verwees naar de klok, en moesten met behulp van een code op zoek naar de schijf, maar wat betekende die code dan?

'Kijk uit, anders verbranden je hersenen nog,' pestte Nienke hem.

'Ik weet het,' zuchtte Fabian, 'Ik denk dat Appie gelijk heeft. Het ligt waarschijnlijk vlak onder onze neus, maar we zien het gewoon niet.'

Gek genoeg was het Amber – die helemaal niet serieus bezig was met het geheim omdat ze het te druk had met de verkiezingen – die Fabian op een idee bracht.

Ze kwamen na school het huis binnen, toen Amber iets opviel aan de klok. 'Kijk, de kleine wijzer is weer terug.' Ze keek op haar gouden horloge. 'Hm, alleen loopt ie een beetje achter. Het is al half vier.'

Fabian keek naar de klok waarvan de wijzers iets over drie

aangaven.

Sta je eenmaal voor me, zoek dan naar de schijf
Met een code in vier cijfers, het heeft niets om het lijf...

'Natuurlijk!' Fabian liep met grote passen naar de klok en reikte naar de wijzerplaat. 'Terug naar de basis,' mompelde hij, terwijl hij aan de wijzers draaide.

'Zou je dat wel doen?' vroeg Nienke die angstig om zich heen keek.

'Faab, wat doe je?' Amber wipte zenuwachtig heen en weer, maar Fabian luisterde niet.

'Het is geen jaartal, het is een tijdstip.'

Hij draaide de tijd op 22 minuten over 7.

Er klonk een droge klik.

Heel voorzichtig tilde Fabian de wijzerplaat met wijzers en al uit de klok. In de ruimte achter de wijzerplaat zat een schijf met het Oog van Horus erop!

Toen hoorde Nienke het geluid van een deur.

'Schiet op!' spoorde ze Fabian aan, die de schijf probeerde los te trekken.

'Het gaat niet, hij zit te vast!'

Nienke luisterde scherp. Ze hoorde ergens boven in de gang de bekende zware voetstappen.

'Victor komt eraan!' riepen Nienke en Patricia tegelijk.

Fabian wiebelde zo snel mogelijk de wijzerplaat weer op zijn plek en draaide de wijzers weer naar drie uur. Hij was net klaar toen Victor aan de bovenkant van de trap verscheen.

'Wat doen jullie daar?' vroeg hij achterdochtig.

'We komen net binnen,' zei Amber en ze trok Nienke, Fabian en Patricia langs Victor de trap op, die hen met z'n ene oog vijandig nastaarde. Ze renden de gang door en vlogen hun kamer binnen.

'Ongelooflijk!' Nienke leunde tegen de deur van hun kamer en keek naar Fabian. 'Je hebt de schijf gevonden!'

Fabian knikte en veegde het zweet van zijn voorhoofd. Als Victor eerder naar beneden was gekomen...

'Waarom heb je de schijf niet meegenomen?' vroeg Amber.

'Kon niet, hij zat muurvast.'

'Hoe dan?' vroeg Nienke.

'Dat weet ik niet, ik ben ook niet de techneut van de eeuw,' zei Fabian verontschuldigend.

'Ik anders ook niet,' grapte Amber en ze showde haar roze nagels.

Nienke ging ineens rechtop zitten. 'Kunnen we Appie niet vragen? Die is handig.'

Patricia schudde heftig haar rode haren. 'Nee. Hij is niet te vertrouwen.'

'Hij heeft me wel op het idee gebracht hoe we de code op konden lossen,' zei Fabian.

Maar daar wilde Patricia niets van weten. Ze wilde wel heel graag zien hoe de code in de brief eruitzag, dus pakte Fabian zijn sleutelhanger waar een laserlichtje aanzat, uit zijn tas. Maar toen Nienke *De Paardenhoeve* opensloeg, was de envelop met de brief erin in geen velden of wegen te bekennen.

'Wat raar,' zei Nienke terwijl ze door het boek bladerde. 'Het zat toch hierin?'

Fabian knikte en keek op de plank, maar daar lag de envelop ook niet. Uiteindelijk haalden ze alle boeken van de plank, bladerden ze door elk boek, zochten op het bureau en op de grond en schoven ze het bureau zelfs aan de kant, maar de envelop bleef weg.

'Ik zei het toch,' zei Patricia die met haar armen over elkaar op Ambers bed zat. 'Appie is niet te vertrouwen.'

'Hoe kan je dat nou zeggen? Hij heeft mijn vingerafdrukken die op de klok stonden, maar heeft mij niet verraden,' zei Fabian geïrriteerd.

'Hij ziet alles als een grap, wedden dat hij die brief gewoon voor de lol heeft meegenomen om er een *CSI*-spelletje mee te doen?'

Toen ze de volgende ochtend de trap afliepen om naar school te gaan, stond Appie in Victors kantoor.

'Zie je wel?' fluisterde Patricia tegen Fabian die meteen bleef staan.

'Gaan jullie maar alvast, ik wacht wel even.'

Patricia haalde haar schouders op en liep door, ze had op dat moment wel iets anders aan haar hoofd. Die dag zouden Mara en Amber een opdracht krijgen van de rectrix voor het schoolvertegenwoordigersschap. Ze waren allebei zo zenuwachtig dat Patricia een oogje in het zeil wilde houden voor het geval ze elkaar weer in de haren zouden vliegen. Nienke was die ochtend ook volop bezig met Amber die al haar aandacht opeiste omdat ze steeds advies moest hebben over haar kapsel, make-up en of ze de geleende bril van Fabian nou wel of niet zou opzetten.

Ze werden er zo door in beslag genomen, dat ze nauwelijks merkten dat zowel Fabian als Appie het eerste uur niet op school waren. Aan het eind van de les (de vervoeging van Franse onregelmatige werkwoorden) klopte meneer Van Swieten plotseling op de deur. Hij stapte samen met de rectrix het lokaal binnen.

Amber en Mara schoten omhoog en keken met grote ogen naar de rectrix, maar haar stoïcijnse gezicht verraadde niets.

Na een korte introductie trok ze een envelop uit haar wit met blauw leren tas en vertelde ze met haar typische hoge stem wat de opdracht voor de twee kandidaten was: ze moesten een themamiddag organiseren waarbij ze ieder een verschillend land moesten kiezen.

'Heb jij Fabian gezien?' vroeg Nienke in de pauze aan Patricia.

'Nee… En Appie ook niet.'

'Maar ze hebben het eerste uur toch Frans met ons?' Nienke keek verwonderd om zich heen, maar zag zowel Fabian als Appie nergens in de kantine zitten.

'Als Fabian maar niets stoms doet,' fluisterde Patricia zachtjes tegen Nienke.

'Wat dachten jullie van het thema Noordpool? Met overal ijs en een ijsbeer in een kooi en pinguïns,' ratelde Amber.

'Pinguïns komen alleen voor op de Zuidpool,' zei Jeroen die bij hen aan tafel kwam zitten. 'Nienke, waar is je schaduw?' vroeg hij terwijl hij een gevulde koek uit het plastic haalde.

Nienke keek hem niet-begrijpend aan.

'Fabian… jullie zijn toch zo dik?' vervolgde hij.

Nienke knikte aarzelend.

'Zijn Fabian en Appie samen iets aan het doen?'

'Ik weet het niet.' Ze wilde dat Jeroen ophield met vragen, hij was veel te nieuwsgierig.

'Samen aan het vissen, of zo… Of houdt Fabian niet van vissen?' vroeg Jeroen terwijl hij Nienke nauwlettend in de gaten hield.

Ze voelde haar wangen roder worden. Ze dook snel in haar tas.

'Weet ik niet,' antwoordde ze met haar hoofd in haar tas. Ze haalde er een plastic zakje met boterhammen uit.

'Anders doe ik Kenia. Mijn vader kent de eigenaar van een park daar. Babyleeuwtjes zijn zoooo schattig!' ratelde Amber tegen niemand in het bijzonder.

Jeroen liet zich niet afleiden. 'Ik wist niet dat ze vrienden waren, jij?'

'Nee.' Nienke pulkte aan het zakje van haar boterhammen. Ze wisselde een blik met Patricia, die haar aankeek met een blik van ik-weet-ook-niet-wat-die-gast-wil.

'Nou, jij weet ook niks,' zei Jeroen geïrriteerd. Hij schoof ruw zijn stoel achteruit, stond op en liep de kantine uit. Bij de deur liep hij tegen Fabian en Appie op die net binnen kwamen stuiven. Appie hield meteen in en groette Jeroen, maar die liep verder, terwijl Fabian Appie meetrok naar de rest…

'Waar waren jullie?' vroeg Nienke. 'Jullie hebben het eerste uur gemist!'

'En wat doe JIJ hier?' Patricia keek sceptisch naar Appie, maar Fabian snoerde haar meteen de mond. 'Kijk eens wat we hebben?'

Hij opende voorzichtig zijn tas. In zijn tas zat een schijf. De schijf!

'Wat goed!' gilde Patricia en ze sloeg Appie zo hard op zijn rug dat hij begon te hoesten.

Nienke omhelsde Fabian. 'Wat fantastisch! Weet je hoe het werkt?'

'Nee, nog niet, maar dit zat erbij…' Fabian trok een envelop uit zijn tas, keek even om zich heen en haalde er toen een vergeeld blaadje uit.

'Luister: *Graaf in het verleden, het onderbewuste van het huis*
Kijk niet naar de sterren, want dan ben je abuis
Zaag liever even door over wat er is geweest
Daal af naar koningsgraven, want daar viert Toth zijn feest.'

'Een nieuw raadsel! Het is jullie gelukt!' riep Nienke blij en ze kneep keihard in Appies arm.

'Maar hoe kan dit?' Amber keek naar de twee jongens.

Fabian vertelde dat hij 's ochtends Appie had gevraagd of hij de brief had meegenomen. Appie had toen gezegd dat het belachelijk was dat ze hem verdachten, hij had Fabian toch niet verraden bij Victor? Toen Patricia en Fabian hem hadden zien staan, was hij juist aan Victor aan het vertellen dat het sporenonderzoek mislukt was.

'Helaas krijg ik nu geen bed in de vorm van een doodskist,' zei Appie teleurgesteld.

Daarna had Fabian gevraagd of Appie hem wilde helpen om de schijf achter de wijzerplaat vandaan te halen. Dat was gelukt met behulp van Appies "super-duper" schroevendraaier, maar Victor had hen wel bijna betrapt.

'En Fabian heeft ongeveer een hernia omdat ik op z'n rug moest staan,' zei Appie trots.

'Het was het waard. Zonder jou was het niet gelukt,' zei Fabian nog trotser.

Ze waren even stil. Nienke pulkte aan het elastiekje van haar vlecht en dacht na. Fabian ging met zijn hand door zijn warrige haren, Amber trok aan een denkbeeldig velletje bij haar nagel en Patricia trapte met haar rode laars tegen de tafelpoot in de buurt.

Toen begonnen ze allemaal tegelijkertijd te praten.

'Ik vind eigenlijk…'

'Misschien moet hij…'

'Denk je niet dat…'

'Oké, oké,' lachte Patricia. 'Hij heeft zich wel bewezen, hè?'

Appie keek van de een naar de ander. Hij had geen flauw idee waar ze het over hadden.

'Morgenochtend? Acht uur? Dramalokaal?' zei Nienke met een geheimzinnige glimlach op haar gezicht.

'Lijkt me perfect.'

'Wat? Wat?' Appie keek gefrustreerd.

Fabian sloeg hem op zijn schouders. 'We denken dat het tijd wordt voor je officiële inwijding bij onze Club.'

'Hebben jullie een club? Wat super!' riep Appie blij.

'Ssst, de muren hebben oren,' zei Fabian die zag dat Jeroen hun kant op keek.

'Morgenochtend. Acht uur. Dramalokaal,' fluisterde Appie. 'Check... Wat moet ik doen?'

'Oh, niks bijzonders, alleen een ons levende wormen eten en je linkerpink offeren,' pestte Patricia. 'Oh, en je moet naakt een rondje over het schoolplein rennen,' voegde ze toe.

Appie schudde heel hard met zijn hoofd. 'Dat laatste doe ik niet, hoor!' riep hij en hij keek angstig naar de Club van de Oude Wilg.

9

SARAHS AFSCHEID

De volgende ochtend zat de Club om acht uur stipt in het dramalokaal te wachten, maar Appie kwam niet opdagen.

'Ik zei toch dat hij niet te vertrouwen was? En nu weet hij alles!' riep Patricia woest.

Fabian begreep er niets van. Appie had zo goed geholpen en was zo enthousiast over de Club, waarom kwam hij dan niet?

Om de tijd te doden, boog Fabian zich maar weer eens over het raadsel.

'Begrijp je er iets van?' vroeg Nienke.

'Hm, niet echt,' mompelde Fabian. *'Daal af naar koningsgraven...?'*

Amber stopte abrupt met haar nagels vijlen. 'We hoeven toch niet naar de kelder?' zei ze angstig.

Fabian was even stil. 'Dat zou best kunnen!' zei hij toen blij. 'Wat een goed idee, Amber!'

'Oké, maar ik wil niet naar de kelder,' zei ze met een klein stemmetje. 'Kan het niet wat anders zijn?'

Fabian keek weer naar het papiertje. 'Het is wel logisch.'

Amber keek ongelukkig en stond op. 'Het is half negen... Ik moet me verkleden.'

'Wat heb je?' vroeg Patricia.

'Oefenspeech met Jason.' Amber pakte haar tas en liep het lokaal uit. Nienke keek mistroostig naar de brandende kaarsen en begon ze één voor één uit te blazen.

Toen ze net klaar waren met opruimen, klapte de deur open. Appie kwam binnenrennen met zijn jas binnenstebuiten. 'Ben ik te laat?' vroeg hij buiten adem.

'Laat me raden, je wilde uit bed stappen maar toen werd je aangevallen door een bloederig monster,' zei Patricia sarcastisch.

'Ja… Nee… Sorry, sorry, het spijt me, maar ik kon niet in slaap komen en toen… Sorry het spijt me echt…' stamelde Appie teleurgesteld.

'Als je nu al te laat komt, ben je het gewoon niet waard om lid te worden,' zei Patricia scherp en ze pakte demonstratief haar tas op.

Appie schrok. 'Ik heb net iets heel raars gezien… Victor had bezoek van een oude vrouw in een rolstoel,' ratelde hij.

Nienke begreep niet zo goed waarom Appie daarover begon.

'In Anubis?'

Appie knikte heftig. 'Victor noemde haar Sarah, of Saartje of zo.'

Nienke liet de kaarsen uit haar handen vallen. 'Hoe zag ze eruit?' vroeg ze dwingend.

'Ze had heel lang grijs haar en een rimpelig gezicht… En ze was een beetje gek,' zei Appie.

Appies beschrijving kwam precies overeen met het uiterlijk van Sarah!

Nienke pakte haar mobieltje uit haar tas.

'Wie ga je bellen?' vroeg Appie.

'Het bejaardentehuis. Ik *moet* het zeker weten.'

Nienke kreeg een vrouw aan de lijn die haar vertelde dat mevrouw Winsbrugge-Hennegouwen die ochtend een uitje had gemaakt. Het klopte dus: Sarah had echt een bezoek gebracht aan het Huis Anubis! Maar waarom? En wat had ze Victor verteld?

Nienke was doodongerust en voelde zich alleen en in de war toen ze die avond in haar bed in haar dagboek schreef. Amber kwebbelde er intussen lustig op los. Ze vertelde iets over Jason die vond dat ze meer van zichzelf moest laten zien in de verkiezingscampagne, maar het drong allemaal niet tot Nienke door.

Ik denk dat Sarah mij iets wilde vertellen. Maar wat dan? En wat heeft Victor tegen haar gezegd? Ik moet haar zo snel mogelijk zien. In ieder geval laten weten dat ze goed zat, als ze naar mij op zoek was... Morgen ga ik.

Toen ze klaar was, stopte Nienke haar dagboek in haar schooltas. Met die loerende Victor leek het haar veiliger om het mee naar school te nemen in plaats van het onder haar matras te stoppen. Ze trok de dekens op, trok haar witte konijn tegen zich aan en zocht met haar voeten een koel plekje op het onderlaken. Ze luisterde naar Ambers geklets en doezelde langzaam weg.

'Nienke?'

Nienke voelde een hand op haar schouder die haar zachtjes wakker schudde. Ze deed haar ogen langzaam open. Aan het voeteneind van haar bed zat Sarah. Ze was gekleed in een stralend wit gewaad, en haar haren hing glanzend langs haar gezicht. Haar heldere ogen keken Nienke vriendelijk aan.

'Sarah?' Nienke ging rechtop zitten. Droomde ze nou? Ze wreef even in haar ogen, maar toen ze ze weer opendeed, zat Sarah er nog steeds.

'Nienke, ik kom je waarschuwen, er dreigt gevaar.'

'U was hier vanmorgen toch ook? Ik was op school... Ik wilde morgen bij u langskomen... Heeft Victor nog iets gez...'

Sarah legde zachtjes haar warme hand op Nienkes wang. Nienke kon meteen geen woord meer uitbrengen.

'Luister goed, want ik heb maar weinig tijd. Ik kom je waarschuwen. De schat heeft een duistere kant. Een vloek. En die vloek zal niet rusten voordat de schat terug naar huis keert, want de schat hoort hier niet.'

Nienke slikte en ze staarde Sarah aan.

'Hij moet terug naar huis. Dan zal de vloek rusten. Mijn vader, moeder en ik zullen dan rusten... samen...'

Sarah keek even langs Nienke in de verte. Daarna legde ze haar hand weer op Nienkes wang. 'Jij hebt de kracht om de vloek te laten rusten.'

Nienke knikte langzaam en keek recht in Sarahs bruine ogen.

'Wij lijken op elkaar, Nienke. Jij hebt je ouders ook verloren…'
Nienke kreeg een brok in haar keel. Hoe wist Sarah dat?
'Je bent op de goede weg. Ga door en geef niet op. Wat mij nooit is gelukt, kan jij al bijna aanraken.' Sarah knikte vriendelijk. 'Ik moet nu gaan.'
'Maar… Ik wil je nog wat vragen,' zei Nienke, die Sarahs hand pakte.
Ze wilde niet dat ze wegging, maar Sarah trok zachtjes haar hand los en stond op. 'De schat mag nooit in verkeerde handen vallen. Nooit. Dan zal de vloek zijn werk gaan doen. Vergeet je dat niet?'
Nienke knikte weer.
Sarah strekte haar bleke hand uit en streek Nienke over haar haren. 'Ga maar weer slapen, meisje.'
Nienke sloot haar ogen en voelde hoe Sarah met haar hand heel zachtjes over haar gesloten ogen ging, als een zuchtje wind dat over haar gezicht streek.
Toen Nienke haar ogen weer opendeed, was Sarah weg.
'Sarah?' Ze knipte haar nachtlampje aan, maar er was niemand meer.
'Hm?' Amber werd half wakker en trok haar oogmasker af.
'Sarah was hier. Ze kwam iets vertellen over de schat,' stamelde Nienke.
Amber schoot meteen als een speer overeind. 'De schat? Wat zei ze dan?'
Amber luisterde met grote ogen naar Nienkes verhaal.
'Oeh, wat eng,' zei Amber toen Nienke was uitverteld.
'Nee, het was niet eng, ze was heel lief,' zei Nienke.

Bij het ontbijt vertelde ze de rest wat ze had gedroomd. 'Ze moest mij iets belangrijks vertellen over de schat…' fluisterde Nienke. 'Er rust een vloek op. Daarom moeten we hem terugbrengen naar de plek waar hij hoort.'
Appies mond hing open boven zijn croissant. 'Dus we zijn op zoek naar een schat die we niet zelf mogen houden,' zei hij teleurgesteld.

Trudie kwam binnen en zette achtereenvolgens een vergiet met bonen, een fles wijn en een zak chips op tafel.

'Trudie? Wat is dit?' Fabian keek bevreemd naar de zak chips die Appie meteen opentrok.

'Het is ochtend, hoor,' zei Patricia.

Trudie schrok op uit haar gedachten en zag wat ze allemaal op tafel had gezet. 'Oh nee, wat dom van me,' lachte ze smakelijk terwijl ze de zak chips uit Appies handen trok en het vergiet en de wijn van tafel haalde. 'Ik ben gewoon zenuwachtig... Victor brengt me zo naar mijn eerste les aquajoggen en ik kan helemaal niet goed zwemmen.' Ze liep weer terug de keuken in.

'Dit is onze kans!' zei Fabian zachtjes.

'Wat? Om te aquajoggen?' vroeg Amber.

'Nee, om meer chips te eten,' zei Appie die zijn hand aflikte.

'Neehee, jullie hoorden toch wat Trudie zei? Victor gaat haar brengen. Dan kunnen wij een kijkje in de kelder nemen,' zei Fabian.

Het viel stil. De kelder.... Niets in het huis was zo eng als de kelder. Dat was Victors terrein.

'Ik kan niet, ik heb Mara al beloofd te helpen met inkopen doen voor haar themamiddag,' zei Patricia snel.

Amber keek fel naar Patricia. 'Ga jij Mara helpen?'

'Ja... Mag dat niet?'

'Tuurlijk, als ze het niet alleen kan,' zei Amber. 'Ik moet ook inkopen doen.'

Appie had het ineens heel druk met het in één keer in zijn mond proppen van een hele croissant met pindakaas.

Fabian keek naar Nienke die haar schouders ophaalde. Zelf vond ze het ook eng om de kelder in te gaan, maar als niemand anders durfde...

'Ik ga wel,' zei Appie opeens en besproeide Fabian met kruimels.

'Echt? Moet ik mee?'

Fabian dacht terug aan de keer dat Jeroen en hij Appie uit de kelder hadden gehaald en hij alleen nog maar "help me, help me" kon zeggen. Misschien was het verstandiger om met hem mee te gaan.

'Jij kunt beter op de uitkijk gaan staan. Bovendien heb ik het perfecte ding hiervoor.' Appie sprong van tafel. 'Ik zie jullie nadat je-weet-wel weg is, oké?' Hij rende de kamer uit.

Nienke en Fabian bleven aan tafel zitten totdat Trudie eindelijk zenuwachtig langs hen liep met een gebloemde badmuts op en een grote sporttas aan haar arm.

'Succes!' riepen ze haar na.

Ze wachten voor de zekerheid nog een kwartiertje nadat Trudie en Victor in zijn oude Volkswagen-busje waren vertrokken. Daarna liepen ze naar de kelderdeur. Appie stond al op hen te wachten. Hij was helemaal in het zwart gekleed en had zijn capuchon over zijn hoofd getrokken. Hij zag eruit als een gangster, al had Nienke nog nooit een gangster gezien die zo angstig keek. Ze had wel bewondering voor hem: hij wilde waarschijnlijk zo graag bij de Club dat hij daar zelfs de kelder voor inging.

'Weet je zeker dat ik niet mee moet?' vroeg Fabian, maar Appie schudde resoluut nee. 'Ik heb iets.'

Hij trok twee walkietalkies uit de zakken van zijn capuchontrui en gaf er eentje aan Fabian.

'Zwarte havik hier. Blauwe scarabee ontvangt u mij? Over,' riep Appie in de walkietalkie.

'Luid en duidelijk. Over,' zei Fabian terug.

'Amber hier. Wie gaat er mee inkopen doen? Over.' Amber kwam de trap aflopen, maar niemand reageerde.

'Niet allemaal tegelijk,' zei Amber sarcastisch, die haar jas dicht ritste.

'Wil je dat wij de schat vinden of Victor?' wees Fabian haar terecht.

Amber trok een pruillip. 'Eentje kan toch wel voor een paar uurtjes mee?'

Nienke viel tegen Amber uit: 'De wereld draait niet alleen maar vierentwintig uur om Amber! Dit is belangrijker dan jouw campagne!' zei ze scherp.

Amber schrok. Dit was ze alleen maar gewend van Patricia. Ze draaide zich om en liep zonder een woord te zeggen weer de trap op.

Nienke voelde zich een beetje schuldig, maar haar boosheid won het. Amber wist toch hoe belangrijk het was dat ze naar de kelder zouden gaan? Sarah had toch gezegd dat de schat niet in verkeerde handen mocht vallen? En dan begon ze over shoppen!

Nienke keek op haar horloge en schrok: ze hadden nog maar ongeveer drie kwartier voor Victor en Trudie weer terug zouden komen.

'We moeten opschieten,' spoorde ze de anderen aan.

'Ben je er klaar voor?' zei Fabian tegen Appie, die een beetje bleek zag.

'Natuurlijk,' zei hij dapper, maar toen Fabian de deur opendeed, deinsde hij achteruit. De treden van de trap verdwenen in de totale duisternis die beneden in de kelder heerste. Appie knipte zijn zaklamp aan en hield die als een zwaard voor zich. Het kleine lichtje scheen een iel straaltje in het pikzwarte gat.

Appie zag nu eerder groen dan wit. 'Als er iets is, komen jullie me halen, oké?'

Fabian knikte. Ze keken hoe Appie voetje voor voetje de keldertrap afdaalde. Toen hij niet meer te zien was, deed Fabian zachtjes de deur dicht. Behalve het zachte gekraak van de walkietalkie was het doodstil in de halfschemerige hal. Nienke wreef over haar armen, het huis voelde ineens kil en naar aan.

'Appie, hoor je mij? Wat is je positie? Over.' Fabian hield de walkietalkie bij zijn oor.

Het gekraak werd harder. Plotseling hoorden ze de blikkerige stem van Appie: 'Ik... ikke ik zie... ogen! ... Over.'

'Wat zegt hij nou?' Nienke keek verbaasd naar Fabian.

'Ik heb geen flauw idee. Zullen we bovenaan de trap gaan staan? Dan kunnen we alles beter in de gaten houden.'

Nienke en Fabian liepen samen de trap op en gingen voor Victors kantoor op de bovenste trede zitten. Zo zaten ze een poosje zwijgend naast elkaar. Nienke keek zo af en toe zenuwachtig op haar horloge. Als Appie maar iets kon vinden voor Victor terug was.

Ze keek opzij. Fabian zat kalm naar de walkietalkie te staren.

'Fabian?'

Fabian keek van de walkietalkie naar Nienke die met haar voeten wiebelde.

'Wat is er?'

'Ik... Sarah... Ze wist dat mijn ouders overleden waren,' zei Nienke verdrietig.

Fabian sloeg een arm om haar heen en streek haar zachtjes over haar rug. Nienke legde haar hoofd op zijn schouder. Ze voelde hoe hij rustig in- en uitademde, waardoor ze zelf ook wat kalmer werd.

'TRIIIING!'

'De telefoon! Snel, neem op, voordat er iemand anders komt!' riep Fabian.

Nienke sprong op, gooide de deur van Victors kantoor open en nam snel de telefoon op. 'Huis Anubis, met Nienke Martens,' zei ze een beetje buiten adem in de ouderwetse hoorn.

'Nienke? Dat is ook toevallig!' hoorde ze een bekende stem aan de andere kant van de lijn zeggen.

'Oma!' Nienke stak haar duim op naar Fabian die door het raam naar haar keek. 'Wat toevallig. Ik wilde vandaag nog langskomen!'

'Oh, wat gezellig... Zeg weet je nog dat gekke mens, die jou probeerde bang te maken met dat schilderij?'

Nienke voelde zich ineens niet goed meer. 'Sarah? Wat is daarmee?'

'Nou ja...' Haar oma was even stil. 'Die is vannacht plotseling overleden... Naar hè?'

De grond wankelde onder Nienkes voeten en ze kreeg het plotseling ijskoud. Ze probeerde iets te zeggen, maar het leek of haar stem was bevroren in haar keel.

'Hallo? Nienke? Ben je daar nog?'

Nienke keek naar de zwarte hoorn waar de stem van haar oma uitkwam. 'Nienke? Gaat het wel?'

Nienke hing op. Het duizelde in haar hoofd. In de verte hoorde ze de stem van Fabian. 'Appie heeft wat gevonden!'

Ze dwong zichzelf naar Fabian te kijken die zo gespannen was dat hij niet doorhad dat Nienke zo wit als een vaatdoek naast hem stond.

'Appie?' Fabian hield weer de walkietalkie aan zijn oor. Het zachte geruis werd gekraak wat overging in… orgelspel!

Fabian bracht de walkietalkie naar zijn mond. 'Ik begrijp dat zo'n orgel verleidelijk is, maar je moet de schat zoeken.'

'Ik heb het orgel niet aangeraakt!' klonk de bange stem van Appie die daarna begon te gillen.

'Victor!' Fabian rende met een rotgang de trap af en trok de kelderdeur open, waar Appie net uit kwam gerend. Hij botste zo hard tegen Fabian, dat ze samen op de stenen vloer van de hal terechtkwamen en nog een stukje doorschoven.

'Een geest, er zit een geest!' gilde Appie keihard, terwijl hij overeind probeerde te komen, maar Fabian hield hem stevig vast.

'Appie, kijk me aan! Geesten bestaan niet,' zei hij ferm.

Appie kalmeerde een beetje. Fabian keek naar het document dat Appie in zijn hand geklemd hield: het was de brief met de onzichtbare tekst. De code "1922" stond in een soort gebrand bruin op het papier.

'Victor! Victor had de brief! En hij weet van de code,' zei Fabian zachtjes.

Het drong allemaal niet tot Nienke door. Ze zag steeds weer het gezicht van Sarah voor zich.

'Het lag tussen allemaal papieren… Maar geen schat,' zei Appie met trillende stem.

'Je moet het terugleggen, anders weet Victor dat we in de kelder geweest zijn,' zei Fabian gejaagd, terwijl hij op de klok keek.

Het was al half elf… Ze hadden niet veel tijd meer.

'Als jullie gaan, dan houd ik wel de wacht.'

Precies op dat moment kwam Amber de trap afhollen. 'Moeten jullie horen wat die slijmbal van een Jeroen probeerde,' gilde ze. Ze stopte meteen toen de voordeur openging.

'Salaam Wa'Aleikum!' Mara en Patricia stonden met hun armen vol tassen in de hal.

'Salami,' zei Amber nonchalant.

'Salaam Wa'Aleikum betekent goedendag in het Arabisch,' zei Mara lief. Ze had als themaland Marokko gekozen.

'Leuk voor je,' zei Amber. 'Kan ik jullie even spreken?' zei ze dwingend tegen Patricia en de drie bij de kelderdeur.

Als in een droom liep Nienke achter de rest aan naar haar kamer, waar Amber opgewonden vertelde dat Jeroen haar uit had proberen te horen. Ze dacht dat hij iets wist.

Patricia keek meteen naar Appie. 'Heb jij gelekt?'

'Ik? Ik ben onschuldig. Ik heb net mijn leven gewaagd!' riep Appie verontwaardigd.

'Ja, ja, waarom wilde je dan zo graag *alleen* de kelder in? Om lekker ongestoord te kunnen rondneuzen, hè?'

Fabian suste de boel. 'Dankzij Appie zijn we erachter dat Victor de brief uit het boek had gehaald, en dat hij de code heeft.'

'Wat? En nu?' zei Amber.

'Het is oké. W*ij* hebben de schijf. Maar we moeten Jeroen wel in de gaten houden, want hij kan best wel eens Victors spion zijn.'

Fabian keek veelbetekenend naar Appie.

'Wil je dat *ik* hem in de gaten houdt?'

Fabian knikte. 'Jij kent hem het beste.'

'En hij vertrouwt jou!' riep Patricia.

Appie keek vertwijfeld en zweeg. Hij had geen zin om zijn beste vriend in de gaten te houden, maar besefte ook wel dat hij geen keuze had als hij bij de Club wilde horen.

'Nienke, gaat het wel? Je bent zo stil,' zei Amber plotseling, die zich nog steeds rot voelde over hun aanvaring.

De rest keek naar Nienke die met haar rug tegen de bedrand zat geleund en heel ver weg leek met haar gedachten.

'Nienk? Wat is er?'

Nienke keerde weer terug in de kamer en keek de anderen verdrietig aan. 'Mijn oma belde net… Sarah is dood.'

Iedereen was perplex. Appies mond hing half open. Amber sprong op en omarmde Nienke, die begon te huilen.

'Ze is vannacht overleden,' snikte ze in Ambers blonde haren.

'En jij zegt dat geesten niet bestaan,' zei Appie tegen Fabian. 'Hoe kan ze nou dood zijn? Ik heb haar gisteren nog gezien!'

'Zou Victor haar vermoord hebben?' gruwde Amber.

Daar had Nienke nog helemaal niet aan gedacht. Ze hoorde plotseling Sarahs stem weer in haar hoofd:

Victor heeft mijn ouders vermoord...

'Ik ben net in Victors laboratorium geweest en wat ik daar allemaal gezien heb, het zal me niks verbazen als die gast magische krachten heeft,' zei Appie sensatiebelust.

'Daarom moeten wij die schat vinden,' zei Nienke zo stellig dat de anderen er stil van werden. 'Als Victor die in zijn handen krijgt, zal Sarah nooit rusten.'

Ze was even stil en keek naar het plafond.

'WIIIEEEEHOEH, WIEEEHOEH, WIIIIEEEEEEHOEW!!!'

Een enorme golf geluid denderde door het hele huis: het brandalarm!

Iedereen sprong op en begon als een gek naar de deur te rennen. Amber grabbelde een aantal gouden sieraden mee die op haar toilettafel lagen en Nienke pakte haar tas waar haar dagboek in zat.

'Rennen! Naar beneden!' schreeuwde Patricia, die de deur opentrok. Ze renden achter elkaar de trap af, de hal in.

'Waar is er brand?' schreeuwde Trudie onthutst met Mara achter zich. Ze hielden beiden een slagroomtaartje in hun hand. Het alarm hield abrupt op, de kelderdeur sloeg met een klap open en Victor kwam de hal in. In zijn hand had hij een ijzeren gereedschapskist die hij met een enorme klap op de stenen vloer liet vallen. Zijn ogen spuwden vuur.

'*Ik* brand!' riep hij. 'VAN WOEDE!'

Iedereen deed een stapje achteruit. Fabian en Appie keken elkaar angstig aan. Ze hadden de brief niet teruggelegd!

'Iemand is in mijn kelder geweest.' Victor beende langs de bewoners en keek iedereen indringend aan.

Nienke zag dat er zweetdruppeltjes op Appies voorhoofd verschenen.

'WIE?' schreeuwde Victor.

Ze deden weer een pas achteruit.

'Victor maak je niet zo druk, hier neem een lekker taartje,' zei Trudie en ze zwaaide zo hard met het slagroomgebakje voor zijn neus, dat er een klodder op haar rode laars viel.

Victor negeerde haar en spiedde met toegeknepen ogen naar de groep. 'Ik kom er wel achter.' Hij liep naar de gereedschapskist en trok er een hamer uit. Amber gaf een gesmoord gilletje. Wat was Victor van plan?

'Uit mijn zicht, ik kan jullie niet meer zien,' zei hij en hij graaide een enorm hangslot uit de kist.

Trudie wenkte hen naar de woonkamer. 'Goddikkie, die is snel aangebrand,' mopperde ze zachtjes en ze nam een enorme hap van het gebakje.

'Mmmmm, hij weet niet wat hij mist!' zei ze en ze zette een grote doos voor de geschrokken bewoners neer. 'Hier, voor de schrik,' zei ze en ze begon bordjes rond te delen.

Uit de hal klonken hamerslagen.

'Zo komen we nooit meer binnen,' fluisterde Fabian teleurgesteld tegen Nienke.

Nienke knikte sip. Ze *moesten* naar de kelder, anders zou de vloek eeuwig heersen.

De bel ging, maar niemand besteedde er aandacht aan. Appie nam een hap van Ambers taartje waar ze alleen met haar vork in had geprikt.

'Hoog bezoek,' zei Trudie die in de deuropening stond. Achter haar stond...

'Oma!' Nienke wist niet hoe snel ze bij haar oma moest komen om haar te omhelzen.

'Wat doet u nou hier?' zei ze terwijl ze snel een stoel bijtrok.

Haar oma gaf Fabian een aai door zijn warrige haren en ging steunend zitten. 'Ik maakte me een beetje zorgen. Je klonk zo raar over de telefoon... En je hing ineens op.'

Ze pakte Nienkes hand stevig vast en keek haar eens goed aan. 'Gelukkig zit alles er nog aan.'

Nienke knikte en probeerde zo vrolijk mogelijk te kijken.

'Dit is natuurlijk niet de enige reden dat ik mijn pijnlijke benen riskeer,' vervolgde Nienkes oma en ze trok haar ouderwetse bruine leren tas open die het formaat had van een kleine koffer. Ze legde een oude schoenendoos voor Nienke neer. De doos was van grauwgrijs karton, met rafelige randjes en een gebutste deksel.

Nienke keek haar oma verbaasd aan.

'Dit kwam de zuster deze middag brengen,' legde haar oma uit. 'Ik moest het aan je geven van die verwarde vrouw. Speciaal voor jou.'

Nienke hield haar adem in. Deze doos was van Sarah Winsbrugge-Hennegouwen. Speciaal voor haar!

Ze deed voorzichtig de deksel eraf en keek in de doos. Hij zat vol met oude zwart-witfoto's en vergeelde krantenknipsels. Nienke pakte de bovenste foto op en keek in het glimlachende gezicht van een jonge Sarah die in een keurig jurkje met kanten kraagje naast een wat nukkige jongen stond. Hij was iets groter dan zij en zijn ogen waren vreemd. Hij had heel blond haar wat weerbarstig op zijn hoofd stond en hij was gekleed in een donkere korte broek en een witte blouse met korte mouwen. Op een van zijn knokige knieën zat een grote blauwe plek.

Nienke draaide de foto om. In een ouderwets handschrift stonden twee namen geschreven. *Sarah en Zeno.*

'Zeno? Zeno Terpstra?' Ze keek verbaasd naar Fabian.

'Ja, die vrouw was zo vreemd, hè,' babbelde haar oma. 'Wat zei ze nou ook alweer?' Nienkes oma dacht diep na. 'Oh, ja: dat dit naar jou moest omdat de vloek anders niet zou rusten.'

Ze begon hard te lachen, waardoor ze niet doorhad dat Nienke van kleur verschoot. Dat was precies wat Sarah die nacht tegen haar gezegd had!

'Nou ja, ze heeft nu in ieder geval haar verdiende rust,' zei haar oma.

'Ze heeft helemaal geen rust!' flapte Nienke eruit.

Haar oma keek haar bevreemd aan. 'Ik wist niet dat je het zo erg vond dat ze dood was.'

Tot overmaat van ramp kwam precies op dat moment Victor binnen.

'Wie is er dood?' vroeg hij nieuwsgierig.

Haar oma wilde antwoord geven, maar Nienke was haar voor. 'Een oude tante van mijn moeders kant,' zei ze snel, terwijl ze de deksel op de doos deed.

'Gecondoleerd. Hoe oud is ze geworden?' vroeg Victor aan haar oma.

'Drieënnegentig,' zei Nienke weer.

Haar oma keek verbaasd en lachte een beetje ongemakkelijk naar Victor, die de galantheid zelve was. 'Ik heb zo een vergadering op school. Kan ik u een lift geven?'

Nienke wilde weer antwoord geven, maar nu snoerde Victor haar de mond. 'Kan je oma niet zelf antwoord geven?'

Nienke klapte haar kaken op elkaar en hoopte dat haar oma het aanbod zou afslaan. Victor zou haar zeker gaan uithoren over Sarah. Op een of andere manier wist hij dat zij bij haar in het bejaardentehuis zat. Nienke wilde niet dat hij wist dat zij die doos van Sarah had gekregen.

'Nee, dank u, ik ben met de benenwagen. Op doktersrecept,' zei haar oma en gaf Nienke een knipoog.

Nienke gaf haar een dankbare kus, terwijl Victor een vage groet mompelde en teleurgesteld afdroop. Meteen stond haar oma moeizaam op en nam afscheid van Nienke. 'Volgende keer wat langer, het is vast alweer tijd voor mijn middagslaapje en een bijhorende gele, oranje of groene pil,' grapte ze.

Toen Nienke en Fabian haar hadden uitgelaten, trommelden ze de rest bij elkaar: spoedberaad!

In de veiligheid van hun kamer kiepte Nienke de doos om en begonnen de vijf door de foto's en krantenknipsels te grasduinen. Fabian pakte een groot artikel op en las een stuk voor:

'*In de nacht van donderdag op vrijdag is het archeologenechtpaar Winsbrugge-Hennegouwen op tragische wijze om het leven gekomen. Hun auto raakte om nog onbekende redenen van de weg en stortte in een ravijn. De andere inzittenden, het echtpaar*

Terpstra, bleven op miraculeuze wijze ongedeerd.'

Bij het artikel stond een gruwelijke foto van een totaal verwrongen wrak van een ouderwetse auto dat zich om een enorme boom gevouwen had.

Nienke rilde en keek snel naar het artikel dat ze in haar handen had. 'Hier staat dat de ouders van Zeno en die van Sarah collega's waren.'

'Vandaar die foto van de Winsbrugge-Hennegouwens in Zeno's kantoor,' concludeerde Fabian.

'Verdwenen schat!' riep Patricia ineens. 'Hier: *Na onderzoek in de graftombe van de jonggestorven farao Toetanchamon is een kostbaar artefact spoorloos verdwenen.'*

'Wat is een artefact?' vroeg Amber.

'Een gebruiksvoorwerp,' zei Fabian.

'Maar het was toch een schat?' zei Amber teleurgesteld.

'Een vervloekte schat,' verbeterde Nienke haar en hield een artikel op met de kop *Dodelijk ongeluk – echtpaar jammerlijk omgekomen.*

Amber keek angstig om zich heen. 'De wraak van de farao,' fluisterde ze benauwd.

'Weten jullie nog wat Zeno tegen ons zei? Dat het kwam omdat ze zich niet konden bedwingen. Omdat ze een schat uit het graf van de farao hadden meegenomen,' voegde Fabian onheilspellend toe.

Iedereen zweeg. Nienke wreef nerveus over het medaillon om haar nek. Misschien kwam dat ook wel uit het graf en was zij nu vervloekt. Ze keek een beetje schichtig om zich heen.

'Zouden Zeno en Sarah nog contact hebben gehad?' vroeg Appie aan niemand in het bijzonder.

'Volgens mij wel. Wij hebben hem toch een keer gezien?' Fabian vertelde aan Appie dat ze een keer een oudere heer bij Sarah hadden zien zitten. Achteraf gezien was dat waarschijnlijk Zeno geweest, maar niemand kon zich meer herinneren hoe de man er had uitgezien.

Maar het stond vast dat Sarah en Zeno elkaar hadden gekend en dat Zeno iets wist van de schat, maar *wat* precies wisten ze niet. Daarom moesten ze zo snel mogelijk verder zoeken en erachter komen wat er in de kelder verborgen lag.

10

OP HET KERKHOF

De grond van de begraafplaats was nat en zompig. Nienke keek zoekend om zich heen: ze wist niet precies waar Sarah begraven zou worden. De avond daarvoor had ze stiekem naar het bejaardentehuis gebeld om te vragen waar en wanneer Sarah Winsbrugge-Hennegouwen begraven zou worden, maar toen de vrouw aan de andere kant van de lijn de precieze tijd wilde zeggen, had Victor ineens in het kantoor gestaan. Nienke had een smoes verzonnen, maar Victor had wel iets doorgehad, want hij hield haar constant in de gaten.

De witte lelies in haar hand roken heel zoet. Ze liep tussen de graven door richting een modderige heuvel waarop een paar kale bomen troosteloos over de laatste rustplaats van honderden mensen uitkeken.

'… En tot as zullen we wederkeren…' Een flard van een mannenstem dreef op de wind mee. Nienke spitste haar oren en liep richting het geluid de heuvel op. Daarachter stond een klein groepje mensen bij een pas gedolven graf. Nienke zag vier oude vrouwen in grijze en zwarte kleding, eentje met een rollator en een andere in een rolstoel. Ze werden begeleid door een paar verpleegkundigen. Op de kist tussen hen in lagen een paar bloemstukken en aan het hoofd stond een dominee in een zwart pak met een witte boord. Hij had een bijbel in zijn hand en maakte boven het graf een kruisteken in de lucht. 'Sarah Winsbrugge-Hennegouwen, moge je ziel hier rusten…'

'Kra, kra, kra!' Een grote zwerm zwarte kraaien vloog luid krassend uit de bomen omhoog richting het kleine witte kapelletje dat een stukje verderop stond. Nienke schrok en greep het medaillon om haar nek beet. Ze hoorde Sarahs stem in haar hoofd: *Pas op voor de grote zwarte vogel...*

Nienke deed een paar stappen naar voren, maar zag toen rechts van haar een man in een zwart pak met een zwarte hoed naar het graf lopen. Zeno Terpstra!

Ze dook achter een grote witte marmeren grafsteen en keek om een hoekje. Hij was het. Zelfs van deze afstand herkende ze die vreemde doodse ogen. Hij had drie witte rozen in zijn hand en liep met behulp van zijn wandelstok haastig naar het graf en voegde zich bij het groepje, waar hij zijn hoed afnam en de drie witte rozen midden op de kist legde.

Op dat moment ging Nienkes mobiele telefoon. Zeno keek op en Nienke keek heel even recht in zijn donkere kille ogen.

Ze dook weg achter de grafsteen en grabbelde in haar tas. 'Hallo?' fluisterde ze, terwijl ze op het koude marmer ging zitten.

'Nienke! Ben je er nog steeds?' Het was Fabian.

'Ja, en Zeno Terpstra is hier,' ademde Nienke zachtjes in het toestel.

'Wat?! Heeft hij je gezien?'

'Nee, ik geloof het niet.' Nienke pulkte zenuwachtig wat mos uit een letter "A" die in de steen stond gebeiteld.

'Moet ik je komen halen?' klonk de ongeruste stem van Fabian.

'Nee,' zei Nienke terwijl ze om de grafsteen richting het graf van Sarah spiedde. 'Dat is n...'

Ze stopte abrupt. Niemand anders dan Victor liep richting het groepje rond Sarahs kist!

'Nien! Wat is er?' riep Fabian. 'Zeg eens wat?'

Zeno zag Victor nu ook en begon te schreeuwen: 'Jij... Jij... Jij hoort hier niet!'

'Ik mag gaan en staan waar ik wil,' zei Victor kalm. Hij had een vreemde lange bruine jas aan. Hij leek wel van kamelenhaar.

'Hoe durf je de laatste rustplaats van Sarah Winsbrugge-

Hennegouwen te schenden!' schreeuwde Zeno en hij zwaaide met zijn wandelstok.

'Nienke?' zei Fabian dwingend door de telefoon. 'Wat gebeurt daar allemaal?'

'Wie staat hier zo hard te schreeuwen? Ik niet geloof ik,' zei Victor en hij wilde bij de groep gaan staan, maar Zeno zwaaide met zijn stok.

'Victor is hier, maar Zeno wil hem aanvallen. Hij is compleet gek geworden!' fluisterde Nienke in haar mobieltje. 'Ik kan maar beter ophangen.'

Ze verbrak de verbinding en keek weer naar het groepje. De dominee praatte nu met Victor. Waarschijnlijk vroeg hij hem om weg te gaan, want Victor liep terug in de richting waar hij vandaan kwam. Zeno leek tevreden, maar hij draaide zich tijdens de toespraak van de dominee nog een paar keer om om te kijken of Victor niet terugkwam.

Nienke begreep er helemaal niets van. Zeno kende Victor, en haatte hem blijkbaar. Maar wat had Victor Sarah dan aangedaan? Het werd steeds onduidelijker.

De kist werd naar beneden gelaten en de omstanders gooiden een schepje aarde op de kist. Nienke sloot even haar ogen bij het horen van het doffe geluid waarmee de aarde op het hout neerplofte. Het geluid nam haar mee terug in de tijd. Het was net zo'n dag als deze; koud, nat... Ze voelde weer even haar kleine handje in de warme hand van haar oma en hoorde een zware rustige stem ergens boven haar hoofd: 'De laatste rustplaats van Johannes en Anne-Marie Martens, omgekomen op twaalf november 1994...'

Nienke opende haar ogen en de herinnering vervaagde. Het pas gedolven graf was nu verlaten en het kleine groepje liep langzaam richting het witte kapelletje waar ook de parkeerplaats was. Ze kwam met moeite overeind, want haar benen sliepen en haar natte knieën voelden aan als ijs. Ze keek even snel naar het graf waar ze op had gezeten. *ALBERT LANCERET 1912-1998* stond er in het marmer gebeiteld.

'Sorry Albert,' zei Nienke toen ze van het graf afstapte. Ze keek weer om zich heen, de begraafplaats was verlaten. Het enige geluid dat ze hoorde was de wind die zachtjes door de dorre takken van de bomen ruiste.

Een beetje timide liep ze naar het gat waarin de blankhouten kist onder een laagje zwarte, natte aarde lag. Nienke kreeg een brok in haar keel. Arme Sarah, het leek haar zo koud en eenzaam om in zo'n kist te liggen. Ze schepte wat aarde en gooide het op de kist. Daarna gooide ze ook de lelies in het graf. Ze bleef even staan en keek naar de grauwe lucht boven de kale bomen. De stem van Sarah klonk in haar hoofd:

Ik heb gefaald, papa, ik heb het niet kunnen vinden...

Nienke klemde haar hand om het medaillon en begon te huilen.

Je bent op de goede weg. Ga door en geef niet op. Wat mij nooit is gelukt, kan jij al bijna aanraken...

'Ik zal niet opgeven, Sarah,' zei Nienke vastbesloten en ze veegde haar tranen van haar wangen. 'Ik ga door totdat ik de schat heb gevonden. En dan breng ik hem terug naar waar hij hoort en kun jij rusten... Samen met je ouders.'

Twee handen sloten zich als bankschroeven van achteren om haar schouders. Een ouderwetse geur van pijptabak en *Old Spice* drong Nienkes neus binnen.

'Wel, wel. Het meisje van het museum met het bijzondere Egyptische medaillon,' zei een slepende stem achter haar.

Nienke trok zich los en deinsde achteruit.

'Dokter Terpstra.'

'Ik dacht al dat ik stemmen hoorde achter die grafsteen.' Zeno Terpstra wees met zijn wandelstok naar de laatste rustplaats van Albert Lanceret. Hij glimlachte naar Nienke, maar net als in het museum lachten zijn donkere ogen niet mee. 'Wat brengt jou hier?'

'Klopt het dat u Sarah van vroeger kende?'

Er flitste iets geïrriteerd over Zeno's gezicht. 'Wat ben jij nieuwsgierig voor zo'n klein meisje.'

Nienke deed alsof ze het niet hoorde. '... en dat uw ouders en die van Sarah bevriend waren?'

'Veel te nieuwsgierig.' Zeno Terpstra knakte zijn vingers in de zwarte leren handschoenen, maar Nienke liet zich niet bang maken. 'Wat is er precies gebeurd met Sarahs ouders? Zijn uw ouders ook verongelukt?'

'Dat zijn dingen die je niet wilt weten,' zei Zeno langzaam en er flitste weer iets achter zijn ogen.

'Klopt het dat ze een schat van een farao meegenomen hebben? En dat er een vloek op de schat rust?'

Dat was de druppel. Zeno Terpstra keek haar vijandig aan en bracht zijn gezicht vlak bij dat van Nienke. Ze rook zijn adem – belegen kaas – toen hij tegen haar sprak. 'Als je een vloek over jezelf wil afroepen, moet je vooral zo doorgaan.'

Nienke staarde terug in die kille donkere ogen. 'Dus het is allemaal waar?'

Zeno trok haar ineens naar zich toe en klemde zijn wandelstok achter haar rug. Haar gezicht werd in de zware wol van zijn muffige overjas geduwd. Ze probeerde zich los te trekken, maar Zeno had haar goed vast. 'Ik waarschuw maar één keer: houd je hierbuiten, anders lig jij er straks ook zo bij,' siste hij.

Nienke worstelde uit alle macht. Plotseling liet Zeno haar los. Ze viel achterover op de natte grond en zag hoe Zeno met zijn handen voor zich uit tastte. Zijn hoed was over zijn ogen getrokken. Als in een droom kwam Fabian achter Zeno's rug vandaan en stak zijn hand naar haar uit. Hij trok haar snel omhoog en samen begonnen ze te rennen, de heuvel op, richting de weg waar Nienkes fiets stond.

'Ik heb jullie gewaarschuwd!' hoorden ze de woedende stem van Zeno roepen, maar ze keken niet meer om.

Pas bij de fiets kwamen ze buiten adem tot stilstand. Fabian keek richting de begraafplaats, maar Zeno was nergens meer te bekennen. Hij legde zijn handen op Nienkes schouders en keek haar aan. 'Gaat het? Wat moest hij van je?'

'Hij… hij…' Nienke kon de woorden niet vinden in haar mond. Fabian trok haar naar zich toe en wreef over haar rug.

'Het is oké, hij is weg.'

Nienke begroef haar gezicht in het blauwe windjack van Fabian. Het rook naar fris wasmiddel, veel beter dan de jas van Zeno... Langzaam kalmeerde ze weer een beetje en ging haar hartslag minder snel. Ze maakte zich zachtjes los uit zijn omhelzing en vertelde hem zo goed mogelijk wat er gebeurd was bij het graf van Sarah.

Fabian schrok. 'Hij weet het! Hij is ook op zoek naar de schat. Daarom bedreigde hij je!'

Nienke knikte. 'En Victor is ook op zoek. Daarom haten ze elkaar.'

Fabian keek haar lief aan. 'Volgende keer ga ik mee.'

'Je kwam anders precies op het juiste moment,' grapte Nienke. 'Als een echte prins, om de weerloze prinses te redden.'

Fabian werd rood en woelde door zijn haren. 'Kijk,' zei hij om van onderwerp te veranderen. Hij duwde Nienke een briefje in haar handen.

'Mijn absentiebriefje? Heb je dat gestolen?'

Fabian knikte. 'Niemand hoeft te weten dat je niet bij Nederlands was.' Hij sloeg een arm om haar schouders. 'Kom we moeten gaan... Anders missen we biologie ook.'

Nienke merkte pas dat ze toch heel erg geschrokken was van Zeno Terpstra, toen Appie die middag voorstelde om met hem te gaan praten. 'Dat is toch logisch? Hij kent Sarah, zijn ouders waren erbij toen Sarahs ouders de schat uit Egypte meenamen. Hij weet er waarschijnlijk veel meer van.'

Patricia vond het ook een goed idee. Maar bij de gedachte dat ze Zeno weer zou ontmoeten, trok er iets in Nienkes kuiten en begon haar ademhaling te jagen.

'Ik weet het niet...' begon ze hakkelend.

Fabian zag het en nam het voor haar op. 'Ik vind dat we eerst weer in de kelder moeten zoeken. Als dat niks oplevert, kunnen we altijd nog naar die Egypte-engerd.'

Hij knipoogde naar Nienke, die hem dankbaar aankeek.

'Amber? Het is nu 2-2, jij moet ook je mening geven.'

Amber kwam uit haar staar. Ze had de hele middag al heel weinig gezegd. 'De kelder,' zei ze vlak. 'Als ik maar niet hoef.'

'Gaat het wel?' vroeg Nienke bezorgd.

Amber gaf haar een klein lachje. 'Ja, ik ben gewoon een beetje moe.' Ze gaapte overdreven, maar Nienke trapte er niet in. Ze besloot het aan Amber te vragen als ze alleen waren.

Pas na het eten zag Nienke kans. Ze kwam de kamer binnen en zag dat Amber met een groot roze kussen in haar armen op haar bed voor zich uit zat te staren.

'Wat is er met je?' vroeg Nienke.

'Ik kan niks meer bedenken,' zei Amber zachtjes en gaf Nienke een blaadje. Bovenaan stond *Programma Themamiddag Amerika*. De rest was leeg.

'Maar… het is morgen al,' zei Nienke voorzichtig.

Amber begon te snikken: 'Ik heb nog helemaal niks. Geen versieringen. Geen hapjes, geen dansjes. Niks! Het is één grote mislukking geworden! Ik ga morgen niet naar school. Ik ga nooit meer. En ik ga hier ook weg.'

Nienke sloeg een arm om Ambers schokkende schouders. 'Maar waarom heb je niemand om hulp gevraagd?'

Amber begon nog harder te huilen. Haar tranen vermengden zich met haar mascara en maakten zwarte poeltjes die over haar wangen gleden. 'Heb ik… Maar… maar… maar… iedereen helpt Mara of is met andere dingen bezig.'

Die kwam hard aan bij Nienke. Zij was ook alleen maar bezig geweest met het geheim.

'Mara heeft alles al af. Ik maak geen enkele kans. Morgen lacht iedereen me uit!'

'Zullen we nu wat bedenken?' opperde Nienke.

Amber schudde heftig nee, liet zich achterover vallen en legde het kussen over haar hoofd. 'Ik ben zo moe,' klonk het gedempt. 'Ik hoop dat ik nooit meer wakker word.' Ze draaide zich naar de muur.

Nienke keek naar Ambers schokkende schouders en nam een

besluit; ze zou haar wekker op vijf uur zetten en Fabian uit zijn bed sleuren. Dan konden ze heel vroeg naar school gaan om daar Ambers gedeelte van de school te versieren. Ze was dan misschien de laatste tijd niet echt aardig geweest tegen Mara en ook niet bijzonder trouw aan de Club, maar waren zij er geweest voor Amber? Niet echt, toch?

Het was nog donker buiten toen Nienke Fabian de volgende ochtend wakker maakte.

'Nienk, is er wat?' zei hij slaapdronken toen hij haar helemaal aangekleed op zijn bed zag zitten. Ze schudde nee, legde haar vinger op haar lippen en wees naar het hoopje kleren op zijn stoel. Hij schoot zo snel mogelijk zijn broek en trui aan en volgde haar naar de gang. Daar legde ze het uit.

'Oké, ik help je,' zei Fabian en ze liepen zonder ontbijt en zonder te douchen de deur uit. Buiten begonnen de sterren te verbleken. Zwijgend liepen ze naar hun fietsen en fietsten naar school, waar de schoonmakers verbaasd opkeken.

'Ze zullen wel denken dat we enorme studienerds zijn,' zei Fabian toen ze door de gang liepen.

'Ja, van jou wel,' pestte Nienke.

Ze liepen het dramalokaal in; Mara's ruimte. Het zag eruit als een sprookje uit duizend-en-één-nacht: overal lagen oriëntaalse kussens, er hingen doorzichtige doeken en er stond zelfs een bedoeïentent met "waarzegger" erop.

'Wauw,' zei Fabian, maar Nienke trok hem mee. 'We moeten opschieten.'

'Welk gedeelte heeft Amber dan?' vroeg Fabian. Ze liepen rechts de gang in, richting het kantoor van Van Swieten.

'Dit gedeelte,' zei Nienke en wees om zich heen. Het was nog erger dan ze had verwacht: er hing een halve slinger en een Amerikaanse vlag en dat was het.

'Ah, genoeg te doen, zie ik,' zei Fabian ironisch en hij ging aan een tafeltje zitten dat bedolven lag onder rode, witte en blauwe kartonnen vellen. Hij trok een plastic tas open en diepte daar een schaar uit. 'Zullen we dan maar beginnen? We hebben nog...' Hij keek op zijn horloge. '... een krappe drie uur.'

Terwijl ze slingers knipten en de gang omtoverden in een rood-wit-blauw USA paleis, praatten ze over Zeno Terpstra en zijn bedoelingen. Fabian vroeg zich af of Sarahs vader de schat misschien had verstopt voor de ouders van Zeno.

'Maar waarom zou Sarahs vader de schat voor Zeno's vader verstoppen?' zei Nienke terwijl ze grote sterren knipte uit zilverkarton. 'Oh, misschien was hij bang dat Zeno's vader de schat voor zich alleen wilde, of wilde hij hem voor zichzelf.'

'Dan neemt Zeno dus wraak door die schat zelf te zoeken,' zei Fabian. Hij knipte het laatste figuurtje uit een papieren slinger, maar liet het hele ding uit zijn handen vallen.

'Laat mij maar.' Nienke bukte zich op hetzelfde moment waardoor Fabian per ongeluk haar hand pakte in plaats van de slinger. Er ging een klein elektrisch schokje door haar vingers.

'Sorry,' zei Fabian verlegen. Hij keek met een rood hoofd naar de muur en sprong snel van zijn stoel. 'Help je mij deze op te hangen?'

Amber kwam die ochtend om iets voor negen met een hangend hoofd de school binnen. Ze was zo druk bezig met het naar de punten van haar schoenen kijken, dat ze langs de hele versiering in de gang liep. Mevrouw Van Engelen hield haar staande. 'Heel mooi gedaan, Amber... succes vandaag,' zei ze met een lieve glimlach en ze liep weer door.

Amber keek haar ongelovig na, haalde haar schouders op en wilde weer doorlopen.

'TATAAAAA!!!!!'

Nienke en Fabian stonden voor Ambers neus. Nienke had een rood met wit cheerleaderpakje aan en Fabian was verkleed als het Amerikaanse Vrijheidsbeeld. Pas toen zag Amber de rest en haar mond viel open: de hele gang was rood-wit-blauw, overal hingen Amerikaanse vlaggen en aan het plafond hingen honderden zilveren sterren. Nienke duwde haar een cheerleaderpakje in haar handen en trok haar naar de wc om zich om te kleden voor de openingsact.

'Wat mooi, heb je dit allemaal voor mij gedaan?' zei Amber ontroerd in de wc.

'Natuurlijk, daar zijn we toch vrienden voor?' Nienke omhelsde Amber die volschoot.

'Hé, niet huilen, je moet er de hele dag super uitzien!' plaagde ze lief.

Amber lachte door haar tranen heen. 'Nu heb ik er wel weer zin in.'

En dat had ze zeker! Samen met Nienke deed ze haar cheerleaders openingsact, en daarna vermaakte ze iedereen met het uitdelen van donuts, kleverige *brownies* en een line-dance workshop. In het dramalokaal had Mara een buikdansact en honingzoete baklava waar Nabila een puntje aan kon zuigen. Natuurlijk had Mara ook oog voor de minder bedeelden in de vorm van een indrukwekkende diashow waarin ze de mensenrechten (of beter: het gebrek aan) in een aantal landen in het Midden-Oosten aan de kaak stelde. De waarzegger was een ware hit: leerlingen stonden in de rij om hun toekomst te laten voorspellen door Juan Fontina, een spirituele paranormaal begaafde man die Trudie had ontmoet tijdens het aquajoggen. Volgens haar was hij *eng* goed. Van Swieten liep samen met de rectrix overal tussendoor. Zij zou uiteindelijk beslissen wie de eerste slag in de strijd om het vertegenwoordigerschap had gewonnen.

Nienke zat aan het eind van de dag heel even uit te puffen op het bankje bij de kluisjes. Ze had de hele dag suikerspinnen staan draaien en voelde zichzelf zo langzamerhand een suikerspin. Ze was misselijk van de mierzoete roze lucht.

'Mag ik er even bij komen zitten?' Fabian stond voor haar. Nienke knikte en klopte naast zich. 'Tuurlijk, hoe gaat het daarbinnen?'

'Goed. Druk. De rectrix is nu aan het beslissen. Wat denk jij?' Fabian plofte naast Nienke.

'Eerlijk? Mara.' Nienke pulkte aan de roze suiker die aan haar vingers kleefde. 'Dat van haar is allemaal *net* iets beter.'

Fabian knikte. 'Ze verdient het ook meer, denk ik...' Hij staarde naar een poster op het prikbord waarop in grote rode letters *Pesten is superstom!* stond.

'Maarre... ik wilde je wat vragen.' Fabians gezicht werd zo rood als de letters op de poster en hij ging zenuwachtig met zijn handen door zijn haren. Toen keek hij Nienke aan, maar keek toen meteen weer terug naar het bord.

'Ja?' Nienke begreep niet waar dit gesprek naartoe ging.

'Nou, dat... ik was dus net bij de waa... ik... als het goed is, dan zou ik...' Fabian werd nog roder en schraapte overdreven zijn keel.

'Ja?' zei Nienke weer.

'Ik dacht... Misschien kunnen we...' Fabian pakte ineens haar hand vast en keek haar recht aan.

Nu voelde Nienke het bloed naar *haar* wangen stijgen en ze kreeg ineens een idee van wat hij bedoelde.

'Amber heeft gewonnen! Amber heeft gewonnen! Amber heeft gewonnen!' Appie stond voor hun neus en deed een vreselijk debiel dansje. Nienke en Fabian trokken snel hun handen los.

'Amber?' zeiden ze tegelijkertijd.

Ze volgden Appie naar het dramalokaal waar Amber op het kleine podiumpje stond met haar handen omhoog, ze maakte een V-teken, waardoor ze eruitzag als een Amerikaanse president, maar dan in een cheerleaderpakje. Mara stond in haar lichtblauwe buikdanskostuum beteuterd vlak naast het podium. Patricia had een arm om haar schouders geslagen.

Amber pakte een microfoon en begon te gillen: 'And the winner is... Amber from the Netherlands! No pictures please!'

De microfoon was helemaal niet aan, maar Amber schreeuwde zo hard, dat dat niet opviel. Fabian, Nienke en Appie liepen naar het podium en klapten hard. Toen Amber hen zag, sprong ze wild van het podium en omarmde hen. 'Bedankt. Jullie zijn de beste vrienden van de hele wereld. Maar... als ik niet zo leuk was, had ik ook nooit zulke leuke vrienden gehad,' schreeuwde ze in hun oren.

'Nu al sterallures?' vroeg Fabian, die zich losmaakte uit haar knellende omhelzing.

'Daar is ze toch mee geboren?' grapte Appie.

'Je hebt nog niet gewonnen. Er zijn nog meer opdrachten.' Nienke keek naar Mara die eruitzag of ze elk moment kon gaan huilen. Ze had medelijden met haar.

'*Piece of cake*. Mara maakt geen enkele kans. Wacht maar tot ik echt heel hard m'n best ga doen!' zei Amber zelfverzekerd en zo luid dat Nienke zeker wist dat Mara het kon horen. Nienke zuchtte. Soms schaamde ze zich een beetje voor Amber. 'Zullen we maar gaan opruimen?' zei ze om zichzelf een houding te geven. Het leek haar ook verstandig om Amber en Mara een beetje uit elkaar te houden voor ze elkaar misschien in de haren zouden vliegen.

Ze liepen met z'n allen naar de gang en begonnen de slingers, vlaggen en sterren van het plafond en de muren te trekken.

Intussen vertelde Fabian iets heel raars: hij was bij de waarzegger geweest en die wist van de schat *en* van Zeno Terpstra!

'Ben jij bij de waarzegger geweest?' vroeg Nienke verbaasd.

Fabian werd rood en knikte een beetje betrapt. 'Gewoon voor de gein, hoor,' verdedigde hij zichzelf.

'En hij noemde de schat en Zeno zonder dat jij er iets over gezegd had?'

'Ja. En hij zei ook dat ik voor hem moest oppassen en dat ik haast moest maken met het vinden van de schat, voordat iemand anders hem zou vinden.'

'Echt waar? Ik dacht dat die Juan Fontani een onwijze oplichter was,' zei Amber.

'Ik lieg echt niet.'

Appie, die op een ladder stond en een hele stapel zilveren sterren in zijn handen had, gooide het hele zooitje met een klap neer op de grond en sprong in één keer van boven naar beneden de ladder af. 'Zoeken dan maar! Nu!' schreeuwde hij en wilde de school uitrennen, maar Fabian hield hem tegen. 'Ap, volgens mij moet jij nog ergens naartoe,' zei hij veelbetekenend.

Appie slikte. 'Is dat zo?'

'Als je tenminste officieel lid wil worden van onze Club,' voegde Amber toe. Ze ging naast Fabian staan.

Ook Nienke voegde zich erbij en knikte. 'Er zit niks anders op. Je moet terug naar de kelder.'

's Avonds keken ze nog een keer naar het raadsel wat hen volgens Fabian naar de kelder leidde:

Graaf in het verleden, het onderbewuste van het huis
Kijk niet naar de sterren, want dan ben je abuis
Zaag liever even door over wat er is geweest
Daal af naar koningsgraven, want daar viert Toth zijn feest.

'Dat *moet* een verwijzing naar de kelder zijn,' zei Fabian stellig.

'Waarom dan?' vroeg Patricia sceptisch.

'Vanwege dat afdalen... En volgens de filosofen Jung en Freud staat de kelder van een huis in je dromen voor je onderbewuste of het verleden.'

Patricia rolde met haar ogen. 'Oké, oké, ik geloof je,' zei ze en zei toen geluidloos "*nerd*" tegen Nienke terwijl ze naar Fabian wees die alweer over het papier gebogen zat. Nienke lachte en pakte de schijf op. Het ding stond vol Egyptische tekens, die weer verwezen naar een alfabet, waar weer andere tekentjes – een soort stokjes – achterstonden. Ze begreep er niks van.

'Maar *wat* moeten we zoeken in de kelder?'

'Iets waarvoor we die schijf nodig hebben.'

'Het blijft vaag... We sturen Appie die enge kelder in, terwijl hij niet eens weet waar hij moet zoeken,' zei Nienke. Ze had medelijden met Appie en was ook een beetje ongerust.

'Laten we hem niet te veel risico lopen? Hij is al zo bang. Straks begint dat orgel weer uit zichzelf te spelen.' Ze rilde.

Fabian haalde zijn schouders op. 'Er is vast een rationele verklaring voor dat orgel... De wind, of vocht of muizen of zo.'

'Misschien komt hij er niet eens in... Er zit nog steeds een slot op de deur,' zei Patricia.

'Maar met het juiste gereedschap...'

Fabian viel ineens stil en keek peinzend naar de muur.

'Dat is het!' Hij sprong opgewonden met het gedicht in zijn hand omhoog. '*Zaag liever even door over wat er is geweest...* Appie moet in de kelder op gereedschap letten!'

11
EEN NIEUWE VIJAND

'Oké. Victor komt pas morgen terug, dus je hebt de tijd.' Fabian sloeg Appie op zijn rug. Ze stonden met de hele Club in de hal bij de kelderdeur.

'Maar de deur zit op slot!' Amber wees naar het grote ijzeren hangslot dat aan de deur hing.

'Maar op elk slot past een sleutel,' zei Fabian stoer en hij bengelde met een sleutelhanger met twee sleutels voor haar neus. 'Geleend uit Victors kantoor.'

Appie was heel stil. Het camouflagepak dat hij droeg was heel stoer, maar zijn bange hoofd erboven paste er niet bij.

'De deur moet wel achter Appie op slot. Voor als Victor plotseling terugkomt.'

Appie keek nog banger. 'Op slot? Is dat nodig?'

'Het is oké. Als er wat is, roep je me gewoon op met je walkietalkie en dan komen we je bevrijden.' Fabian morrelde met een van de sleutels in het sleutelgat en trok het hangslot uit de ring. De deur ging met een naar gepiep open. Daarachter zat een traliehek. 'Dus daar is die andere sleutel voor,' mompelde Fabian en hij opende het hek. 'Ben je er klaar voor?'

Appie knikte, hoewel hij eruitzag alsof hij een pot wormen had opgegeten. Hij knipte de lamp aan die op zijn voorhoofd zat en stapte op de eerste trede van de keldertrap.

'Duimen jullie voor me?' zei hij nerveus.

Fabian knikte. 'Je moet zoeken naar of bij gereedschap, oké?'

'Ja, ja, oké,' zei Appie en liep met knikkende knieën langzaam naar beneden. Fabian trok eerst het traliehek en toen de houten deur dicht. Daarna haalde hij het hangslot weer door de ijzeren ringen en klikte het dicht… Appie zat opgesloten in de kelder.

'En nu?' vroeg Patricia.

'Nu wachten we.'

Nienke ademde hoorbaar uit. Ze was blij dat dit gedeelte goed was gegaan. De afgelopen vierentwintig uur was het niet eenvoudig geweest om Appie de kelder in te krijgen. Eerst hadden Fabian en Appie stiekem in het kantoor in Victors agenda gekeken. Het bleek dat Victor de volgende nacht om één uur een afspraak had, maar er stond niet bij met wie. Er stond alleen een teken wat ze goed kenden: het Oog van Horus! Het werd hoe langer, hoe geheimzinniger. Waarom had Victor het Oog van Horus in zijn agenda staan? En wat zat er in het pakket dat de avond daarvoor was afgeleverd door een Indiase man? Appie had het gezien. Hij zei dat er een raar gesis uit het pak kwam.

En dan was er nog Jeroen. Alles wees erop dat hij ook iets wist van het geheim in het huis, maar ze wisten alleen niet wat. Ze vermoedden dat hij de waarzegger Juan Fontani had omgekocht tijdens de themamiddag van Mara. Hij had blijkbaar de naam "Zeno" ergens opgevangen en die doorgespeeld naar de waarzegger, die vervolgens Fabian nog meer informatie had ontfutseld. Sindsdien had Jeroen ineens heel veel geld, want hij had een ontzettend dure dvd-speler gekocht en een belachelijke hoeveelheid dvd'tjes, en hij probeerde Appie te paaien met een Dracula-doodskistbed.

Nienke zuchtte. Het werd steeds gevaarlijker: eerst Victor (die waarschijnlijk samenwerkte met Van Swieten), toen Zeno Terpstra en nu Jeroen. Nienke had geprobeerd iets los te peuteren bij hem, maar hij had haar vierkant in haar gezicht uitgelachen. Wat wist hij? En waar kwam dat geld vandaan? Handelde hij in opdracht van iemand anders? Hoe kwam hij überhaupt aan informatie? Was Appie misschien toch niet helemaal te vertrouwen?

Nienke hoorde Sarahs stem:

Kijk uit voor kapers op de kust… De schat mag nooit in verkeerde handen vallen... Dan zal de vloek zijn werk gaan doen...

Nadat Fabian de keldersleutels terug had gehangen in Victors kantoor en Fabian even contact had gehad met Appie via de walkietalkie, konden ze alleen maar wachten. Nerveus ploften ze op de bedden in de kamer van Nienke en Amber, wat zo langzamerhand hun hoofdkwartier was.

'Het zou wat zijn als hij straks bovenkomt met de schat en het zijn alleen maar waardeloze glasscherven of zo,' grapte Fabian zenuwachtig.

'Of de teddybeer van Sarah. Blijkt dat het gewoon een geintje was van haar vader.'

'Maar waarom zou hij dat doen?' vroeg Amber onnozel.

Patricia rolde met haar ogen. 'Dat is toch grappig, een soort zoekspelletje voor je d...'

Ze hield een vinger voor haar mond.

Nu hoorden de anderen het ook: voetstappen in de gang!

'Vlug!' Nienke duwde Fabian onder de dekens, terwijl Patricia bij Amber onder het dekbed kroop. Nienke knipte het licht uit en trok het dekbed op tot haar kin. Haar hartslag ging als een bezetene en ze voelde Fabians snelle ademhaling warm tegen haar arm.

De deur ging zachtjes open en iemand scheen met een zaklamp in Nienkes gezicht. Nienke hield haar ogen dicht en probeerde haar gezicht zo ontspannen mogelijk te houden. Toen het licht van haar gezicht gleed, durfde ze heel voorzichtig door een klein spleetje van haar oogleden te kijken: het was Jeroen!

Hij scheen even in Ambers gezicht, maar die hield zich goed. Daarna liep hij naar Nienkes bureau en rommelde daar even. Nienke groef in haar hersens. Lag er iets belangrijks op haar bureau? Nee. Haar dagboek zat in haar tas en de raadsels lagen bij Amber onder haar matras. De schijf had Appie bij zich, al begreep niemand waar hij voor diende.

Jeroen liep na een tijdje op zijn tenen de kamer uit en sloot de deur. Meteen sloeg Patricia het dekbed van zich af.

'Lucht! Lucht!' fluisterde ze zachtjes.

Nienke knipte het lampje aan naast haar bed. Ook Fabian

kroop onder de dekens vandaan. Zijn gezicht was rood van benauwdheid.

'Dit is niet oké… Dit is helemaal niet oké… Waar is de walkietalkie?' Hij deed een lukrake greep in het dekbed.

'Hé, dat is mijn been,' zei Nienke.

'Oh, sorry,' zei Fabian verlegen en zag toen de walkietalkie naast het bed liggen.

'Wat moest Jeroen hier nou?' vroeg Amber.

'Appie? Appie, hoor je mij? Jeroen is op pad en op zoek naar iets.' Fabian hield de walkietalkie aan zijn oor, maar het bleef stil aan de andere kant. 'Begrijp je het? Kijk uit voor Jeroen, hij loopt door het huis,' riep Fabian. Weer bleef het stil. Fabian keek ongerust naar de rest. 'Appie? Gaat alles goed daar?'

'Ja.' klonk er plotseling blikkerig uit de walkietalkie. Fabian keek opgelucht.

'Wat moest Jeroen?' vroeg Patricia.

'Hij is waarschijnlijk wakker geworden en zoekt nu naar Appie,' zei Fabian.

'Denk je dat hij weet wat Appie aan het doen is?' vroeg Nienke. Ze keek ongerust de groep rond.

Patricia sprak uit wat Nienke dacht, maar niet durfde te zeggen: 'Misschien… als Appie het hem verteld heeft.'

Ze speculeerden nog even verder over of Appie wel te vertrouwen was. Jeroen was natuurlijk wel zijn beste vriend.

'…Nou ja, de kelderdeur zit op slot, dus daar zal Jeroen wel niet zo snel heen gaan,' zei Fabian.

'Daar is die sukkel ook veel te laf voor,' zei Patricia, maar deze gedachte luchtte niet op. Ze keken stil de kamer rond. Wat moesten ze nu doen? Nienke voelde zich machteloos en Patricia stompte hard in Ambers hoofdkussen. 'Oh! Ik word gek van dat wachten. Dit is nog erger dan de kelder in!'

'Nou, ik wacht liever een miljoen uur, dan dat ik dat donkere hol inga,' zei Amber benauwd.

'Een miljoen uur? Dat is ongeveer honderdtwintig jaar.'

'Oh, dat is wel een beetje veel hè?' lachte Amber.

Nienke rilde. 'Niet voor Victor... die leeft dus al een miljoen uur.'

'Gatver, wat een eng idee... Hé, daarom zien zijn kleren er natuurlijk altijd zo oud uit! Omdat ze zo oud zijn!' bedacht Amber en ze keek triomfantelijk.

'Daar denk jij natuurlijk meteen weer aan: kleren.'

'Hè! Kleren maken de m...' Amber stopte met praten. Een auto naderde het huis... 'Is dat...?'

Patricia keek uit het raam. 'Victor!' riep ze hard. Amber kroop meteen met haar hoofd onder de dekens.

'Appie! Appie! Victor komt eraan! Zoek dekking!' riep Fabian in de walkietalkie.

'Oké!' was het korte antwoord. Beneden hoorden ze de voordeur dichtslaan. Victor was al binnen!

'Wat doen we nu?' vroeg Patricia die stokstijf bij het raam stond.

'Wachten... Ik kan nu toch niet naar beneden,' zei Fabian zachtjes. Ze knipten het licht uit en luisterden scherp. Behalve hun eigen ademhaling hoorden ze de wind om het huis gieren en nog iets anders: een enorme bonk, waarna voetstappen gehaast de trap oprenden. Nienke hield haar adem in, maar de voetstappen kwamen niet de gang in. Ze hoorden een deur open- en dichtgaan, en toen weer voetstappen de trap af. Daarna het onmiskenbare nare gepiep van de kelderdeur.

'Victor... Hij gaat naar de kelder!' In het halfduister glommen Ambers ogen als sterren. 'Maar Appie...'

'Appie heeft zich vast verstopt, er zijn daar genoeg donkere hoekjes,' troostte Patricia haar.

'Wat doen we nu?' fluisterde Fabian.

'Ik ga kijken... Ik houd het hier niet meer uit.' Patricia opende muisstil de deur en liep de gang op. Nienke en Fabian volgden haar en, na enige aarzeling, Amber ook. Ze slopen heel zachtjes naar het kleine trapje aan het eind van de meisjesgang. Daar konden ze door de spijlen van de balustrade ongezien naar beneden kijken. Ergens beneden brandde een lichtje waardoor een grote menselijke schaduw op de tegenoverliggende muur werd geprojecteerd.

Er stond iemand in de hal.

Nienke rekte haar nek om te kunnen zien wie het was. Bij de kelderdeur stond Jeroen in zijn wollen kamerjas. Hij had in zijn ene hand een zaklamp en in zijn andere een... walkietalkie!

Amber gaf een gedempt gilletje, maar gelukkig sloeg Patricia meteen haar hand voor Ambers mond. Fabian gebaarde naar hen dat ze weer terug moesten naar de kamer.

'Ik kan het bijna niet geloven! We hebben dus al die tijd contact gehad met Jeroen?' vroeg Amber toen ze terug waren in hun kamer en de deur achter zich dicht hadden gedaan.

Fabian keek moeilijk. 'Ik begrijp het niet... Hoe komt hij aan die... ?'

'Ik wel! Die heeft hij van Appie!' zei Patricia fel.

'Laten we niet te snel conclusies trekken,' zei Fabian rustig.

Patricia lachte kort. 'Wat is jouw conclusie dan?'

'Misschien is hij hem vergeten.'

'Zoiets vergeet je toch niet?'

'Hij was onwijs zenuwachtig... Dan vergeet je juist de belangrijkste dingen.'

'Jeroen moet daar weg!' riep Amber.

'Hoe dan? We kunnen moeilijk naar hem toelopen en zeggen: 'Hé, Jeroen, hoe is het? Kun je even meekomen?'

Ze probeerden een oplossing te vinden, maar het brandalarm af laten gaan vonden ze allemaal wel heel heftig. Uiteindelijk kwamen ze tot de conclusie dat afwachten toch de beste optie was en er maar op hopen dat Appie niet in Victors handen was gevallen en door hem werd opgezet. Intussen zouden ze Jeroen in de gaten houden.

Ze slopen weer naar beneden en gingen op het trapje bij de overloop zitten. Jeroen zat naast de kelderdeur op de grond en leunde met zijn rug tegen de muur. Hij hield de zaklamp nog steeds in zijn handen, maar had de walkietalkie naast zich neergelegd.

Nienke keek naar de deur: het slot was eraf. Dus Victor zat nog steeds in de kelder. En Appie dus ook.

Het zware dreunen van de klok klonk door het huis. Vier keer...

Het was al vier uur. Nienke gaapte. Ze kon haar ogen bijna niet meer openhouden. Een trapje lager zaten Amber en Patricia. Amber viel met haar hoofd tegen de schouder van Patricia. Die duwde haar half weg, maar na een paar keer liet ze het maar zo en leunde met haar hoofd tegen de balustrade.

Nienke keek naar Fabian, die naar haar glimlachte. Hij sloeg een arm om haar schouder en ze leunde met haar hoofd tegen zijn trui. Ze rook de geur van frisgewassen katoen vermengd met een beetje deodorant. Ze deed haar ogen dicht en viel in slaap.

Een paar uur later werd Nienke wakker omdat er een zonnestraal recht op haar gezicht viel. Ze wist even niet waar ze was, maar zag toen dat ze met haar hoofd in Fabians schoot lag. Ze keek omhoog: Fabian keek haar glimlachend aan.

'Goedemorgen,' fluisterde hij.

Nienke kwam met een ruk omhoog.

Fabian wees naar de kelderdeur, waar Jeroen met zijn mond open lag te slapen. 'Victor is er nog steeds. We kunnen maar beter naar bed gaan en nog een beetje slapen.'

Nienke knikte en keek op de klok. Het was half zeven. Ze wekten Amber en Patricia en gingen stilletjes naar bed om nog heel even te slapen voor ze allemaal weer naar school moesten.

Om half acht ging de wekker weer. Amber kreunde hard, sloeg het ding uit en wilde zich weer lekker omdraaien, maar daar stak Nienke een stokje voor. 'We moeten kijken hoe het met Appie is,' en ze trok het roze dekbed van Amber af.

Toen ze de trap afstommelden zagen ze dat het grote hangslot weer op de kelderdeur zat. Nienke hoopte maar dat Appie aan de ontbijttafel zou zitten, maar die hoop vervloog toen ze de deur opendeed: alleen Mara, Mick en Trudie liepen bedrijvig door de keuken en de woonkamer, terwijl Fabian en Patricia stil en moe aan de ontbijttafel zaten.

Fabian schudde meteen zijn hoofd. 'Ap zit nog steeds in de kelder, denk ik,' fluisterde hij, terwijl hij Nienke een kop sterke thee inschonk.

Nienke leunde met haar hoofd in haar handen en keek zuchtend door het raam. Buiten hing een mysterieus vuilgeel licht. Het zag er onheilspellend uit.

'Tru, kun je de boter even aangeven?' gilde Mara door het luik. Ze zag er heel fris en uitgerust uit.

Amber kreunde.

'Hier... Goedemorgen schatjes!' zei Trudie tegen het bleke stelletje dat aan tafel zat.

'Mogguh,' perste Patricia eruit. Ze keek lamlendig naar de boterham op haar bord. Zelfs het smeren ervan leek haar op dat moment te veel moeite.

Mara ging zitten, maar sprong meteen weer op: 'Ik mis ook nog de pindakaas!'

'Jullie moeten even zonder doen...' schreeuwde Trudie vanuit de keuken.

Amber sloeg haar handen voor haar oren. 'Moet dit?'

'... Jeroen heeft vanochtend het laatste restje opgegeten, denk ik,' zei Trudie die binnenkwam met een schaal vleeswaren.

'Jeroen?' Fabian keek verbaasd naar de anderen.

'Die kwam ik vanochtend vroeg tegen. Hij had bijles.'

'Jeroen heeft bijles?'

Ze vertrouwden het voor geen cent. Jeroen had helemaal geen bijles, hij voerde iets in zijn schild. Nienke en Fabian besloten om stiekem thuis te blijven, zodat ze Appie uit de kelder konden bevrijden, maar dat mislukte. Trudie ging weer naar aquajoggen en wilde daarom het huis van buiten afsluiten.

'Waar zijn Nienke en Fabian?' vroeg ze aan het groepje dat al bij de deur stond. Amber haalde haar schouders op.

'Nienke! Fabian!' schreeuwde ze naar boven. 'Komen jullie? Anders kom ik te laat!'

Nienke en Fabian kwamen naar beneden.

'Ah, daar zijn jullie,' zei Trudie terwijl ze om zich heen keek. 'Waar is Appie?'

Appie? Amber keek Nienke ongerust aan. 'Appie is al weg... Hij had zich verslapen en is zo, zo de deur uitgerend,' ratelde ze.

Trudie keek even vreemd, maar haalde toen haar schouders op en gebaarde dat iedereen naar buiten moest. Ze draaide de deur drie keer op slot.

Nienke en Fabian baalden, hoe konden ze Appie nu bevrijden?

Op het schoolplein plofte Patricia op het bankje bij het fietsenhok.

'Oh, ik ben nu al dood... hoe kom ik ooit deze dag door,' zei ze chagrijnig.

Amber graaide in haar tas en haalde haar poederdoos tevoorschijn.

'Oh wat erg!' zei ze toen ze in het spiegeltje keek.

'Wat is er?' zei Nienke geschrokken.

'Wallen!' Amber drukte onder haar ogen. 'Kijk dan! Ik zie er minstens vier jaar ouder uit!'

Ze haalde een tube zalf uit haar tas waar "aambeienzalf" opstond. Patricia bekeek de tube. Amber wilde net de dop eraf schroeven, toen Patricia de tube uit haar handen trok en ruw terug in haar tas duwde. 'Genoeg met al die onzin. Kom! Wij gaan wel kijken of we Jeroen ergens kunnen opsporen.'

'Maar...'

Patricia sleurde Amber mee de school in. Fabian lachte, maar zijn glimlach verdween toen hij naar Nienke keek. Ze zag er heel ongerust uit en keek vreselijk schuldig. 'Hé, wat is er?'

Nienke slaakte een diepe zucht en trapte tegen een leeg colablikje dat onder het bankje lag. 'Ik vind het zielig voor Appie. Hij zit nu opgesloten in die donkere kelder... Victor zou toch de hele nacht wegblijven?'

'Ja, dat snap ik ook niet.'

'We hadden hem eruit moeten halen. We hadden hem nooit in zijn eentje moeten laten gaan. Dan was hij die walkietalkie ook niet vergeten. En dan Jeroen... Wie weet wat hij allemaal op het spoor is.' Nienke trapte gefrustreerd het blikje plat.

'We komen er hoe dan ook uit... en Jeroen staat er alleen voor,' zei Fabian.

Maar Nienke was helemaal niet gerustgesteld. 'Ik heb het gevoel dat we het hebben verpest.'

'We hebben niks verpest.'

'Maar zo vinden we de schat nooit! En heeft Sarah nooit rust!' riep Nienke gefrustreerd.

Fabian pakte haar handen. 'Nienke! Kijk me eens aan!'

Nienke keek hem met tegenzin aan. Er blonken twee tranen in haar ooghoeken.

'We gaan door tot we de schat vinden. En ik beloof je dat ik je niet in de steek zal laten. Nooit.'

Nienke slikte. Ze moest vechten om haar tranen binnen te houden.

'Ik meen het. Samen komen we er wel uit, oké?' Hij drukte Nienke even stevig tegen zich aan.

Gearmd liepen ze de school binnen. Het eerste uur hadden ze Nederlands van mevrouw Van Engelen. In het lokaal zochten ze oogcontact met Amber en Patricia, die al naast elkaar achteraan in de klas zaten.

'Jeroen?' vroeg Fabian geluidloos. Patricia schudde nee.

Fabian sloeg hard op zijn bureaublad. 'Ik wist het! Hij is nog thuis!'

'Als ik ook even de aandacht van meneer Ruitenburg mag?' zei Van Engelen, terwijl ze streng naar Fabian keek.

'Straks... dramalokaal,' fluisterde Fabian.

Van Engelen tikte hard op het bord. 'Aandacht en adoratie!' Fabian hield snel zijn mond en Van Engelen nam het woord: 'Voor we beginnen nog wat nieuws op het verkiezingsfront: vandaag zijn er twee kiosken in de gang geplaatst...'

Amber kwam verschrikt overeind.

'... aan de twee kandidaten de taak om ze zo origineel en ludiek mogelijk in te richten. Succes!' Van Engelen draaide zich om naar het bord en schreef het woord "barbarisme" op het bord.

Amber slikte hoorbaar.

'Wat is er?' vroeg Patricia.

'De kiosk... Ik ben het helemaal vergeten...'

'Wat! Hoe kan dat nou?' Patricia keek ongelovig naar Amber.

'Zoiets vergeet je toch niet?'

'Dat komt door al dat gedoe, gisteren…' Amber spiedde naar Mara. Onder haar voeten stond een enorme boodschappentas waar een kleurige slinger uitstak. Ook dat nog, zij had het wel goed voor elkaar!

Toen de pauze was begonnen en Fabian gebaarde dat ze naar het dramalokaal moesten om te praten, spurtte Amber weg. 'Ik kom zo, ik moet even iets regelen,' zei ze met haar mobieltje in haar handen. Zonder op antwoord te wachten, klikte ze er op haar hakken vandoor.

De anderen liepen naar het lege dramalokaal. Ze lieten zich moe en lamlendig in de zitzakken glijden en overlegden wat ze moesten doen nu Jeroen niet op school was en Appie nog steeds in de kelder opgesloten zat. Nienke vond dat iemand terug moest naar huis om Appie te bevrijden. Ze konden hem toch niet de hele dag in de kelder laten zitten? Bovendien konden ze dan meteen kijken wat Jeroen in zijn schild voerde. Fabian was het er wel mee eens en bood aan om te gaan. Patricia wist het niet… Was Appie wel te vertrouwen? Voor hetzelfde geld speelde hij gewoon met Jeroen onder een hoedje en lachten ze zich op dit moment helemaal rot om hen, terwijl ze samen de schat al hadden gevonden!

Amber kwam binnen. 'Hoe gaat het hier?' vroeg ze terwijl ze haar roze mobieltje in haar tas stopte.

'Moet je niet bij je kiosk zijn?' vroeg Patricia.

'Nee, hoor, dat heb ik al geregeld.'

De andere drie keken ongelovig naar Amber.

'Maar… ik dacht dat je het vergeten was?' zei Patricia.

'Ik presteer goed onder tijdsdruk,' zei Amber laconiek. 'Jullie zullen zien hoe cool het wordt. Jullie en Jason zullen versteld staan!' Amber ging in een zitzak zitten en keek triomfantelijk naar de anderen. Waarom Jason in één adem met hen genoemd werd, begreep Nienke niet, maar voordat ze het aan Amber kon vragen, ging de deur open. In de deuropening stond Appie! Hij had zijn groene camouflagejas aan en keek heel sip.

'Appie!' Nienke sprong op.

Appie slofte het lokaal binnen. Iedereen hield zijn adem in.

'We wilden je net komen bevrijden. Hoe ben je ontsnapt?'

Appie keek langzaam naar Nienke. 'Victor heeft me betrapt.'

'Wat?!' Nienke voelde al haar bloed uit haar gezicht wegtrekken. Was het voorbij? Had Victor hem gedwongen alles te vertellen? Appie keek aangeslagen naar het groepje. Hij slaakte een diepe zucht. De anderen lieten ook hun hoofd hangen.

'Natuurlijk niet! *Mission impossible* geslaagd!!' schreeuwde Appie ineens en hij begon als een gek op en neer te springen.

'Vertel, vertel!'

'Heb je iets gevonden?'

'Spookt het er?'

Iedereen riep door elkaar heen en Amber plantte spontaan een dikke zoen op Appies wang. Appie maakte zich stoer los van Amber, pakte een stoel en zette die op het podium. De anderen gingen aan zijn voeten zitten. Ze popelden om te horen wat er allemaal was gebeurd in de kelder en wat Appie allemaal had gevonden.

Appie begon te vertellen: hij was afgedaald in de gevaarlijke, donkere kelder waar Victor de raarste dingen bewaarde. Hij zag potjes met ogen op sterk water, en rare beesten met drie koppen en in een mand bewaarde hij zelfs een opgezette slang. Na een tijdje te hebben rondgedwaald, zag hij een houten bord aan de muur waar allemaal gereedschap aan hing.

'Dus ik trek met mijn superduperschroevendraaier aan het bord, harder, harder... komt een enorme zaag met donderend geweld naar beneden... BENG!' riep Appie.

Amber gilde van schrik.

'... Ik spring nog net weg, de zaag raakte nog net mijn been, hier... Als die me vol had geraakt, was ik zeker doodgebloed... maar veel tijd om na te denken had ik niet, want PATS daar stond Victor ineens bovenaan de trap. Dus ik neem een duik...'

Appie had zich nog net weten te verschuilen in een kist, waar hij de rest van de nacht in had gezeten, terwijl Victor een of ander griezelig ritueel uitvoerde.

Vooral Amber vond het doodeng. Toen Appie vertelde dat Victor met een zwaard het hoofd van de opgezette slang eraf had gehakt, trok ze wit weg en viel ze bijna flauw. Victor was daarna op een tekening van een oog gaan staan die op de vloer was getekend.

'Het Oog van Horus,' zei Fabian.

'Ssst, laat Appie nou vertellen,' zei Patricia.

Victor had allerlei bezweringen gemompeld in een vreemde taal, het klonk een beetje zoals de spreuken van Van Swieten.

'Latijn,' zei Fabian.

'Stil nou!'

Victor had uiteindelijk een groene vloeistof in een schedel gegoten en daarna was hij de kelder uitgegaan.

'Gadverdamme!' Amber keek alsof ze doodging van angst. 'Hoe heb je het vol kunnen houden? Ik was ter plekke gek geworden!'

'Och,' zei Appie bescheiden, 'Ik kan wel een stootje hebben.'

'Maar hoe ben je uiteindelijk uit de kelder gekomen?' vroeg Fabian.

'Jeroen heeft me bevrijd.'

Nienkes adem stokte. 'Jeroen?'

'Ik heb niks gezegd,' zei Appie meteen afwerend. 'Ik heb hem wijsgemaakt dat ik een weddenschap had met jou.' Hij keek naar Fabian. 'Dat ik voor vijftig euro een hele nacht in de kelder durfde te zitten.'

'En dat geloofde hij?'

'Ja, hoor, geen probleem... Het enige is...' Appie keek even ongemakkelijk naar de rest, '... ik moet hem de helft van het geld geven.'

'Wat! Vijfentwintig euro?'

'Dat is maar vijf euro de man,' zei Appie.

'Zet het maar op Ambers creditcard,' zei Patricia vals.

'Wat? Nee hoor!' zei Amber.

'Hé, maar het is het waard. Kijk...' Appie rommelde in de binnenzak van zijn groene camouflagejas. Iedereen was meteen weer vol aandacht.

'Die zak is zo geheim dat ik hem niet eens kan vinden,' mompelde Appie, maar uiteindelijk trok hij met een enorme grijns op zijn gezicht een opgerold papiertje uit zijn zak.

'Wat is het?' vroeg Fabian, die zijn hand uitstak.

Appie legde het rolletje in zijn uitgestoken hand. 'Kijk zelf maar.' Iedereen drong om Fabian heen om te zien wat het was. Hij rolde het heel voorzichtig uit.

'Gevonden bij de zaag,' voegde Appie toe.

'Gereedschap... het klopte dus!' riep Fabian blij. '... Kijk nou!' Hij hield een stuk perkament in zijn hand. Het stond vol met allerlei kleurige Egyptische tekentjes. Het leek wel een rebus.

'Wat raar, zulke hiërogliefen heb ik nog nooit gezien,' zei Fabian en hij boog zich over het papier.

'Ik begrijp er niks van,' zei Appie.

'Ik wel... Het is een gedichtje. Kijk: een bedje is iets van *rust* of *slaap.*'

'Sraap?' vroeg Amber verbaasd.

'Nee slaap. En dan een klein kindje of baby, dus dan wordt het iets van: slaap, baby... en weer slaap...'

Patricia trok het papiertje uit Fabians handen. '*Slaap kindje, slaap?*' Is dit een Appie-grap? Hier staat gewoon een stom ouderwets kinderliedje,' zei ze pissig en ze keek boos naar Appie.

Appie keek zelf ook heel erg teleurgesteld. 'Ben ik daarvoor de hele nacht in de kelder geweest?'

'Dit is echt niet leuk! Waar slaat dit op?'

De vrolijkheid van daarnet verdween als sneeuw voor de zon en ze stonden met z'n allen sip naar het briefje te kijken.

'Wacht even... Kijk!' Een glimlach brak door op Fabians gezicht en hij duwde het perkament onder de neus van de anderen. 'Zien jullie dit? Heel klein. Daar!' Hij tikte met een trillende vinger op de kleurige hiërogliefen. Tussen de kinderlijke tekens stonden twee veel kleinere hiërogliefen die ertussen verborgen zaten.

Nienke slaakte een zucht van opluchting. Ze hadden een nieuw raadsel gevonden.

12
DE (S)PION

De vier leden van De Geheime Club van de Oude Wilg stonden achter een tafel in het dramalokaal te wachten.

De deur ging open.

'Wat is dit?' Appie keek verbaasd het lokaal rond: overal brandden kaarsen en er stond een grote bos wilgentakken op de tafel. Daarachter stond Nienke met een heel serieus gezicht naar Appie te kijken. Amber en Fabian stonden naast haar. Patricia liep naar Appie en trok het blikje cola uit zijn handen. Daarna draaide ze de deur op slot en duwde Appie een stukje richting de tafel.

'Appie? Kom naar voren,' zei Nienke en ze wees naar de overkant van de tafel. Appie liep zenuwachtig naar haar toe.

'Wegens bewezen heldenmoed heeft de Geheime Club van de Oude Wilg besloten je op te nemen als nieuw lid.'

Appie straalde. 'Echt waar? Wauw!'

'Daarvoor dien je een eed af te leggen en die te bezegelen met bloed,' zei Fabian.

Appie keek gespannen naar de leden die hem strak aankeken.

'Oké,' knikte hij toen en lachte even, maar hield meteen weer op toen hij zag dat de vier tegenover hem hun gezichten strak in de plooi hielden.

Nienke stak de bos wilgentenen naar hem uit. 'Leg je hand hierop en zeg mij na: Ik, Appie, zweer trouw aan de Geheime Club van de Oude Wilg.'

Appie herhaalde haar woorden.

'Ik zweer nooit iets aan anderen te vertellen, en ik beloof alle leden altijd bij te staan in het vinden van de schat,' eindigde Nienke. 'Op mijn eigen bloed.'

Appie herhaalde Nienkes woorden en slikte bij de laatste zin. 'Op mijn eigen bloed,' hakkelde hij tenslotte.

Amber prikte met een naald in Appies rechterwijsvinger. Een druppeltje helderrood bloed welde op uit het topje. Nienke schoof het document naar hem toe waarop in krullerige letters *De Geheime Club van de Oude Wilg* stond, met daaronder vier bruinrode vingerafdrukken. Vervolgens duwde ze zijn bebloede vingertop onderaan het document.

'Bij dezen ben je officieel het vijfde lid van de Geheime Club van de Oude Wilg,' besloot ze de inwijding.

'Sibuna!!' gilde Amber en de rest viel haar bij. Daarna omhelsden ze Appie, die straalde van geluk. 'Wat is Sibuna?' vroeg hij.

Plotseling werd er op de deur geklopt en aan de klink gerammeld. 'Hallo?' Klonk er door de deur heen.

'Jason!'

Iedereen schoot een kant op, blies kaarsen uit, of stopte wilgentakken onder zijn T-shirt (Appie).

'Hallo? Doe eens open!' zei Jason ongeduldig achter de dichte deur.

Amber draaide de sleutel om en zwaaide met haar liefste, onschuldigste glimlach de deur open. 'Hoi mister Winker!'

Jason kwam een beetje achterdochtig binnenlopen en bekeek de anderen van top tot teen. Appie zwaaide heel dom naar z'n geschiedenisdocent.

'… Je moet opschieten, we beginnen zo!' zei Jason tegen Amber. Het was tijd voor de opening van de kiosk.

'Ga maar vast… Ik moet me nog omkleden,' zei Amber. 'Of wilde je daar bij zijn?'

Jason werd rood. 'Nee, nee,' zei hij ongemakkelijk. 'Schiet je wel op?'

Nienke schoot in de lach. Die Amber! Ze kreeg het gewoon voor elkaar dat Jason bloosde!

Jason liep de deur uit. Amber graaide een kledinghoes van een rek met kostuums. 'Komen jullie zo kijken? Het wordt echt geweldig!' gilde ze en ze liep achter Jason aan het lokaal uit.

Nienke moest toegeven: het *was* geweldig. Ambers kiosk was weer in Amerikaanse stijl, maar dit keer was Amber zelf gekleed in een knalrood mantelpakje met rode cowboylaarzen. Ze deelde T-shirts uit met een soort modellenfoto van zichzelf op de voorkant en de tekst *All Amber* eronder. De leerlingen verdrongen zich allemaal om haar kiosk heen om een T-shirt te pakken te krijgen. Amber zette zelfs als een soort van popster haar handtekening op het T-shirt van de mensen.

'*All Amber*, voor meer flair op school!' schreeuwde ze zo af en toe door een enorme megafoon boven de hiphop en R&B uit die keihard uit de speakers blèrde en zo ruimschoots Mara's wereldmuziek overstemde die uit haar Arabische kiosk kwam. Van Swieten en de rectrix stonden een kopje Arabische thee te drinken en Mara keek ongelukkig naar de grote schaal met gelukspoppetjes uit de wereldwinkel die niemand wilde hebben.

'Het is leuk, maar ook makkelijk als je papa's creditcard hebt,' zei Patricia die even naast Fabian en Nienke kwam staan. Amber zette een heel klein brugklassertje een cowboyhoed op die meteen over z'n oren zakte.

'Zo doen de Amerikaanse presidentskandidaten het toch?' zei Fabian. 'Zonder geld geen campagne.'

'Dat is niet waar!' zei Patricia fel. 'Mara is inhoudelijk ontzettend goed! Bij Amber gaat het alleen maar om het uiterlijk, maar Mara wil echt verbeteringen in de school.'

'Tuurlijk,' suste Fabian. 'Ik zeg ook helemaal niet dat Amber moet winnen.'

Het maakte hem eigenlijk helemaal niet zo veel uit wie er zou winnen. Net als Nienke vond hij het veel belangrijker dat ze de schat zouden vinden.

'Hebben jullie eigenlijk enig idee waar we naar op zoek zijn?' vroeg hij aan Nienke en Patricia.

Patricia haalde haar schouders op. 'Edelstenen? Diamanten? Ik heb geen flauw idee.'

Fabian peinsde even. 'Maar vinden jullie het niet raar? Waarom hebben de Winsbrugge-Hennegouwens iets meegenomen uit de tombe van Toetanchamon? Het waren archeologen, geen dieven die een kistje met edelstenen wilden stelen.'

'Waarom niet? Het waren ook maar gewoon mensen hoor,' zei Patricia.

Nienke had zich dat ook al een keer afgevraagd. Waarom zou je iets meenemen uit een tombe en waarom juist dat? En wat was dat *"dat"* dan? En waarom riskeerde zij haar leven eigenlijk voor iets waarvan ze niet eens wist wat het was?

'Misschien hebben ze wel iets meegenomen om te voorkomen dat het in verkeerde handen zou vallen,' opperde Nienke. 'Anders zou Sarah toch niet zeggen dat de schat terugmoet naar waar hij thuishoort?'

'Nee, dan zou ze zeggen: verpatsen die schat, voor zoveel mogelijk geld!' zei Patricia met een krakende stem als een oud vrouwtje.

Fabian zweeg. Hij had die blik weer in zijn ogen. 'Het is iets wat heel veel waard is... Maar wat is waarde?' zei hij zachtjes, terwijl hij bleef staren.

'Geld natuurlijk, en goud.'

'Maar andere dingen ook... Mooi zijn is ook belangrijk,' zei Fabian serieus.

'Maar dat verdwijnt als je ouder wordt.' Nienke trok een paar rimpels.

'Of niet, als je het eeuwige leven hebt.'

'Zoals Victor? Die is mooi!' spotte Patricia.

'Misschien helpt zijn levenselixer wel niet genoeg... Wordt hij wel ouder, maar heel langzaam, en nu zoekt hij naar een middel om *wel* eeuwig te leven,' zei Nienke.

'Dan zouden we op zoek zijn naar de graal,' flapte Fabian eruit.

Patricia en Nienke keken verbaasd. 'De graal?'

'Volgens heel veel legendes – King Arthur en zo – krijg je het eeuwige leven als je uit de graal drinkt.'

Nienke dacht even na: 'Dat is helemaal niet zo gek gedacht,' zei ze serieus, maar Patricia gaf Fabian een tik tegen zijn achterhoofd. 'Je leest te veel van die rare boeken, jij.'

Voordat ze erachter konden komen wat de schat zou zijn, moesten ze wel eerst het nieuwe raadsel oplossen.

Terwijl Nienke en Fabian 's avonds naar het raadsel keken, lag Amber in een roes op haar bed. Haar cowboyhoed zat scheef op haar hoofd en ze had een dromerige uitdrukking op haar gezicht.

'Wat is er met haar?' vroeg Fabian zacht.

'Jason heeft me gekust!' gilde Amber, terwijl ze haar hoed omhoog gooide. 'Yeeehaaaa!'

'Wat?'

'Op haar wang,' zei Nienke geruststellend. Ze tikte op de twee tekentjes die Fabian apart op een papier had nagetekend. 'Heb je enig idee?'

Fabian wreef even over zijn gezicht. 'Volgens mij moet het iets te maken hebben met sterren...'

'Wat denk je? Hij vindt me leuk, toch?' riep Amber vanaf het bed.

'Jason is je leraar!' zei Nienke.

'Nou en?' Amber ging op haar rug liggen en vouwde haar handen achter haar hoofd. 'Echte liefde laat zich niet dwingen. Misschien kust hij me nog wel een keer.'

Fabian stond op. 'Ik ga slapen, ik ben moe.'

Nienke knikte, zij kon ook niet meer op haar benen staan van vermoeidheid. Toen Fabian vertrokken was, kleedde ze zich snel uit en viel op het gekabbel van Ambers geneuzel over Jason in slaap.

'Nienke?'

Nienke schoot omhoog. Sarah zat weer op de rand van haar bed, maar ze zag er nu niet zo vredig uit. Ze keek zorgelijk naar Nienke en achter haar scheen een vreemd, vuilgeel licht zoals Nienke die dag 's ochtends door het raam had gezien.

'Nienke, meisje... Ik kom je waarschuwen.'

'Wat is er?' zei Nienke ongerust. Ze strekte haar handen uit naar Sarah, die ze vastpakte. Sarahs handen waren ijskoud.

'Je moet uitkijken, Nienke. Vertrouw niet iedereen blindelings... Anders blijft de schat verborgen en zal de vloek nooit verdwijnen.'

Nienke knikte. 'Ik zal voorzichtig zijn, Sarah... Sarah?'

Nienke zat nog steeds rechtop in haar bed met haar armen voor zich uitgestrekt, maar Sarah was weg.

Nienke wreef over haar ogen en ging weer liggen. Ze trok haar dekbed tot haar kin om het nare gevoel dat ze in haar buik had te verdrijven. Een waarschuwing. Wat zei Sarah nou? Je moet niet iedereen blindelings vertrouwen...

Met haar hoofd vol gedachten viel Nienke weer in slaap en toen ze 's ochtends wakker werd, kon ze zich even niet meer herinneren wat er ook alweer was. Ze bleef even stil op haar rug liggen, totdat het weer terugkwam.

Ik kom je waarschuwen...

Nienke stapte uit bed en liep naar Amber, die met een gelukzalige glimlach om haar mond lag te slapen. Nienke kon wel raden over wie ze droomde.

Ze schudde haar zachtjes wakker. 'Wat is er?' zei Amber, die meteen zag dat er iets met Nienke aan de hand was.

'Sarah was weer hier.'

Amber keek een beetje angstig om zich heen. 'Echt?'

'Nou ja, ik heb gedroomd... Ze kwam me waarschuwen dat ik niet iedereen blindelings moet vertrouwen met het zoeken naar de schat.' Nienke ging bij Amber op bed zitten en zweeg even. 'Ik weet niet of het wel zo'n goed idee was om Appie lid te maken van de Club.'

Amber zette grote ogen op. 'Denk je dat ze het over Appie had?'

'Ik weet het niet. Het is een gevoel...'

Amber schudde haar hoofd. 'Die is echt wel te vertrouwen. Hij heeft twee keer zijn leven gewaagd en hij heeft het nieuwe raadsel in de kelder gevonden.'

Nienke twijfelde. 'Soms weet ik niet meer wat echt is en wie ik kan vertrouwen,' zei ze angstig.

Amber kwam overeind en wreef over Nienkes rug.

'Als we dat raadsel nou konden oplossen... Maar wie begrijpt die schijf nou?' zei Nienke.

'Kan Sarah er volgende keer niet de gebruiksaanwijzing bij doen?' zei Amber jolig.

Nienke begon te lachen. 'Die schijf is al een r... Stil eens?' Nienke hield haar vinger voor haar mond en spitste haar oren. Hoorde ze nou voetstappen?

Ze rende naar de deur en trok die open. De gang was leeg. Nienke deed de deur weer dicht. 'Ik dacht toch echt dat ik wat hoorde.'

'Je bent gewoon paranoïde... Net als over Appie.'

Toch kon Nienke de gedachte dat Appie niet te vertrouwen was niet van zich afschudden. Bij het ontbijt stond hij een hele stapel boterhammen te smeren die hij vervolgens mee naar zijn kamer nam omdat hij "een weddenschap had verloren met Jeroen". En op school zag ze hoe Appie een heel duur uitziende capuchontrui van Jeroen in zijn handen gedrukt kreeg, met het kaartje er nog aan. Was hij Jeroens spion?

Ze deelde haar twijfels met de anderen toen ze in het computerlokaal op internet aanwijzingen probeerden te zoeken voor het raadsel, maar niemand deelde haar twijfel. Nienke moest toegeven dat het vreemd was om te denken dat iemand niet te vertrouwen was, omdat een overleden oude vrouw dat in een droom tegen je had gezegd. En dan had ze niet eens Appies naam genoemd. Maar toch... Waarom gaf Jeroen hem dan zo'n duur cadeau?

'Ik heb iets gevonden!' zei Fabian enthousiast vanachter de computer.

Precies op dat moment kwam Appie binnenstormen. 'Echt waar?' zei hij blij en hij trok een stoel bij.

Fabian knikte en wees op het scherm, waar een sterrenbeeld aan een donkere hemel stond. Hij tikte op het scherm. 'Het eerste teken heeft met het sterrenbeeld Orion te maken.'

Nienke keek zijdelings naar Appies reactie. Die voelde blijkbaar dat er naar hem gekeken werd, want hij ging meteen anders zitten en pulkte zenuwachtig aan zijn schoenveters.

'Hier: *Orion is, naast misschien de Grote Beer, het helderste en mooiste sterrenbeeld aan de hemel...*'

'Victor!' Amber stiet een kreet uit en wees door het raam naar de gang. Daar liep hun conciërge!

'Wat doet hij hier nou?' zei Patricia.

Misschien heeft het wel iets te maken met de expresbrief die ik vanochtend naar Victor moest brengen.' Appie boog geheimzinnig naar de anderen. 'Ik heb de brief tegen het licht gehouden, maar ik kon niets zien.'

Amber tikte op Appies rug. 'Dat is allemaal waanzinnig interessant, maar ik moet nu weg. Speech houden. Komen jullie kijken?'

Toen Amber weg was, draaide Fabian zich naar Patricia. 'Hoe gaat het eigenlijk met Mara?'

'Goed hoor... Je zult het zo wel zien hoe goed,' zei Patricia geheimzinnig. Ze had Mara die ochtend geadviseerd om een keer nieuwe kleren te kopen, omdat ze wel heel magertjes afstak bij Amber. Mara was nu in de stad om zichzelf in het nieuw te steken, dus Patricia had er alle vertrouwen in. Ze wilde heel graag dat Mara zou winnen. Niet alleen omdat ze het idee had dat Amber alleen maar meedeed om Mick terug te krijgen, maar vooral omdat ze Mara echt goed vond.

Het liep alleen iets anders dan Patricia had verwacht: toen Amber klaar was met haar vlammende speech ('Van goed, naar beter, naar best!') waarbij ze er natuurlijk weer geweldig uitzag, was Mara ten tonele verschenen. Nou ja, Mara... Niemand had haar op het eerste gezicht herkend, want ze zag er vreselijk uit: haar haren waren helemaal gekruld en ze had zo'n dikke laag make-up op, dat je niet eens meer kon zien wat voor kleur ogen ze had. Ze had een rood mantelpakje aan dat veel te strak zat en ze wiebelde op de hoge hakken aan haar voeten. Het zag er zo gek uit, dat Mick – ook van de zenuwen – in lachen was uitgebarsten. De hele zaal had vervolgens Mara uitgelachen, die huilend van het podium was gehold.

Tijdens het avondeten had Mara zich nog steeds niet laten zien.

'Wilde ze echt niet naar beneden komen?' vroeg Mick bezorgd aan Patricia. Hij voelde zich waanzinnig schuldig omdat hij had moeten lachen.

'Ik citeer: Ik wil niemand meer zien. Ik ga nog liever dood,' zei Patricia met haar mond vol bloemkool.

Iedereen was stil en nam nog een hap. Alleen Jeroen had zijn eten nog niet aangeraakt en zat met een vreemde grijns naar de andere bewoners te kijken.

'Mij ook niet?' zei Mick tenslotte.

'Jou wilde ze al helemaal niet zien. Maar ik denk dat ze het stiekem heel erg fijn zou vinden als je naar haar toe zou gaan.' Patricia maakte een hoofdgebaar naar boven.

De voordeurbel ging.

'Ah, dat zal voor ons zijn.' Jeroen keek Appie aan en wreef in zijn handen.

'Ons?' vroeg Appie verbaasd.

Een seconde later kwam Trudie binnen met een grote zwarte doos. Er stond met witte oriëntaalse letters "*Sushi Emperor – nummer 1 in Sushi*" op de zijkant.

'Heeft er iemand sushi besteld?' vroeg Trudie die verbaasd naar het gezelschap keek.

Jeroen stond op. 'Ja, daar had ik nou zo'n trek in.' Hij nam met een zwierig gebaar de doos over van de verbouwereerde Trudie.

'Zullen we?' Hij keek afwachtend naar Appie, die ongemakkelijk naar Nienke en de rest keek.

'Het is een beetje lullig om het hier voor iedereen zijn neus op te eten,' zei Jeroen die een hand op Appies schouder legde.

Appie keek naar zijn bijna lege bord. 'Ik heb…'

'Laatst zat je in je slaap te praten en had je het alleen maar over sushi,' onderbrak Jeroen hem en hij liep de kamer uit. Appie volgde hem met afhangende schouders. Zijn capuchontrui leek ineens wel twee maten te groot.

'Wat doen die twee raar,' zei Patricia.

Mick stond op, pakte Jeroens bord en verliet ook de kamer. Die ging natuurlijk naar Mara.

'Ik zei het je toch,' zei Nienke. 'Dit klopt toch niet?'

'Ik wil ook sushi,' zei Amber verlangend, terwijl ze in de kleffe, halflauwe bloemkool met kaassaus prakte.

'Dit klopt niet. We moeten Appie beter in de gaten houden,' zei Fabian bezorgd.

'Ik ga erheen,' zei Nienke plots. 'Ik zie jullie zo in onze kamer.'

Voor iemand wat kon zeggen, liep ze de deur uit, de jongensgang in. Ze klopte op de deur van Appie en Jeroen, waarop een bloederig zombiemasker haar aanstaarde.

'Nee!' hoorde ze de stem van Jeroen.

'Binnen,' riep Appie tegelijkertijd.

Nienke deed de deur open en keek in de verbaasde gezichten van de twee jongens. Ze hadden stokjes in hun handen en zaten op hun hoofdkussens op de grond. Tussen hen in stond een enorme schaal met sushi. Jeroen had een soort zijden kamerjas aan die er heel duur uitzag.

'Vanwaar deze eer?' zei Jeroen wantrouwig.

'Ik kom een sushi stelen,' zei Nienke luchtig en ze keek even de kamer rond. Nienke besefte ineens dat ze eigenlijk nooit in hun kamer was geweest en deed haar ogen de kost. Vooral Appies gedeelte was een groot horrorfestival met overal posters van zombies en vampiers. In Jeroens gedeelte lag een enorme stapel dvd's en een paar lege tassen met dure kleding- en schoenenmerken erop. Toen ze beter keek, zag ze dat er nog een prijskaartje aan Jeroens kamerjas hing, maar ze kon niet lezen hoeveel hij had gekost.

Ze ging op de grond zitten en wilde het stukje sushi aannemen dat Appie haar aanbod, toen Jeroen het uit Appies handen snaaide en het in zijn eigen mond stak. 'Je moet eerst het wachtwoord zeggen.'

'Jeroen, hoe kom je aan al dat geld?' viel Nienke met de deur in huis.

'Gestolen van een rijk oud vrouwtje toen ik laatst op een terrasje zat en ze even niet oplette.'

Nienke zag dat Appie zo onopvallend nee naar haar gebaarde, maar Jeroen zag het toch. 'Erfenisje,' zei hij.

'Oh ja? Van wie dan?'

Jeroen ging op zijn zij liggen, stak nog een sushi in zijn mond en wees toen met zijn stokjes naar Nienke. 'Zeg, hoe zit dat nou eigenlijk tussen jou en Fabian? Hebben jullie nou wat of draaien jullie een beetje om de hete brij heen?' Hij keek haar zo indringend aan, dat Nienke tot haar eigen ergernis begon te blozen.

'Jeroen.' zei Appie waarschuwend.

Jeroen draaide zich naar Appie. 'Het is toch zo of is iedereen blind in dit huis?'

Nienke stond op. 'Ik ga weer,' zei ze kortaf en ze liep naar de deur.

Jeroen lachte schamper. 'Gezellig dat je er was. Doe je de deur wel goed achter je dicht?'

Appie keek verontschuldigend naar Nienke, maar die moest er niets van weten. Ze stampte de deur uit, de trap op en gooide de deur van haar eigen slaapkamer open. Fabian, Amber en Patricia keken nieuwsgierig naar Nienke, die rode wangen had van kwaadheid.

'Ik vind dat Appie uit de Club moet,' zei ze opgewonden en sloeg de deur achter zich dicht. Ze vertelde hoe passief Appie was geweest en dat ze het voor geen meter vertrouwde. Als Appie en Jeroen onder één hoedje speelden, dan was de schade niet te overzien!

'Ik vertrouw Appie wel,' zei Fabian langzaam. 'Hij is twee keer de kelder ingegaan, terwijl hij doodsbang was. Hij heeft meegeholpen de schijf te vinden door de klok open te breken... Ik vertrouw hem wel.'

Amber sprong Fabian bij en vertelde wat Appie allemaal voor haar had gedaan tijdens de verkiezingsstrijd.

'Dat doe je toch niet zomaar?' vroeg Fabian aan Nienke, die gekwetst keek. 'Maar... Sarah zei heel duidelijk dat we niet iedereen moeten vertrouwen.'

'Maar dat hoeft toch niet per se Appie te zijn?' wees Fabian Nienke terecht.

Patricia deed haar armen wijd en begon met een krakerige stem te scanderen: 'Pas op voor Appie! Pas op voor Appie!'

'Laten we stemmen,' stelde Fabian voor toen Patricia was uitgeraasd. 'Dat is het eerlijkste.'

Nienke stemde toe, maar was uiteindelijk de enige die voor Appies vertrek stemde. Fabian haalde zijn schouders op en keek een beetje verontschuldigend naar Nienke. 'Ik hoop dat je Appie nog een tweede kans wilt geven? Hij bedoelt het heus wel goed.'

'Oké,' zei Nienke minzaam en ze slikte haar trots in. Ze hoopte dat de anderen gelijk hadden, maar het rotgevoel bleef dat er iets gaande was met Appie en Jeroen en dat ze op hun hoede moesten zijn.

Ze stelde voor om maar weer een kijkje te nemen naar het raadsel. Als er andere kapers op de kust waren, moesten ze dan maar proberen om als eerste bij de schat te zijn. Maar ze kwamen alleen niet verder dan dat het iets met de sterren of met het sterrenbeeld Orion te maken moest hebben, maar wat het tweede teken betekende, begrepen ze niet.

Fabian draaide gefrustreerd aan de schijf die hij niet begreep. Op de onderste laag stonden hiërogliefen die je met de bovenste laag kon selecteren. Dan kwam je uit bij een alfabet waar achter elke letter verschillende hoeveelheden streepjes stonden. De twee tekens van het blaadje stonden ook op de schijf, maar dan wist Fabian nog steeds niet welke letters van het alfabet hij nodig had.

Na een half uur vruchteloos puzzelen, kwam Appie ineens binnen. Hoewel hij alleen maar even zijn excuses kwam aanbieden voor Jeroens onaardige gedrag, was Nienke meteen op haar hoede. Ze kon het niet helpen: toen Appie de Sibuna-groet inzette, had ze moeite om mee te doen.

's Nachts sliep ze weer onrustig. Ze werd heel vroeg in de ochtend zwetend wakker met haar hele dekbed om zich heen gedraaid. Ze hoorde het gekras van de zwarte raaf nog steeds in haar oren. Ze had gedroomd over de zwarte raaf die op Sarahs schouder had gezeten. Sarah zag er helemaal niet lief uit, maar keek haar star en eng aan. Toen ze haar mond opendeed, kwam er gekras uit als van een raaf en de vogel was van haar schouder gevlogen, met zijn klauwen dichter en dichterbij...

Nienke keek op haar wekker, het was pas half zeven. Haar mond voelde aan alsof ze net een hele nacht in de woestijn had gelopen, dus ze sloeg de deken van zich af en liep op haar blote voeten de koude gang in naar de badkamer. Met gulzige teugen dronk ze uit de kraan en keek daarna in de spiegel. Ze zag er moe uit. Dat was ook niet zo raar, dit was al de derde nacht dat ze slecht had geslapen.

Ze wilde net de deur opendoen, toen ze ineens iets hoorde. Heel zachtjes en voorzichtig gluurde ze door een kiertje. Het was Victor. Wat deed die nou zo vroeg? Hij had een grote doos in zijn handen en mompelde in zichzelf, maar Nienke kon niet verstaan wat hij zei.

Nog half slapend liep ze weer terug naar de kamer, waar ze tot haar verbazing Amber naast haar bed zag staan die met haar armen zwaaide en daarbij een aantal kniebuigingen maakte.

'Goedemorgen, zonneschijntje,' zei ze hyper.

'Hè? Net sliep je nog diep,' zei Nienke verbaasd.

Amber negeerde Nienkes opmerking en hing nu met haar hoofd tussen haar knieën. 'Ik heb waanzinnig gedroomd en ik ga het gewoon doen,' zei ze enthousiast.

Nienke begreep er niks van en ging maar op bed zitten. Ze keek naar het gezicht van Amber dat steeds roder werd. 'Waarom ben jij eigenlijk zo vroeg op?' vroeg het rode hoofd.

'Ik moest naar de wc en kwam Victor tegen die in zichzelf liep te praten.'

Amber kwam weer overeind en probeerde een spagaat te maken, maar dat lukte niet. 'Die man loopt toch altijd in zichzelf te brabbelen,' zei ze terwijl ze weer overeind kwam. 'Maar luister: wat is er altijd op de laatste dag van een verkiezingscampagne?'

'Eh... spanning?'

'Ja. En?'

Nienke keek niet-begrijpend naar Amber. Waar wilde ze heen? 'Een groot feest!' gilde die enthousiast. 'Ik ga een bal organiseren. Een echt bal zoals in Amerika. Iedereen feestelijk aangekleed. De meisjes in glitterjurk. De jongens in pak. En de jongens vragen de meisjes mee, zoals het hoort.'

Ah. Nienke begreep het eindelijk. 'En dan wil jij natuurlijk dat Mick jou meevraagt?'

Tot Nienkes verbazing zei Amber nee. Ze wilde met Jason naar het bal!

'Je kan niet met je leraar naar een bal, gekkie.'

'Wel hoor,' zei Amber op een toon die niet openstond voor discussie. 'En jij?' Ze keek Nienke indringend aan en Nienke voelde hoe ze begon te blozen.

'Jij wilt natuurlijk dat Fabian jou meevraagt,' zei Amber lachend. 'Waarom doen jullie eigenlijk zo moeilijk?'

'We doen niet moeilijk. We vinden elkaar gewoon leuk, maar verder niks.'

'Tuurlijk, gewoon goede vrienden,' zei Amber sarcastisch.

Er werd op de deur geklopt en Fabian kwam binnen. Nienke keek waarschuwend naar Amber dat ze zich niet iets in haar hoofd moest halen.

'Kom ik ongelegen?' vroeg Fabian. Zijn haar was nat. Hij had al gedoucht.

'Nee hoor,' zei Amber vrolijk en ze kneep Nienke even in haar arm. 'Ga maar lekker zitten.' Ze klopte op de lege plek naast Nienke, maar Fabian ging in de bureaustoel zitten. Hij vertelde dat hij de hele nacht had wakker gelegen en nagedacht over de schijf, maar hij kwam er niet uit. Hij liet de meiden een stapeltje aantekeningen zien, maar Nienke wist eerlijk gezegd ook niet wat het moest betekenen. Voor de vorm draaide ze even aan de schijf. 'Wat als je van achter naar voor begint?' opperde ze.

Fabian schudde zijn hoofd en vertelde dat hij dat allang had geprobeerd, maar dat werkte niet.

Amber pakte de schijf van haar over en draaide eraan. 'Die stokjes achter de letters... Die heb ik eerder gezien,' zei ze.

Fabian keek verbaasd naar Amber. 'Waar dan?'

Amber dacht even na en graaide toen tussen haar flesjes en potjes op haar toilettafel. 'Hier,' zei ze en ze gaf Fabian de stenen kat die nog steeds op haar toilettafel stond. Ze glimlachte verontschuldigend. 'Laat maar... Versiering, ik weet het,' zei ze terwijl ze heen en weer wiebelde.

'Wat is er met jou?' vroeg Nienke.

'Ik moet nodig plassen,' zei Amber.

'Nou, dan ga je toch?'

'Goed idee. Dat van dat bal trouwens ook.' Ze liep naar de deur en trok die open. Appie stond voor de deur, ook al met natte haren.

'Hé, Ap. Lekker gelkoppie,' zei Amber vrolijk en ze ging even door zijn haar.

'Jullie zijn ook vroeg,' zei Appie tegen Nienke en Fabian. 'Hebben jullie al iets gevonden?'

Fabian reageerde niet, maar zat gebiologeerd van de kat naar de schijf te staren.

Nienke gebaarde naar Appie dat hij stil moest zijn.

'Yes!' riep Fabian. Met gebalde vuisten sprong hij op en keek blij naar Appie en Nienke. 'Luister...!'

Precies op dat moment begon iemand in huis keihard te gillen.

13

DE WITTE MUIZENPLAAG

'AAAAAAAAAAAHHH!!!!!'

'Amber!' Nienke trok de deur open en rende de gang op met Fabian en Appie op haar hielen. Het gillen hield op.

'Ze ging naar het toilet!' Nienke nam een sprint richting de badkamer en gooide de deur open. Twee muizen renden tussen haar benen door angstig de gang op.

Onder de deur van het toilethokje staken twee benen. Nienke opende de deur. Amber lag naast de wc met haar ogen dicht.

'Flauwgevallen?' vroeg Fabian.

Nienke knikte. 'Ze is helemaal panisch voor muizen.' Nienke knielde neer en tikte zachtjes op Ambers wang. 'Amber? Ben je daar nog?'

Appie boog zich ook het nauwe hokje in. 'Fabian? Je was uit het raadsel van de sterren en Orion…'

'Nu even niet, Ap.' Fabian maakte een afwerend gebaar.

'Vertel je het zo meteen?'

Nienke ergerde zich dood aan Appies gepush.

Amber bewoog met haar hoofd en deed langzaam haar ogen open. 'Auw.' Ze keek wazig naar de drie mensen die over haar heen gebogen stonden.

'Ben je op je hoofd gevallen?' vroeg Nienke. Ze keek bezorgd naar de bult op Ambers voorhoofd. Als ze maar geen hersenschudding had.

'Muizen! Ik zag een muis!' herinnerde Amber zich ineens en ze keek angstig om zich heen.

'Ze zijn weg,' zei Nienke die Amber overeind hield. Amber hield zich stevig vast aan het pyjamajasje van haar vriendinnetje en stapte het wc-hokje uit. Daar stond Victor. In zijn ene hand had hij een schepnet en in zijn andere hand een glazen vaas waar twee witte muizen als gekken in rondrenden en tegen het glas probeerden op te krabbelen.

Amber begon meteen weer te gillen. 'Weg met die dingen! Weg! Weg! Weg! Ze zijn vies... smerig!'

Patricia, Mara en Mick waren ook op het gegil afgekomen en kwamen binnenrennen. Meteen hoorden ze beneden ook luid gegil en holden ze met z'n allen de trap af richting de keuken.

Op de trap begon Appie weer over het raadsel en de oplossing, terwijl Amber over haar voorhoofd wreef. 'Ik heb een ei,' zei ze vaag.

Nienke stopte en liet Amber op een trede zakken. 'Ga jij maar vast,' zei ze tegen Appie en ze keek naar Ambers "ei". 'Het valt best mee hoor,' troostte ze. Ze keek ongerust naar Fabian. 'Wat zit Appie te pushen?'

Maar Fabian wilde er niets van weten en herinnerde Nienke eraan dat ze de avond daarvoor hadden gestemd. 'Amber, Patricia en ik vertrouwen Appie. Dat moet jij nu ook doen. Kom.'

In de keuken was het een complete chaos. Overal zaten witte muizen: in de kastjes, in de pannen, op de vloer, op het fornuis... Trudie stond in het midden met een vliegenmepper. 'Muizen!' riep ze, terwijl ze als een dolle met haar vliegenmepper om zich heen zwaaide. 'Dit is toch niet normaal. In één nacht hebben ze de hele keuken overspoeld.'

Bij de aanblik van die zondvloed van muizen gaf Amber weer een snerpende gil en ze nam een enorme sprong, zodat ze midden op tafel belandde. Vanaf die hoogte begon ze angstig om zich heen te kijken.

Mick kwam binnen. 'Ze zitten niet alleen in de keuken,' zei hij en hij opende zijn hand waarin een nerveus kijkend wit muisje zat dat aan zijn duim begon te snuffelen.

Victor kwam de deur door met zijn vaas en graaide het kleine muisje uit Micks hand. Hij gooide het beestje in de vaas, waar intussen al een stuk of tien van zijn vriendjes rond spartelden. 'Ongedierte! Weg ermee!'

'Kijk nou toch, Victor. Ze zitten werkelijk overal. Zo kan ik toch niet koken?' zei Trudie.

'Dit vraagt om draconische maatregelen,' zei Victor, terwijl hij een muisje van de vloer veegde en in de vaas gooide. 'Ik zie maar één oplossing…'

Ook Jeroen kwam binnen, met in elke hand een muis die hij aan hun roze staartjes vasthad. Met een vies gezicht deponeerde hij ze in de vaas. 'Witte muizen. Het lijkt wel een circus.'

'Kom op, jongens, we moeten ze vangen,' riep Trudie en iedereen (behalve Amber die nog steeds verstijfd op de tafel stond) begon tussen de meubels en kookgerei door de watervlugge diertjes te vangen. Nienke joeg achter een muisje aan dat onder de bank verdween. Ze ging door de knieën en graaide onder bank, maar ze voelde alleen maar hele dikke plukken stof. Fabian knielde naast haar en deed net of hij haar meehielp.

'Witte muizen zijn gefokt,' fluisterde hij zachtjes tegen Nienke. Het klikte in haar hoofd. 'Victor?' fluisterde ze zachtjes terug.

Fabian knikte. 'Hij was er ook wel heel snel bij met zijn vaas en zijn netje.'

'Maar waarom dan?'

Fabian haalde zijn schouders op. 'We komen er nog wel achter.'

Nienke kwam overeind en zag dat Appie met Jeroen onder tafel zat te smoezen. Toen Appie zag dat ze naar hem keek, kwam hij onder tafel uit. 'Ik ben je vriend niet, en ik wil je vriend ook niet zijn,' schreeuwde hij tegen Jeroen, die Appie verbaasd nakeek.

Appie liep de woonkamer uit, maar hij werd weer naar binnen geduwd door Victor die bij de deur ging staan met zijn armen over elkaar.

'Enige tijd geleden hebben we hier muizen gehad en ik heb jullie toen gevraagd geen eten meer te laten rondslingeren. Blijkbaar is dat niet gebeurd.' Victor keek ze een voor een strak aan. 'De plaag die nu dankzij jullie nalatigheid is ontstaan, is een regelrecht gevaar voor de volksgezondheid. Ik ben daarom genoodzaakt draconische maatregelen te nemen.' Hij liet even een stilte vallen. 'Van Swieten verwacht jullie op school. Nu.'

'Waarom?' vroeg Mara.

'Dat zal Van Swieten jullie uitleggen.'

'Maar het is zaterdag,' foeterde Appie die zich erg had verheugd op het zaterdagse feestontbijt van Trudie.

'Afgelopen weken hebben we geen muis gezien en nu lopen er opeens allemaal witte muizen door het huis,' zei Fabian. 'Wilde muizen zijn grijs. Deze koop je in de dierenwinkel.'

'Houd je mond, wijsneus.' Victor wees naar de deur. 'Nu allemaal als de bliksem naar Van Swieten. Hij heeft een belangrijke mededeling.'

Victor liep achter hen aan de hal in en hield Mara tegen, die de trap op wilde lopen.

'Maar mijn speech ligt boven,' jammerde ze.

Victor was onverbiddelijk: ze moesten weg en wel nu. Alle noodzakelijke spullen waren op school aanwezig. Tegensputterend werden de bewoners naar buiten geduwd. Toen iedereen buitenstond, sloeg Victor de deur dicht en draaide demonstratief de sleutel drie keer om.

'Daar zijn we mooi klaar mee,' zei Mick die in het grind schopte.

Nienke keek naar Fabian. 'Waar heb je de schijf?'

'Teruggestopt... onder Ambers matras.'

Nienke dacht ineens aan de ochtend daarvoor. Amber en zij hadden het over de schijf gehad toen ze dacht dat ze voetstappen hoorde. Was dat Victor geweest die hen had afgeluisterd? En had hij toen deze muizenplaag in scène gezet? Maar waarom?

De enige reden die ze kon bedenken was dat Victor ongestoord door hun spullen kon neuzen. En op zoek kon gaan naar de schat...

Van Swieten stond hen al op te wachten op het schoolplein. Hij had in plaats van zijn kostuum een vreemd legergroen survivalvest aan. 'Deze kant op, alstublieft. Niet treuzelen.' Hij liep als een soort oppercommandant voor hen uit door de stille, donkere school

en opende uiteindelijk de deur van het dramalokaal. 'Hierheen!'
Het lokaal zag eruit als een *indoor* camping: Er stonden acht
legerstretchers met een slaapzak en een pyjama erop. Onder de
stretcher lag een klein toilettasje en een aluminium bestekset:
bord, mes, lepel, vork en beker. In een hoek stond een gasstelletje
met een paar conservenblikken en pannetjes.

'Komt er een nucleaire aanval?' vroeg Appie.

'Stilte!' Van Swieten sloot de deur en haalde een klein boekje uit
de binnenzak van zijn rare vest. Hij schraapte zijn keel en sloeg
het boekje open.

'*Het gemeentelijk rampenplan*,' las hij voor. '*In geval van
calamiteiten zal de school dienstdoen als noodopvang. De
conrector – ik dus – fungeert als eindverantwoordelijke ter plekke
en zal direct verslag uitbrengen aan de burgemeester.*' Van Swieten
sloeg het boekje weer dicht en keek hen triomfantelijk aan.

'Belachelijk!' riep Patricia.

'Waar slaat dit op? Een paar muizen,' zei Jeroen boos.

'*Witte* muizen,' zei Van Swieten meteen.

Ze keken hun conrector aan alsof hij gek was geworden. Wat
bedoelde hij met *witte* muizen?

'Het feit dat het *witte* muizen betreft heeft de gemeentelijke
gezondheidsinspectie gealarmeerd. Mogelijk is hier sprake is van
een nieuw en gevaarlijk albinoras. Dat zal onderzocht moeten
worden en alle muizen zullen daarom worden bestreden en *post
mortem* onderzocht.'

Mara begon spontaan te snikken toen ze hoorde welk lot de kleine
diertjes te wachten stond. Mick sloeg beschermend een arm om
haar heen.

'De school zal voorzien in jullie opvang voor zolang nodig is.
Totdat de plaag bestreden is, kunnen jullie niet terug naar huis.'

De Anubis-bewoners keken Van Swieten vol ongeloof aan, maar
hij meende het toch echt heel serieus.

'De huisregels van Anubis gelden ook hier: Om tien uur gaat het
licht uit, om zeven uur ontbijten,' eindigde hij zijn speech.

Ze kwamen er al snel achter dat "niet naar huis", ook "niet uit school" betekende. Omdat er misschien sprake was van besmettingsgevaar mochten ze van Van Swieten de school niet verlaten en alle deuren zaten op slot.

Ze doodden de tijd met spelletjes patience op de computer en een beetje kletsen. De Club kreeg het voor elkaar om (zonder Appie) bij elkaar te komen in de meiden-wc, zodat ze eindelijk konden horen wat Fabian die ochtend had ontdekt.

'Dankzij Amber ben ik erachter gekomen,' zei hij. 'De stenen kat was de ontbrekende sleutel... Die streepjes waren helemaal geen versiering, maar waren de woorden in code die je op kon zoeken op de schijf.'

'Amber, wat goed!' juichte Nienke.

Amber glom van trots. 'Welke woorden waren het?'

'Het sterrenbeeld Orion en sterrenkijker,' zei Fabian.

De anderen keken hem vragend aan.

'Ik denk dat we iets moeten met de sterrenkijker in de huiskamer.'

'Dat stoffige oude ding? Die doet het toch helemaal niet?' Amber had er wel eens voor de lol doorheen gekeken, maar je zag er niks door.

'Misschien wel als we het op Orion richten.'

Patricia keek weifelend. 'En dan?'

'Dan krijgen we waarschijnlijk iets te zien.'

Fabian besefte dat het niet erg logisch klonk voor de anderen, maar hij was er toch redelijk zeker van dat hij op de goede weg zat met zijn theorie. Maar Nienke maakte zich vreselijk veel zorgen over de schijf en de andere spullen onder Ambers matras. Ze wist zeker dat het hele muizenverhaal een trucje van Victor (en Van Swieten!) was om hun spullen te doorzoeken. 'Straks vindt hij de schijf, lost het raadsel op en vindt de schat!' zei ze ongerust.

Nienke wilde die avond ontsnappen om terug naar huis te gaan en de schijf te halen. Als die niet al in Victors handen was gevallen. 'Zodra de lichten uit zijn, gaan Fabian en ik naar huis om de spullen te halen. Maar dan moeten jullie Van Swieten bezighouden.'

De anderen knikten.

'En dan nog iets…' hakkelde Nienke en ze keek naar haar schoenen. Ze durfde er niet over te beginnen, maar ze wilde het eigenlijk wel. Tot haar verbazing nam Fabian het woord: 'Ik denk dat Nienke toch wel eens gelijk kan hebben over Appie.'

'Dat hij voor Jeroen spioneert?' Patricia keek verbaasd van Fabian naar Nienke.

'Maar hij is altijd zo aardig,' kreet Amber. 'En we hebben gestemd.'

'Misschien zet Jeroen hem wel onder druk,' zei Fabian.

Daar hadden ze eigenlijk nog niet aan gedacht. Misschien was Appie wel een spion zonder dat hij het zelf wilde.

'Gooien we Appie nu toch uit de Club?' vroeg Patricia.

Fabian dacht even na. 'Het is beter om hem op een dood spoor te zetten. Als we dan merken dat… Appie!

Appie stond in de deuropening van de meiden-wc.

'Hé, Ap. Waar was je nou?' zei Fabian snel. 'Jij zou toch tegen Appie zeggen dat we hier waren?' zei hij tegen Patricia die onschuldig haar hoofd schudde.

'Ik? Jij toch?' zei ze tegen Amber, maar die deed ook net of haar neus bloedde.

'Stom misverstandje. We hadden het over wat ik vanochtend ontdekt heb,' ging Fabian verder.

Appie kreeg een begerige blik in zijn ogen. 'Vertel! Vertel!'

'Het raadsel luidt: Waar Orion schijnt en de rook verdwijnt, schijnt de wand een wand en verdwijnt.'

Nienkes mond viel open. Schudde Fabian dat zomaar uit zijn mouw? Fabian keek ook een beetje verward, blijkbaar had hij zichzelf overtroffen.

Gelukkig merkte Appie er niks van: 'Waar Orion schijnt en de rook…?' Hij begreep het niet.

Fabian hielp hem een handje: 'We moeten denk ik op de zolder zijn – *schijnt de wand een wand en verdwijnt* – er moet een geheime doorgang zijn.'

'Wat goed, man!' Appie omarmde Fabian en deed daarna een debiel Appie-dansje. 'Eindelijk een goed spoor.'

De uren kropen voorbij. 's Avonds warmden ze zo goed en zo kwaad als het kon acht blikken op in een klein pannetje op de primus.

'Wat is dit?' zei Amber met opgetrokken neus toen ze naar de grijsgroene drab keek die in haar blikje zat.

'Kapucijners met spek, zeer voedzaam in tijden van nood,' zei Van Swieten die het dramalokaal binnenkwam. 'Mag ik jullie eraan herinneren dat de tijd verstrijkt. Jullie moeten zo naar bed.'

Iedereen at met lange tanden een paar happen van het lauwwarme eten. Daarna trokken ze in de wc hun pyjama's aan en maakten ze onder het strenge oog van Van Swieten het dramalokaal klaar voor de nacht. Mick schoof zijn stretcher tegen die van Mara.

'Wat zijn we aan het doen?' klonk Van Swietens stem.

Mick keek op. 'Gezellig maken.'

'De meisjes links. De jongens rechts,' gebaarde Van Swieten resoluut.

'We leven in de eenentwintigste eeuw, mijnheer Van Swieten.'

'Reden temeer om de goede oude tijd te eren. En als jullie blijven zeuren, gaan jullie in aparte lokalen,' zei Van Swieten.

Appie en Jeroen kwamen binnen. Ze waren allebei gekleed in een veel te grote lichtblauwe pyjama en gingen beiden op de wiebelige stretchers liggen.

Nienke zocht oogcontact met Fabian. Die gaf haar een heel klein knikje.

'Ik moet nog even plassen,' zei Nienke.

Ze wurmde zich uit haar slaapzak en liep langs de conrector het lokaal uit. In de wc wachtte ze gespannen. De deur ging langzaam open, Fabian stond in de deuropening.

'Kom je?' zei hij zachtjes. Samen liepen ze op hun blote voeten door de donkere school. Boven hun hoofd klonk alleen het zachte gezoem van de tl-verlichting die op de nachtstand stond. Ze liepen naar de voordeur en duwden zachtjes, maar hij gaf niet mee.

'De voordeur is ook dicht. Ze hebben ons gewoon opgesloten,' zei Nienke gefrustreerd.

'Dat is maar goed ook!'

Nienke en Fabian draaiden zich om. Daar stond Van Swieten met zijn armen over elkaar. Hij keek streng. 'Wat waren jullie van plan?'

'We wilden even naar buiten,' zei Fabian.

'Wat hadden wij afgesproken?'

'Geen idee,' zei Nienke.

'Ik heb mijnheer Roodenmaar en de gemeentelijke gezondheidsinspectie strikt beloofd dat ik erop toezie dat niemand de school verlaat en terugkeert naar huis.'

'Maar we willen helemaal niet naar huis,' zei Fabian koppig.

'Het huis zit nu onder het rattengif om de plaag te bestrijden. Levensgevaarlijk terrein.' Van Swieten leek wel een robot die voorgeprogrammeerd was om een bepaald programma af te draaien!

Nienke begon haar geduld te verliezen. 'Jeetje! Dit is een noodopvang, geen gevangenis,' zei ze brutaal.

Als jullie geen eten hadden laten rondslingeren, dan was er nu geen muizenplaag geweest. Dit hebben jullie helemaal aan jezelf te danken. En nu naar binnen!'

'Maar ik moet nog plassen!' stribbelde Nienke tegen.

'Ik ook!' zei Fabian snel.

Ze werden door Van Swieten naar de meisjes-wc gestuurd. 'Jullie hebben twee minuten.'

'We *moeten* naar huis, anders vindt Victor de schijf zeker,' fluisterde Nienke gejaagd toen ze binnen waren.

'Ik denk dat ik wel wat weet…'

Zacht fluisterend begon Fabian uit te leggen wat voor ontsnappingsplan hij had bedacht.

'Nog één minuut,' klonk Van Swietens stem door de deur.

Ze trokken door en kwamen met een uitgestreken gezicht de wc uit.

Van Swieten keek hen achterdochtig aan. 'Nu ogenblikkelijk naar bed!' beval hij.

Na het gebruikelijke ritueel ('Het is tien uur' Victor had Van

187

Swieten goed geïnstrueerd) en een verhaaltje van Van Swieten, wachtten Nienke en Fabian gespannen totdat iedereen sliep. Heel voorzichtig stapten ze hun slaapzakken uit en wekten Patricia.

'Moeten we Amber niet wakker maken?' fluisterde die.

Nienke schudde haar hoofd. 'Als we worden betrapt, kan ze de verkiezingen wel vergeten.'

Ze liepen met zijn drieën de donkere gang op en voerden Fabians plan uit: hij belde naar het nummer van de school, waarop Van Swieten zijn kantoor binnenliep. Patricia sloot vervolgens de deur van buiten af door een stoel onder de deurkruk te zetten, terwijl Fabian en Nienke door de nooduitgang (de enige deur die niet op slot zat) naar buiten konden komen.

Eenmaal buiten renden ze naar hun fietsen. De nacht was helder en koud, Nienke was blij dat ze haar gewone kleren onder haar pyjama aanhad. Bij de fietsen bedacht ze ineens iets: 'Hoe lokken we Victor weg?'

Fabian dacht even na en pakte toen weer zijn mobieltje. Hij belde een nummer en hield de (veel te lange) mouw van zijn pyjamajas voor de telefoon. '*Amice*! Van Swieten hier... Wat me nu is overkomen. Ik heb mezelf ingesloten. In mijn kantoor,' zei hij geaffecteerd en hij legde de situatie uit.

'Haast u,' zei Fabian uiteindelijk en klapte zijn telefoon dicht. 'Geregeld.'

Ze hadden geen tijd te verliezen! Samen reden ze over allerlei bospaadjes richting het huis. Ze durfden niet over de grote weg te gaan, omdat ze veel te bang waren dat ze Victor zouden tegenkomen. Gelukkig was het een heldere nacht en duizenden sterren verlichtten de paadjes in een bleek schijnsel. Nienke keek zijdelings naar Fabians rustige gezicht. Ze was heel blij dat hij erbij was, want zonder hem was het toch een stuk enger geweest.

Bij het huis verstopten ze de fietsen in de struiken en deden zo zacht mogelijk de voordeur open. De hal was leeg en donker. Nienke keek omhoog naar Victors kantoor. Ook daar brandde geen licht.

Ze wilde net tegen Fabian zeggen dat de kust veilig was, toen

Fabian haar hard het washok introk. Net op tijd: Victor kwam mopperend de woonkamer uitgelopen.

'Wie sluit zichzelf nou op in zijn eigen kantoor?' hoorde ze hem mompelen.

Bij de voordeur bleef hij even staan. Nienke hield haar adem in. Hadden ze de deur misschien open laten staan? Ze hoorden opnieuw het gemompel van Victor en het gerinkel van sleutels.

Ga nou weg, ga nou weg, dacht ze.

De voordeur viel in het slot. Nienke ontspande zich en realiseerde zich nu pas hoe dicht Fabian tegen haar aanstond.

'Ik kan je hart voelen kloppen,' zei hij.

'Ik kan jouw hart *horen* kloppen,' zei Nienke en ze giechelde van de spanning.

'Kom,' Fabian pakte haar hand en trok haar de hal in.

'We kunnen beter splitsen, besliste Nienke. 'Jij de sterrenkijker, ik de schijf.'

Terwijl Fabian de woonkamer inliep, rende Nienke de trap op naar haar kamer. Ze schrok zich rot: de hele kamer was overhoop gehaald. Overal lagen kleren en een paar van haar knuffelbeesten waren kapot gescheurd.

Noek! Ze begon koortsachtig in de ravage te zoeken en haalde opgelucht adem toen ze haar witte speelgoedkonijn nog helemaal heel onder haar dekbed vandaan haalde. Ze gaf hem een kus op zijn versleten snuitje en stopte hem vervolgens in haar kussensloop.

Toen keek ze naar Ambers bed. Haar adem stokte in haar keel: matras lag scheef... Victor was hen voor geweest!

Heel voorzichtig trok ze de matras omhoog, maar wat ze al gevreesd had, was gebeurd: er lag niets meer onder.

Nienke plofte op het bed neer en zuchtte heel diep. Was het nu voorbij? Was alles voor niets geweest? Ze keek teleurgesteld naar de ravage op de grond.

Wacht! Wat lag daar? Nienke trok een boek en een kussen opzij. De schijf lag naast het bed!

Ze stopte het ding in de band van haar pyjamabroek en rende naar beneden. Fabian stond in de woonkamer aan de oude sterrenkijker te sleutelen die in een hoekje stond. Hij keek op. 'En?'

'Ik heb hem! En jij?'

Fabian schudde zijn hoofd.

'Laat eens kijken?' Fabian maakte plaats voor Nienke die door de kijker keek, maar ze zag helemaal niks.

'Het raadsel verwees toch ook naar Orion?' vroeg ze aan Fabian. 'Moeten we die twee niet combineren?'

Fabian knikte. 'Ik wil nog één ding proberen…'

'Moeten we dat nu doen? Straks komt Victor weer terug, of ontdekt Van Swieten dat we weg zijn.'

Fabian tilde met moeite de grote sterrenkijker op. 'De hemel is nu helder. Help eens mee?'

Samen droegen ze de kijker met moeite naar het kleine ronde torenkamertje waar ze ook al een keer het kistje met wasrollen hadden verstopt.

Nienke keek rond. Er hing een geheimzinnige sfeer in het kleine cirkelvormige kamertje met z'n hoge smalle ramen en gek hoge plafond.

Fabian keek door een van de ramen en wees naar de donkere lucht. 'Kijk, dat is Orion!' Hij wees op een aantal heldere sterren die een soort rechthoek vormden, met een paar sterren aan de rechterkant. Fabian trok de sterrenkijker dichterbij en verstelde de poten een beetje. 'Kijk er eens door?'

Nienke keek, maar het enige wat ze zag, waren een paar sterren aan de hemel. 'Ik zie een paar van de sterren,' zei ze.

Fabian duwde de telescoop een stukje naar links. 'En nu?'

Nienke keek weer. Ze zag het hele sterrenbeeld. 'Wat helder,' zei ze en plotseling zag ze iets anders: doordat er zoveel licht op de lens viel, zag ze ineens letters!

'Er zit iets in de lens!'

'Laat mij eens kijken?' Fabian keek en begon te juichen. 'Ik zie het. Letters!'

Hij draaide de lens van de telescoop en ging met zijn vingers over het geslepen glas. Er lag een laag overheen: het was een doorzichtige brief…

'*Zolang de schat omhuld is door de zwarte nacht met zijn fonkelende sterren, zal deze nooit ontraafeld worden,*' las Fabian voor. 'En een cijfercode: *11-54-03-10-00-6-12-54-11-25.*'

'Een nieuw raadsel!' zei Nienke opgewonden.

'Ontrafelen met twee a's? Is dat Oudnederlands?'

Plotseling hoorden ze beneden de voordeur dichtslaan.

'Victor!' Fabian stopte het doorzichtige briefje in zijn zak en draaide snel de lens weer op de telescoop. Samen slopen ze naar de deur en spiedden door een kiertje richting de trap langs waar nu iemand naar boven kwam. Maar het was Victor niet.

Het was Appie die angstig om zich heen keek.

'Appie. Dus toch,' fluisterde Fabian tegen Nienke.

Toen Appie uit het zicht verdween, glipten ze de gang op en liepen heel zachtjes achter hem aan. Hij ging de meisjesgang in en deed toen de deur naar de zolder open...

De klok in de hal sloeg drie keer.

'Kom, we moeten gaan,' zei Fabian en hij trok Nienke mee naar beneden, naar buiten.

14
HET GEHEIM ONTRAAFELD

Nienke en Fabian vonden het niet zo erg dat ze de rest van het weekend in de school moesten blijven: ze hadden de schijf veilig begraven in een plantenbak op het schoolplein en ze hadden een nieuw raadsel!

Die bewuste nacht waren ze net op tijd terug geweest. Victor had net Van Swieten bevrijd, toen Nienke en Fabian in hun pyjama binnen waren komen lopen. 'Nienke moest naar de wc en durfde niet in haar eentje,' had Fabian heel onschuldig gezegd. Ook Appie dook niet veel later op met een vaag verhaal dat hij in een lokaal vast had gezeten. Van Swieten en Victor vertrouwden het niet, maar wat konden ze doen? Vooral Victor was vreselijk gefrustreerd, en Nienke begreep steeds beter waarom. Hij had de schijf niet in de klok gevonden, hij had hem over het hoofd gezien toen hij Ambers matras inspecteerde, en nu had hij hen niet kunnen betrappen.

Nienke vroeg zich af hoe lang dit goed kon gaan. Ze waren telkens opnieuw door het oog van de naald gekropen, en wat had Appie allemaal al aan Jeroen verteld? Nadat hij het dwaalspoor van Fabian had gevolgd, wisten ze het zeker: Appie was een spion van Jeroen. En Jeroen moest wel een spion van iemand anders zijn, want hoe kwam hij anders aan zoveel geld?

In de meisjes-wc keken Nienke en Fabian opnieuw naar het nieuwe raadsel, maar ze kwamen er niet uit. Waarom stond "ontraafeld" met dubbele a? En wat betekende de cijfercode 11-54-03-10-00-6-12-54-11-25? Ze moesten wachten totdat ze weer thuis waren, dan konden ze er rustig naar kijken zonder opgepropt in een wc-hokje op school te zitten.

Op maandag kwam de rectrix om te luisteren naar de laatste speech van de twee kandidaten. Meteen daarna mochten de leerlingen stemmen en zou bekend worden gemaakt wie de nieuwe schoolvertegenwoordiger was. Mara was erg van haar stuk: ze liep nog steeds in de kleren van zaterdagochtend, haar haren waren vet en ze had al in geen twee dagen gedoucht, terwijl Amber die ochtend snel in een taxi was gesprongen en de stad in was gegaan, zodat ze er *weer* fantastisch uitzag. Amber was de eerste die moest speechen en vertelde op het podium van het dramalokaal aan de leerlingen en leraren vol vuur hoe de school meer flair zou krijgen met Amber, en eigenlijk twijfelde niemand daaraan. Aan het eind van haar gloedvolle speech bedankte ze iedereen als een volleerd politicus. 'Dank u conrector Van Swieten. Dank u rectrix. Dank u mijnheer Winker voor uw voortreffelijke begeleiding.'

Nienke keek naar Jeroen die verveeld tegen de muur geleund stond. Kleine Robbie stond naast hem. Kleine Robbie was een heel kleine jongen uit de onderbouw die tegen betaling allerlei dingen voor mensen regelde. Nienke was benieuwd wat Jeroen voor klusje voor hem had. Waarschijnlijk slechte uittreksels verkopen aan de brugklas.

'De school, lieve medescholieren, is een belangrijke periode in ons leven. We worden hier gevormd tot wat we later zullen zijn…'

Jeroen draaide zich half om naar de deur. De uitdrukking op zijn gezicht veranderde van verveeld naar doodsbang en hij kromp ineen toen hij de man in een grijs pak in de deuropening zag staan. Hij wenkte naar Jeroen die als gehypnotiseerd naar hem toe liep en zich het lokaal liet uitleiden.

Het was Zeno Terpstra!

Nienke trok Fabian aan zijn mouw. 'Zeno! Zeno is hier!' fluisterde ze en ze duwde hem richting de uitgang. Achter hen klonk een luid gejoel terwijl de rectrix aankondigde dat Mara het woord zou nemen. Heel zachtjes liepen ze de gang op en keken om zich heen.

Bij de kluisjes hoorden ze gedempte stemmen. Nienke legde haar vinger op haar lippen en gebaarde Fabian haar te volgen. Ze liepen op hun tenen een eindje de gang in en hielden zich schuil achter de kluisjes. Ze konden Zeno en Jeroen niet zien, maar hun stemmen waren wel verstaanbaar.

'Géén smoesjes deze keer,' hoorden ze Zeno boos zeggen. 'Ik heb je tienduizend euro betaald. Ik wil informatie!'

'Ik werk eraan. Het is ingewikkeld, maar het komt goed,' klonk Jeroens angstige stem.

'Waarom zou ik jou nog langer vertrouwen?'

'Omdat ik weet dat de schat op zolder ligt... Achter een geheime wand. Of zoiets.'

'Luister, kereltje. Je krijgt nog één dag. Als je dan niets gevonden hebt, krijg ik tienduizend euro terug. Plus rente!'

Nienke keek Fabian aan. 'Dus zo komt hij aan al dat geld,' zei ze zachtjes.

'En zoals beloofd, zal ik je levend mummificeren, zowaar ik Zeno Terpstra heet. Als je liever blijft leven, weet je wat je nu te doen staat. Vort!'

Voordat Jeroen of Zeno hen zou zien, liepen Nienke en Fabian snel terug naar het lokaal. Nienke was helemaal beduusd. Hun vermoeden klopte: Zeno wilde ook de schat hebben!

Ze hoorde helemaal niets van het einde van Mara's speech, en ook het hele stemmen daarna ging een beetje aan haar voorbij. Als in een droom ging ze in een van de twee rijen met leerlingen staan om haar stem uit te brengen. Ze hoorde steeds maar weer de stem van Sarah in haar hoofd: ... *Er zijn kapers op de kust... De schat mag nooit in verkeerde handen vallen. Nooit. Dan zal de vloek zijn werk gaan doen... Vertrouw niet iedereen blindelings... Anders blijft de schat verborgen...*

Nienke zette een kruisje op het stembiljet en gaf het aan kleine Robbie die achter een tafel zat te tellen. Daarnaast stond de rectrix in een statige blauw met witte jurk. Met samengeknepen lippen keek ze over zijn schouder mee of alles wel eerlijk verliep.

Na de telling moesten Mara en Amber, die beiden bleek zagen van de zenuwen, op het podium gaan staan. De rest van de leerlingen drumde het lokaal binnen om een plekje te veroveren. De rectrix kwam het podium op en nam de microfoon aan die Amber haar met een grote glimlach aangaf. Ze had een roomwitte envelop in haar handen. Ze keek naar de menigte en schraapte toen haar keel. 'Beste aanwezigen, ik heb de eer en het genoegen aan u te onthullen wie de nieuwe schoolvertegenwoordiger zal zijn…'

Terwijl Amber heel ondamesachtig op haar nagels beet, worstelde de rectrix even met de envelop. Uiteindelijk trok ze een papiertje tevoorschijn.

'De nieuwe schoolvertegenwoordiger 2007 is…'

Ze liet een stilte vallen. Amber hield haar adem in en Mara had haar ogen stijf dichtgeknepen.

'… Mara!'

Mara sperde haar ogen wijd open, keek een seconde heel erg verbaasd en begon toen te juichen. Op hetzelfde moment schalde het Amerikaanse volkslied uit de speakers en gooide Appie handenvol rood-wit-blauwe confetti over de verbaasde aanwezigen heen.

'Appie! Stop, sukkel! Ik heb verloren!' gilde Amber heel hard. De muziek stopte en Amber holde huilend van het podium het lokaal uit.

De rectrix schraapte weer haar keel. 'Gefeliciteerd Mara, ik denk dat we met jou een zeer capabele en rechtvaardige vertegenwoordiger hebben die de eer van onze school hoog zal houden.'

De menigte begon te juichen. 'Mara! Mara! Mara! Mara!'

De rectrix gaf haar de microfoon.

'Tjeetje! Wat kan ik zeggen? Ik ben sprakeloos!' riep Mara blij. Iedereen begon weer heel hard te klappen.

'Ik wil gewoon iedereen bedanken die me heeft geholpen. Vooral mijn lieve Mick…' Ze keek Mick verliefd aan. 'Jeroen, Patricia en meneer Van Swieten… En natuurlijk ook Amber…'

Amber, die door Appie weer het lokaal in was getrokken, keek verbaasd op. Mara lachte even lief naar haar.

'Amber had een geweldig idee om een heel groot bal te geven en ik hoop eigenlijk… eh… dat je dat nog steeds wil doen.'

Mara keek van Amber naar Van Swieten. 'Als u het goedvindt, natuurlijk.'

Van Swieten stond met een grote glimlach naast het podium en scandeerde: '*Laetum celebremus honorum.*'

'Is dat ja?'

Van Swieten knikte.

Mara keek weer naar Amber. 'Amber?'

Iedereen draaide zich om naar Amber, die even op haar lip beet. Toen klaarde haar gezicht op. 'Natuurlijk!' gilde ze enthousiast.

Vanaf dat moment gonsde de hele school van verwachting over het schoolbal dat die vrijdag zou plaatsvinden. Wie zou wie vragen? Wat moest je aan? Amber was er de hele dag mee bezig. Het decor moest goed en er moest natuurlijk een verkiezing komen wie de koning en koningin van het bal zouden worden.

Ook in Anubis waren ze ermee bezig. Nienke wilde eigenlijk aan Fabian vragen of hij met haar wilde gaan. Op donderdagavond had ze eindelijk genoeg moed bij elkaar verzameld. Ze zaten samen in haar kamer en bespraken het raadsel waar ze nog steeds niet uit waren. Fabian keek naar het doorzichtige briefje en zuchtte toen diep. 'Die cijfers... Ik kan er niks van maken.'

Nienke raapte al haar moed bij elkaar en kuchte. Het was nu of nooit.

'Fabian?'

Fabian keek op. 'Ja?'

'Zou jij... denk je...' hakkelde Nienke terwijl ze zo rood werd als een glimmende rode kerstbal. Ze stopte. Dit werd natuurlijk helemaal niks!

'Ja?' zei Fabian weer.

'Nee, laat maar.' Nienke tikte op het papiertje. 'We gaan de schat toch vinden, hè? Voor Sarah!' ratelde ze.

Ze wiebelde met haar benen heen en weer.

'We zijn er nog niet,' zei hij voorzichtig.

'Eerder dan Victor, hè? Hij mag de schat niet eerder vinden.'

Fabian keek weer naar het papiertje. 'We zijn nog niet uit het gedichtje. "De schat moet ontraafeld worden." We zijn zo dichtbij, volgens mij ligt de oplossing onder onze neus.'

Ze waren allebei stil.

Nienke keek ineens op. 'Fabian?'

'Ja?'

'Zou jij het leuk vinden… met mij…'

De deur ging met een klap open. Appie stond in de deuropening en keek hen beiden met grote paniekerige ogen aan. 'Jullie moeten me helpen! Jeroen… hij is gek geworden, hij wil de schat verkopen aan Zeno, en heeft al tienduizend euro gekregen…'

Fabian keek Appie koud aan. 'Dat weten we al, Appie. En we weten ook dat jij Jeroens spion bent.'

Appie boog schuldig zijn hoofd. 'Ik kan er niks aan doen… Jeroen, hij chanteert me. Ik wilde hem niks vertellen, echt niet!' Appie vertelde dat Jeroen hem in zijn slaap had uitgehoord over de schat en hem daarna had bedreigd: hij zou naar de Club gaan om te vertellen dat Appie had "gelekt". Appie was zo bang dat ze hem dan uit de Club zouden gooien, dat hij Jeroen zijn zin had gegeven en hem een aantal dingen had verteld.

'En nu wil hij dat ik de zolder opga… maar ik wil echt niet! En ik wil de Club niet meer verraden!'

'Appie, rustig maar,' zei Nienke. Ondanks zijn verraad had ze wel een beetje met hem te doen. Ze keek ongerust naar Fabian. 'Wat doen we nu?'

'We moeten weten wat de schade is en kijken wat we kunnen doen,' zei Fabian rustig.

Appie stond erbij als een verschrikt vogeltje. Hij wreef zenuwachtig in zijn handen. 'Het spijt me zo…' stamelde hij.

'Spoedberaad, nu!' riep Fabian. Nienke trommelde Amber en Patricia op die samen met Mara in de kamer daarnaast zaten en ongetwijfeld over het bal zaten te roddelen. Ze kwamen verwonderd de kamer binnen waar Appie als een hoopje ellende op Ambers bed zat.

'Wat doet de verrader hier?' zei Patricia koud.

Fabian legde het even snel uit, terwijl hij als een soort krijgsheer heen en weer beende tussen de bedden.

'Jeroen is slim,' mompelde hij. 'Slim en slinks genoeg om eentje van onze kant te chanteren…'

Hij zweeg even en ging met zijn hand door zijn haar. 'We moeten hem buitenspel zetten en met zijn eigen wapens bevechten.'

'Maar ik moet hem dingen blijven vertellen!' zei Appie angstig.

Fabian knikte. 'Natuurlijk… hij mag geen argwaan krijgen.'

'We kunnen hem toch niet alles zomaar aangeven? Hé, Jeroen, hier is de schat, verkoop hem maar lekker aan Zeno?' zei Patricia verontwaardigd.

'Nee, maar hij mag ook niet weten dat wij weten dat Zeno achter de schat aanzit.'

'Kunnen we hem niet op een dwaalspoor zetten, zoals we al een keer hebben gedaan?' stelde Nienke voor. 'Dat geeft ons tijd.'

'Dat is het! We laten hem doen wat wij deden!' riep Fabian.

Niemand begreep waar hij het over had.

Fabian keek naar de vier onnozele gezichten die hem aanstaarden en legde het uit: ze zouden Jeroen bij het begin laten beginnen waar zij ook waren begonnen: het raadsel van het schilderij, daarna de derde traptrede met een nieuw raadsel en de sleutel van het kistje met de wasrollen. Gewoon het pad wat zij ook hadden bewandeld, dat gaf hen genoeg tijd.

'Je bent geweldig!' riep Nienke.

'Appie kan zo informatie blijven "lekken" en intussen Jeroen uithoren over Zeno, terwijl wij de schat vinden.'

Appie sprong op en salueerde. 'Perfect! Dubbelspion Appie is paraat.'

Fabian keek serieus naar de anderen en stak zijn hand uit. 'Laten we nog een keer trouw beloven aan de Club.'

De anderen legden hun hand op die van Fabian.

'Vanaf nu geen twijfels meer, oké?' zei hij plechtig en keek iedereen intens aan. Zijn blik bleef even hangen bij Appie die diep inademde.

'We gaan door tot het bittere eind.'

'En zullen elkaar altijd steunen…' vulde Nienke aan.

'Tot we de schat gevonden hebben,' eindigde Fabian.

'SIBUNA!' gilde Amber en nam iedereen in een enorme omhelzing.

Nienke zocht snel naar het papiertje met het eerste raadsel en vond het in de doos die ze van Sarah had gekregen. Ze vouwde het op en gaf het aan Appie. 'Dit heb je gevonden in de lijst van een schilderij van een klein meisje dat achter de geheime wand op zolder staat,' instrueerde ze Appie die meteen naar Jeroen ging om het briefje te geven.

Op vrijdagochtend stond Amber al heel vroeg verliefd naar haar jurk te staren die aan de kast hing. Het was een prachtige lichtblauwe zijden jurk met een heel strak geborduurd lijfje en een wijde rok met een petticoat eronder. Het blauw was precies hetzelfde als het blauw van Ambers ogen en ze droeg er bijpassende schoenen bij. Nienke moest er wel om lachen, al gaf ze er zelf niet zo veel om. Ze moest na school nog maar even de stad in om te kijken of ze iets kon vinden.

Maakte het haar iets uit? Ze wist het niet zo goed meer. Misschien als die ene speciale jongen haar zou vragen…

'… Nienke? Hoor je me?'

Nienke schrok op uit haar gedachten.

'Waar zit jij met je hoofd? Ik vroeg je met wie je nou gaat?'

Nienke zuchtte. 'Weet ik niet… Victor?'

'Gatver! Je gaat toch wel met Fabian?'

Nienke voelde haar wangen rood worden. 'Ik…' stotterde ze.

'Dat zou je toch heeeel graag willen?' plaagde Amber haar.

'Ik denk het…'

'Ze denkt het!' zei Amber sarcastisch. 'Ze *denkt* van wel…'

'Oké, oké, ik *wil* het! Maar hij heeft me niet gevraagd,' zuchtte Nienke.

'Dan vraag je hem toch?'

'Dat heb ik geprobeerd, maar ik durf niet.'

'Ben je verliefd?' vroeg Amber botweg.

Nienke keek op. Verliefd? Daar durfde ze eigenlijk helemaal niet over na te denken. 'Ik? Op...?'

'Fabian? Die leuke jongen waar je al het hele schooljaar beste maatjes mee bent?'

'Ik... euh... ik weet het niet.' Nienke voelde tot haar ergernis dat haar wangen nog roder werden. Straks ontplofte ze nog!

'Nienke! Kom op!'

'Ik denk het... wel een beetje... ik weet het echt niet! Wat je zegt: we zijn al zo lang vrienden...'

Amber nam voorzichtig haar jurk van het hangertje en hield hem voor zich terwijl ze zichzelf bewonderde in de spiegel. 'Mijn bal brengt daar verandering in, let op mijn woorden!'

Ze begon heen en weer te wiegen, alsof ze met iemand danste. 'En Jason en ik worden koning en koningin van het bal en dan zoent hij mij op het podium!' zei ze dromerig.

'Jason is je leraar!' Nienke wist niet hoe ze Amber uit de droom moest helpen. 'Hij gaat je echt niet vragen!'

Amber keek verontwaardigd en hield op met dansen. 'Als ik laat zien dat ik vrij ben? Waarom niet?'

'Om.dat.hij.je.le.raar.is!' spelde Nienke voor haar. Waarom wilde Amber ineens iets met Jason? Deed ze dit om haar teleurstelling te verbijten dat ze niet was gekozen?

'Vind je het niet erg dat je niet gekozen bent?' vroeg ze daarom.

Amber hing de jurk terug en keek verstoord naar Nienke. 'Ik heb dit nu toch?'

'Maar je was zo fanatiek!'

Amber ging op haar bed zitten en was even stil. 'Het ging toch om de strijd, denk ik,' zei ze ten slotte.

'De strijd om Mick.'

Amber twijfelde. 'Ik denk het wel.'

'Dus toch!'

'Het blijft toch een beetje een suf baantje!' giechelde Amber even, maar ze hield er al snel mee op en bestudeerde haar nagels. 'Zo bedoel ik het niet... Ik weet ook wel dat ik niet echt leuk ben geweest de laatste tijd... En waarvoor? Mara is nog steeds bij Mick en ik heb de Club in de steek gelaten.' Ze keek schuldig naar

Nienke. 'Maar nu is de Club het aller, allerbelangrijkste.'

'En het bal dan?'

'Ja, het bal is ook het aller, allerbelangrijkste,' zei Amber en ze keek naar haar jurk.

De deur werd zo hard opengegooid, dat hij bijna uit zijn scharnieren vloog. Mara kwam binnengelopen met een stapel papieren in haar hand. Haar ogen spuwden vuur en ze gooide de papieren op Ambers bed.

'Kijk! Jij hebt gewonnen!' schreeuwde ze tegen Amber die een van de papieren oppakte. Het was een gedeelte van een stembiljet met Ambers naam erop. 'Wat is dit?'

'Fraude! Jouw stemmen zijn niet allemaal geteld!' schreeuwde Mara overstuur.

Amber kon haar oren niet geloven. 'Wat? Wie?' vroeg ze terwijl ze de andere biljetten oppakte. Op elk papier stond Amber. Amber. Amber.

'Patricia.' Mara's ogen schoten vol tranen die ze boos met haar mouw probeerde terug te duwen.

Nienke begreep er ook helemaal niets meer van. 'Patricia?'

Mara liep weer naar de deur.

'Wat ga je doen?' vroeg Amber, totaal van de kaart.

Mara draaide zich om. 'Wat denk je? Naar Van Swieten. Ik trek me terug.'

Totaal overdonderd liepen Nienke en Amber met de stembiljetten naar beneden.

'Wat is er met jullie?' vroeg Fabian die net een boterham met jam in zijn mond wilde steken.

'Kijk maar,' zei Amber vlak en ze gooide de papieren bovenop zijn boterham.

Nienke vertelde wat er aan de hand was.

'Dus... Patricia heeft een aantal stembiljetten van jou achterovergedrukt, en daardoor heeft Mara gewonnen?' concludeerde Fabian terwijl hij met een vies gezicht de stapel uit de jam trok.

'Dat betekent dat jij gewonnen hebt!' zei Nienke die naast Fabian ging zitten en een kop thee inschonk.

Amber knikte een beetje lauw.

'Je bent ook niet enthousiast,' zei Fabian.

'Ik weet niet of ik nog wel wil!' kreunde Amber.

'Je zal wel moeten als Mara zich terugtrekt. ... Denk je dat het bal nu wel doorgaat?' zei Nienke.

Amber schudde haar hoofd en zakte moedeloos met haar kin op haar handen. 'Dat vindt Van Swieten vast niet goed meer.'

'Nee, fraude is niet echt iets om te vieren.' Fabian keek nog een keer met een half oog naar de biljetten die voor hem lagen.

Amber lachte schel. 'And the winner is… Mara… Nee, Amber… Nee, Mara… Nee, Amber!'

'Nee… Mara,' zei Fabian ineens.

Hij graaide tussen de plakkerige biljetten. 'Kijk! Het is steeds hetzelfde biljet.' Hij duwde er een paar onder hun neus. Nu zagen Nienke en Amber het ook: het was steeds hetzelfde handschrift!

'Het is gekopieerd!' gilde Amber en ze sprong op. 'Kom! We moeten naar school! We moeten Mara tegenhouden!'

Ze renden de deur uit en botsten daar bijna tegen Patricia op die met een schuldbewust gezicht in de gang stond. 'Wat is er?' vroeg ze. Ze durfde Amber niet aan te kijken.

'Dat stembiljet… Het is gekopieerd. Het is er maar één!' zei Fabian, terwijl hij zijn jas omgekeerd aantrok.

'Echt? Kleine Robbie heeft me belazerd,' siste Patricia boos. 'Mara heeft dus gewonnen,' concludeerde ze daarna.

'Ja! Ook zonder jou!' zei Amber pissig.

Fabian sprong ertussen. 'Straks kunnen jullie ruziemaken! Kom!'

Ze renden alle vier de deur uit en reden als een gek naar school.

'Als we maar niet te laat zijn,' hijgde Amber buiten adem tegen Nienke, terwijl ze zich over haar stuur boog om nog harder te gaan. 'Ik wil mijn zoen van Jason niet missen.'

Bij school gooide ze haar fiets midden op het schoolplein neer en rende de trap op naar de ingang. Nienke deed hetzelfde en rende hard achter haar aan. Amber botste bijna tegen een enorm lange jongen op. 'Doe es rustig, man,' riep hij haar na.

'Sorry,' gilde Nienke in haar plaats. Ze renden de hoek om.

'Oh, nee!' gilde Amber. De deur van Van Swietens kantoor was dicht. Amber rende er naartoe en duwde de deur open. Ze keek recht in de verbouwereerde gezichten van Van Swieten, Mara en Mick.

'Amber! Wordt er niet meer geklopt?' zei Van Swieten boos.

'Het spijt me, ik moet Mara...' stamelde Amber, maar Van Swieten onderbrak haar. 'Mara en ik zijn in een belangrijke bespreking.' Hij draaide zich naar Mara en legde zijn vingertoppen tegen elkaar. 'Je wilde zeggen?'

Mara zuchtte, haalde diep adem en begon te praten. 'De verkiezingen zijn niet eerder afgelopen dan het bal, omdat Mara zo lief is geweest mij dat te laten doen en ik heb iets heel belangrijks daarvoor met Mara te bespreken omdat zij *helemaal eerlijk* gewonnen heeft,' ratelde Amber.

Ze keek Mara aan en probeerde zo onopvallend mogelijk aan haar duidelijk te maken dat Mara mee naar buiten moest, alleen begreep Mara het niet.

'Maar...?' stamelde ze en ze kwam half overeind.

'Wat een onzin,' zei Van Swieten geïrriteerd en hij wees naar de deur. 'Hup, wegwezen jullie, ik kan mijn tijd wel beter gebruiken.'

Amber trok Mara aan haar mouw, maar die stribbelde nog een beetje tegen. Ze keek verbaasd naar Mick, die zijn schouders ophaalde en naar buiten liep. Toen keek ze naar Van Swieten en daarna weer naar Amber, die als een gek aan haar mouw stond te sjorren. 'Ik heb iets heel belangrijks met je te bespreken!' gilde die weer.

Eindelijk liet Mara zich meetrekken naar de gang waar Amber het hele verhaal aan haar uitlegde. Nienke zag een eindje verderop Patricia staan, die kleine Robbie de les aan het lezen was. Toen hij zich uit de voeten had gemaakt, kwam Patricia aanrennen. 'Mara, je hebt eerlijk gewonnen! Dat is geweldig!' Ze wilde Mara omhelzen, maar die draaide weg.

'Mara?'

Mara keek heel boos. 'Dat was niet oké van je, Patries.'

Patricia slikte en keek naar haar schoenen. 'Ik weet het, sorry,' hakkelde ze. 'Ik deed het om jou te helpen.'

In Mara's ogen blonken tranen. 'Weet je waar ik nog het meest van baal? Dat je er niet op vertrouwde dat ik op eigen kracht kon winnen.'

Met die woorden liet ze Patricia staan. Amber sloeg een arm om Patricia heen. 'Ik vind het ook niet erg aardig van je, maar wel te maf!' Ze plantte een dikke zoen op Patricia's wang.

Nienke keek op de klok. Het was pas half negen, om negen uur zou de eerste les beginnen. Ze liepen naar het bankje bij de kluisjes om de tijd te doden voordat de les begon. Daar stond Mara met een groepje fans om zich heen. Ze genoot van de aandacht, en een paar leerlingen vroegen haar handtekening. Mick kwam erbij staan en gaf Mara een doosje met een echte Amerikaanse corsage. Daarna ging hij dramatisch door de knieën.

'Wil je met mij naar het bal?' vroeg hij aan Mara, die helemaal perplex stond.

Een klein meisje met twee staartjes begon te giechelen. 'Zeg ja!' riep ze.

'Ja, Mara, zeg ja, alsjeblieft?' zei Mick die vol adoratie naar haar opkeek.

Mara begon heel hard te lachen en omhelsde Mick. 'Ja, natuurlijk zeg ik ja!'

De mensen om hen heen begonnen te joelen en te juichen toen Mick Mara helemaal bedolf met zoenen.

'Ik heb verloren, hè?' zei Amber verdrietig.

Nienke knikte en Amber begon te huilen.

'Hé. Kom maar,' zei Nienke en ze omhelsde Amber, maar die trok zich snel los en wreef onder haar ogen.

'Hoe zie ik eruit?' vroeg ze, terwijl ze haar haren gladstreek.

'Goed...?' zei Nienke verbaasd.

'Ben zo terug.' Amber trippelde de gang in. Toen zag Nienke pas dat Jason ook in de gang liep. Ze greep naar haar hoofd. Als dat maar goed ging...

'Fabian! Nienke! Patries!' Appie kwam aanrennen. Er zat een

vieze groene veeg op zijn gezicht en er plakte een aardappelschil aan zijn zwarte bomberjack. Nienke kneep haar neus dicht toen hij dichterbij kwam: er hing een zurige lucht om hem heen.

'Wat heb jij gedaan?' vroeg Fabian met een vies gezicht.

Appie keek naar beneden en sloeg de aardappelschil laconiek van zijn jas. 'Oh, ik had me verstopt tussen het vuilnis... Kom mee!'

'Wat is er?' zei Patricia. Zij had ook haar neus dichtgeknepen.

'Niet hier!' Appie keek naar de leerlingen die langs hen liepen en vlakbij stonden. 'Te gevaarlijk.'

Ze volgden hem naar het dramalokaal en draaiden de deur op slot.

'Jeeze, Appie, je stinkt echt heel erg,' zei Patricia die met haar handen de lucht probeerde weg te wuiven.

'Luister... Ik heb net Jeroen en Zeno afgeluisterd.'

De drie waren meteen stil en gingen in de zitzakken zitten. Appie vertelde hen dat hij de avond daarvoor het raadsel aan Jeroen had gegeven, en dat Jeroen meteen een afspraak met Zeno had gemaakt. Hij was hem naar school gevolgd en had hen kunnen afluisteren omdat hij zich had verstopt in een van de groene vuilcontainers op het schoolplein. Jeroen liet het raadsel aan Zeno zien, die het herkende, want *hij had het zelf gemaakt.*

'Wat?' Nienke viel bijna om van verbazing.

Appie knikte. 'Nadat Sarahs ouders dood waren, riep Sarah steeds dat Victor Roodenmaar hen vermoord had en op zoek was naar iets. Iets dat haar ouders uit Egypte hadden meegenomen en in het huis verstopten. Toen ze het zelf niet kon vinden, heeft ze Zeno gevraagd om mee te helpen bij het maken van raadsels.'

'Wacht, je gaat te snel,' zei Fabian. Zeno heeft de raadsels gemaakt, die naar de raadsels van Sarahs vader leiden?'

Appie knikte. 'Hij wist alleen toen niet waar ze voor waren, omdat Sarah hem niet helemaal vertrouwde en hem dat niet wilde vertellen.'

'Terecht. Maar weet Zeno wat in het huis verstopt ligt?'

Appie knikte weer. 'Hij zei dat in het huis het heiligste van het heiligste ligt, of zo... Een graal uit de tombe van een farao,' zei hij plechtig.

Fabian ademde zwaar in en uit. 'De graal?'

'Victor wil de graal om het levenselixer uit te drinken. Volgens Zeno wordt hij dan onsterfelijk.'

'Dus het is waar...' fluisterde Nienke. Ze kon het bijna niet geloven.

Iemand bonsde hard op de deur. 'Doe open! Ik ben het!' Het was Amber, die opgewonden binnen kwam zeilen. 'Je gelooft het echt niet! Ik...'

Patricia hield een hand voor haar mond en plantte haar in een zitzak. 'Straks! We zitten in de problemen!'

Amber hield verbaasd haar mond en keek naar de anderen.

Fabian sprong op. 'Als Zeno die raadsels zelf heeft gemaakt, zijn we onze hele voorsprong kwijt. We moeten meteen actie ondernemen.'

'Hoe zit het met het laatste raadsel?' zei Nienke.

Fabian trok het briefje uit zijn tas en las het voor: '*Zolang de schat omhuld is door de zwarte nacht met zijn fonkelende sterren, zal deze nooit ontraafeld worden.*' En dan de cijfers *11-54-03-10-00-6-12-54-11-25.*'

'Heb je enig idee?'

'Geen enkele. De schijf heeft geen cijfers.' Fabian woelde door zijn haren. 'Appie, denk na... Zei Zeno nog iets?'

Appie trok een rimpel tussen zijn ogen. 'Euh... ik weet het niet... Jawel! Hij had een ring van de vader van Sarah, met de datum van vandaag erin.'

Nienke sprong ook op. 'Vandaag? Achttien juni?'

'Vandaag ging er iets gebeuren, zei hij. Hij had nog een paar uur.'

'Dus wij ook,' zei Fabian gejaagd en hij liep naar de deur. 'We hebben meer info nodig!' Hij troonde hen mee naar het computerlokaal waar hij achter een computer ging zitten. 'Als jij naar de cijfers kijkt, doe ik het rijmpje,' zei Fabian tegen Appie.

'Waarom staat er "ontraafeld" met dubbele a?' vroeg Patricia, die over Fabians schouder meekeek op het scherm.

'Wij dachten dat het Oudnederlands was,' zei Nienke.

'Maar dan zou er toch ook "deze" staan met ch of zo? Gek…'

Appie had intussen zijn mobieltje gepakt en telde de cijferreeks op.

'Wat was de datum ook alweer?' vroeg hij.

'Achttien juni,' zei Nienke.

'Probeer eens "raaf"?' zei Patricia tegen Fabian, terwijl ze op de velletjes van haar vingernagels kauwde. 'En iets met sterren misschien?'

'Oké, raaf en sterren dan,' zei Fabian en hij tikte de woorden in bij *Google*.

Appie keek naar de uitkomst. 186. 18-6. Achttien juni…

'Kijk! Er bestaat een sterrenbeeld raaf!' riep Fabian blij. 'En de Latijnse naam is… Corvuz.'

Amber gilde het uit. 'Corvuz!'

Appie keek naar het scherm. Daarna tikte hij de cijferreeks in op de computer waar hij achterzat.

'Ik heb het!' riep hij en pakte het blaadje op. 'Dit zijn de coördinaten van het sterrenbeeld Corvuz om acht uur vanavond!'

Ze keken elkaar beduusd aan. Ze hadden het geheim "ontraafeld"!

15
HET SCHOOLBAL

Het was vroeg op de avond. Buiten joegen donkere wolken met een zilveren randje langs de hemel en langs de volle maan. Binnen zat de Club opgewonden in de kamer van Nienke en Amber. Ze waren zo dichtbij: ze wisten dat ze waarschijnlijk iets moesten doen met Corvuz, de opgezette raaf van Victor. Ze moesten hem ergens neerzetten om acht uur 's avonds, alleen wisten ze niet precies waar.

'Hier, luister: Corvuz is een klein, oud sterrenbeeld…'

Fabian stond in het midden van de kamer met een dik boek met de titel *Het verhaal achter de sterren* in zijn handen. 'In de Griekse mythologie werd Corvuz weggestuurd door Apolo om water te halen, met de beker. Hij verdeed zijn tijd met het eten van vijgen…'

Appie onderbrak hem. 'Wie is Apolo?'

Fabian keek verbaasd op met een blik in zijn ogen van "weet-je-dat-niet?". 'De Griekse god van de kunsten.' Hij ging weer door: '… Corvuz viste als excuus voor zijn verloren tijd Hydra uit het water.'

Amber stak haar vinger op. 'En wie is Hydra?'

'Een waterslang… Apolo geloofde de raaf niet en hij zette de raaf, de beker en de slang bij elkaar als sterrenbeelden aan de hemel… Kijk…'

Hij hield het boek op. Op de opengeslagen bladzijde stond een foto van een blinkende sterrenhemel. Op de plaats van de drie

sterrenbeelden waren een raaf, een beker en een slang getekend.
'Een slang… Waar heb ik een slang gezien?' peinsde Nienke.
'In de kelder? Victor heeft een slang,' riep Appie.
'Of beneden in de huiskamer… Daar staat ook zo'n beest, ik haat ze!' zei Amber opgewonden.
Maar Nienke schudde haar hoofd. 'Nee, ergens anders,' mompelde ze en ze dacht diep na. Waar had ze nou een tekening gezien van zo'n kronkelende slang, precies zoals die in het boek op de sterrenhemel getekend was? Ergens in huis… Niet in de woonkamer, niet op zolder achter de geheime wand…
'Ik weet het! In de torenkamer staat een slang op het plafond!'
'Dat is het! We moeten de raaf en de slang samenbrengen!' riep Fabian enthousiast.
'En dan komt de beker, de graal tevoorschijn… Dat moet het zijn!'
Nienke en Fabian keken elkaar glimlachend aan. Ze waren er bijna, bijna… Maar hoe kregen ze het voor elkaar dat ze Corvuz onder de ogen van Victor konden weghalen?

De goden waren de Club gunstig gezind. Aan het eind van het avondeten (niemand had een hap door zijn keel kunnen krijgen) kwam Victor binnen en zei tegen Trudie dat hij even weg moest. Nienke keek op haar horloge. Het was half acht. Dit was hun kans!
Ze wiebelde van de zenuwen heen en weer op haar stoel en zag dat Amber net zo zat te wiebelen. Trudie kwam binnen en keek naar de onaangeroerde borden.
'Och gut, zijn jullie allemaal zo zenuwachtig voor het grote bal?' zei ze lief en ze aaide Amber over haar hoofd. 'Gaan jullie maar van tafel, een toetje gaat er toch niet meer in.'
Dat lieten ze zich geen tweede keer zeggen en ze spurtten naar boven, langs Victors kantoor waar Victor zijn jas aantrok. Corvuz stond op de leuning van zijn bureaustoel. Ze stopten meteen om de hoek van de meidengang, net uit het zicht van Victor. De deur van het kantoor ging open en dicht. Voetstappen klonken op de trap…

Nienke kroop heel voorzichtig naar de balustrade en zag in de hal beneden dat Victor de voordeur doorging. Hij was weg! 'Kunnen we?' vroeg Appie. Nienke knikte.

Ze wilden net naar het kantoor gaan om Corvuz te pakken, toen de bel ging.

'Wacht!' Fabian trok Nienke aan haar arm terug achter de balustrade. De rest dook ook weg: beneden deed Jeroen de voordeur open. Een man met een zwarte jas aan en een hoed op stapte de hal binnen.

'Zeno Terpstra,' zei Nienke angstig.

'Ik wist het,' fluisterde Fabian.

'Oh, nee!' siste Appie en hij wilde opspringen en weglopen, maar Fabian hield hem tegen. 'Hier blijven! Hier!' Fabian trok de schijf en een papiertje onder zijn trui vandaan en duwde ze in Appies handen. 'Ga naar beneden en geef ze dit.'

'De schijf? Ben je gek geworden?' zei Patricia.

'Vertrouw me maar,' zei Fabian en hij gaf Appie een duwtje richting de trap. Appie stond onzeker op en keek om.

'Het is goed… Ga maar en geef het!' fluisterde Fabian.

'Wat heb je nou gedaan?' vroeg Patricia pissig.

'Ik heb een ander raadsel bedacht om Zeno af te leiden,' zei Fabian met een lach.

Ze keken naar beneden naar Appie die op Jeroen en Zeno afliep. Jeroen stond verschrikkelijk te zenuwen en keek steeds schichtig naar de oude man met z'n doodse ogen.

Hij heeft Jeroen volledig in de tang, besefte Nienke.

'Heb je het?' zei Jeroen beneden tegen Appie.

Appie knikte en wilde Jeroen de schijf en het papiertje geven, maar Zeno trok het ruw uit zijn handen. 'Geef op, jij!' zei hij boos en hij keek naar de schijf.

'Dit ken ik wel…' mompelde hij en hij begon in een sneltreinvaart te ontcijferen: 'Diep in de natte duistere krochten van de nacht…' Fabian keek vol respect toe. Zeno mocht dan wel een engerd zijn, maar slim was hij wel!

'… zal zich het wonder openbaren. Op drie meter diepte daar waar de Hydra slaapt!' Zeno keek triomfantelijk op.

'Wat is een Hydra?' vroeg Jeroen.

Zeno keek geïrriteerd. 'Een slang.'

'Beneden in de kelder is een slang,' hoorden ze Appie zeggen.

Fabian knikte goedkeurend. Appie had het door.

Nienke keek naar de kelderdeur en zag tot haar verbazing dat het slot eraf was. Ze zocht oogcontact met Fabian die knikte ten teken dat hij dat had gedaan. Die jongen was echt briljant.

'De kelder. Drie meter diepte. Perfect. Waar is de kelder?' zei Zeno en keek om zich heen.

'Deze kant op meneer,' zei Jeroen die een galante buiging richting de kelderdeur maakte.

Appie probeerde zich intussen uit de voeten te maken, maar Zeno greep hem vast en duwde hem richting de kelder. Hij trok de deur open en duwde de tegenstribbelende Appie naar binnen. Jeroen volgde de twee, keek nog even om zich heen en sloot toen de deur.

Fabian sprong meteen op. 'Kom, we hebben nog een kwartier!' Hij trok de deur van Victors kantoor open en tilde Corvuz van de stoelleuning.

'En Appie?' zei Amber bezorgd.

'Appie moet even zichzelf redden,' zei Fabian. Hij dacht even na. 'We moeten de wacht houden. In de hal en in de woonkamer.'

'Wij doen dat wel,' zei Patricia ferm en ze trok Amber mee de trap af. 'Als er wat is, dan roepen we, oké?'

'Oké.' Fabian en Nienke renden de trap op richting de torenkamer. Nienke keek naar het plafond: er stond inderdaad een kleurige, kronkelende slang op geschilderd. Nu ze iets beter keek, zag ze ook dat het ene oog van de slang doorboord was met een ijzeren ring waar een roestige ketting aanhing.

'Daar!' riep ze.

Fabian keek omhoog. 'Daar kunnen we niet bij.'

'Wel als ik op je schouders ga zitten.' Fabian gaf Corvuz aan Nienke en ging door de knieën.

'Ik ben blij dat je niet zoveel gegeten hebt vanavond,' grapte hij, terwijl hij moeizaam en wiebelend overeind kwam met Nienke op zijn schouders die zich met moeite in evenwicht kon houden. Nienke strekte haar armen uit naar de ketting.

'Ik kan er net niet bij!' zei ze paniekerig.

Fabian ging met een uiterste krachtsinspanning op zijn tenen staan, waardoor Nienke net Corvuz aan de haak kon hangen die aan de ketting vastzat.

'Gelukt!' zei ze.

Fabian liet haar voorzichtig weer van zijn schouders afglijden. Ze keken naar Corvuz die zachtjes heen en weer schommelde aan de ketting.

'Er gebeurt niks,' zei Nienke.

'Het is ook nog geen tijd.'

Nienke keek naar de kleine raampjes. De volle maan scheen helder aan de donkere hemel en baande zich een weg door het raam naar binnen. Een heldere lichtbaan viel over de stoffige houten vloer en raakte Fabians schoenen. Nienke begon te twijfelen. Straks hadden ze het mis, dan waren hun kansen verkeken. Het moest vandaag gebeuren, vandaag moesten ze de schat ontdekken.

'Zolang de schat omhuld is door de zwarte nacht met zijn fonkelende sterren, zal deze nooit ontraafeld worden...'

Het maanlicht kroop langzaam over de vloer. Ergens in de verte begon een kerkklok te beieren en als een geheimzinnige echo klonk de klok beneden meteen daarachter. Een... twee... drie...

Ze keken vol spanning naar Corvuz. Het maanlicht viel nu precies op zijn hoofd en maakte een zilveren halo om zijn veren. Zijn zwarte ogen glommen in het licht.

Zag Nienke het nou goed? Er kwam rook van zijn veren! Ze pakte Fabians hand.

In de hal klonk gestommel. 'Kijk uit! Victor!' gilde Patricia hard door het huis. Meteen daarna hoorden Nienke en Fabian iemand heel hard tegen een deur aantrappen.

'Snel!' Fabian keek om zich heen en pakte toen een klein stoeltje dat naast de deur stond. Hij klemde dat onder de klink van de deur.

Achter hen klonk een enorme knal.

Nienke en Fabian draaiden zich geschrokken om. Door de hele torenkamer dwarrelden zwarte veren en een vreemde gouden gloed verlichtte hun gezichten. Nienke knipperde met haar ogen: de kleine Sarah stond samen met haar ouders midden in de kamer. Ze glimlachte naar Nienke en hield de handen van haar ouders stevig vast.

'Sarah?' stotterde Nienke en ze strekte haar handen uit naar het kleine meisje. Sarah liet de hand van haar vader los en zwaaide naar Nienke.

'Nienke?'

Nienke keek opzij. Fabian keek haar vreemd aan.

'Nienke, kijk!' Hij wees met trillende hand naar de vloer.

Op de plek waar Sarah net nog stond, stond de graal…

'Schiet op! Victor komt weer terug! Hij gaat de deur inslaan,' gilde Patricia in de hal bij de keuken.

In het hele huis was het een complete chaos. Patricia probeerde Victor en Van Swieten bij de woonkamer tegen te houden, maar ze waren door het dolle heen en probeerden de deur in te trappen. Op datzelfde moment kwamen Appie, Jeroen en Zeno doornat de kelder uit.

'De waterleiding!! De kelder staat blank!' gilde Appie in paniek.

Victor draaide zich om en zag Zeno.

'Wat? Jij…?' Hij liep weg bij de woonkamerdeur en wilde Zeno aanvallen, maar Van Swieten hield hem tegen. 'Victor! Wat doe je?'

'Hij… Wegwezen!' Victor was zo boos dat er schuim op zijn mond stond. Hij probeerde zich los te maken uit Van Swietens greep, maar die liet hem niet gaan.

'De graal! Denk aan de graal! Daar gaat het om! Kom!'

Hij duwde Victor richting de torenkamer. Victor sloeg de deur open en zag in een oogopslag dat de kamer leeg was. Toen zag hij iets anders: de zwarte veren op de vloer… Victor viel op zijn knieën en graaide in de hoop veren. 'Corvuz?' jammerde hij.

'Amice, herneem jezelf,' zei Van Swieten dwingend en hij schudde

aan Victors schouder. 'Schiet op! De graal, waar is de graal?!'
Hij hoorde voetstappen op de trap en draaide zich om. Fabian en
Nienke renden de trap op.
'Hier blijven jullie!!' schreeuwde hij en rende erachteraan.
'Jij die kant op... Ik deze!' schreeuwde hij tegen Victor en wees
naar de meidengang. Victor rende de aangewezen kant op en zag
nog net hoe Nienke de badkamer in werd getrokken door Fabian.
Kalmpjes als een haai die verzekerd is van zijn prooi en er nog een
paar keer omheen cirkelt, liep Victor naar de badkamerdeur. Hij
wreef in zijn handen voordat hij in één ruk de deur opengooide en
recht in het angstige gezicht van Fabian keek. Die probeerde hem
tegen te houden, maar Victor duwde Fabian ruw opzij.
'Waar is ze?' bulderde hij en spiedde de badkamer rond. Toen viel
zijn oog op het gesloten douchegordijn waarop komische visjes
hem blij toelachten. Hij trok met een ruk het hele gordijn van de
roede, de ringen tikten zachtjes op de badkamervloer.
De douche was leeg.
'Waar is ze! Waar is Nienke! Waar is de graal?' schreeuwde Victor
tegen Fabian, die lijkbleek naar de lege douchecel keek.
'Ik weet het niet... Echt niet,' stotterde Fabian.
Victor keek hem aan met een enge blik in zijn ogen en even was
Fabian bang dat Victor hem iets aan zou doen, maar hij stormde
kwaad de gang op naar de zolderdeur die hij zo hard opentrok, dat
er een heel stuk hout van de lijst afbrak.
Fabian rende de andere kant op. De deur van de kamer van Nienke
en Amber ging open.
'Fabian!! Hierheen!' fluisterde Patricia.
Fabian rende naar binnen. Amber zat in haar feestjurk op haar
bed.
Fabian keek wild om zich heen. 'Waar is Nienke? Is ze hier?'
'Ik dacht dat ze bij jou was!' zei Patricia gejaagd, terwijl ze een
kast voor de deur probeerde te schuiven. 'Help eens mee?'
Er werd hard op de deur gebonsd.
'Laat me erin!' hoorden ze Appie gillen.
Patricia draaide de sleutel om en deed de deur open. Een drijfnatte

Appie kwam buiten adem binnenvallen.

'Doe op slot! Doe op slot!!' riep hij paniekerig tegen Patricia, die onmiddellijk deed wat hij zei.

'Wacht, ik moet Nienke…' riep Fabian en hij wilde de deur weer open doen, maar Appie hield hem tegen. 'Hier blijven! Ze zijn compleet gek geworden!'

'Maar… Nienke! Heb jij Nienke gezien?'

Appie hielp Patricia mee de kast voor de deur te schuiven. Op de gang hoorden ze bonkende voetstappen: Victor was terug van de zolder. Patricia hield haar vinger voor haar lippen. Ze hielden zich muisstil, totdat de voetstappen waren weggestorven.

'Waar is de graal?' vroeg Appie aan Fabian.

'Ik weet het niet.' Fabian zakte moedeloos op Nienkes bed.

'Heeft Nienke hem?'

'Ik weet het niet, ze was ineens verdwenen! Heeft iemand Nienke gezien?!?' Hij keek heel ongerust naar de anderen. 'Als ze maar oké is…'

Appie ging naast Fabian zitten en maakte een enorme natte plek op Nienkes dekbed. 'Vast, maar als zij de graal niet heeft…' Hij keek angstig. 'Misschien Jeroen? Of Zeno?!'

Fabian haalde zijn schouders op en keek naar zijn lege handen. Nu Nienke weg was en misschien wel in gevaar, leek die graal ineens een stuk minder belangrijk.

'Wat doen we nu?' vroeg Patricia die tegen de kast geleund stond.

'Naar het bal, natuurlijk! We gaan hier niet blijven! Met die gekken!!' riep Amber die met al haar ruisende rokken omhoog sprong.

'Amber heeft gelijk. We moeten hier weg. Die twee zijn levensgevaarlijk.'

Fabian knikte. 'Victor is compleet gek nu Corvuz het loodje heeft gelegd. Die is tot alles in staat.'

Alsof Fabian het over de duivel had, hoorden ze Victor op dat moment een enorme oerkreet slaken die door het hele huis galmde. 'Corvuuuuuuuuuuz!!!!!!!!!'

Amber schrok zo, dat ze met jurk en al onder haar dekbed schoot. 'We moeten opschieten, maar hoe komen we hier weg? Via de gang?' zei Patricia bezorgd.

'Geen schijn van kans!' zei Appie. 'Van Swieten houdt de wacht in de hal!'

Patricia trok de gordijnen opzij en deed het raam open. 'Dan gaan we via hier! Kom!'

Ze begon alle lakens van de bedden te trekken en aan elkaar te knopen. Amber kwam met haar hoofd onder haar dekbed vandaan en keek Patricia verontwaardigd aan. 'Het raam? Met dit?' Ze wees op haar jurk.

'Trek uit, nu!' commandeerde Patricia. 'We verkleden ons wel op school... We moeten hier weg!'

Toen ze klaar waren met de lakens, bonden ze het geïmproviseerde touw stevig aan Nienkes bed.

'Moet dit echt?' zei Amber angstig. Ze had nu haar combatkleding aan en een grote kledingzak met haar jurk erin in haar armen.

'Ik ga wel eerst,' troostte Appie. 'Mocht je vallen, dan vang ik je op.' Hij klom op de vensterbank en trok even aan de lakens. 'Denk je dat het stevig genoeg is?'

'Er is maar één manier om erachter te komen,' zei Fabian. Appie salueerde naar de anderen als in een militaire groet en klom toen uit het raam. Fabian keek naar beneden. Appie daalde vrij soepel af en stond na een tijdje op het grind.

'Kom maar,' zei hij zachtjes. 'Eitje.'

Fabian ging daarna. Hoewel het ietsje minder soepel ging, kwam ook hij veilig aan.

Voordat Patricia afdaalde, gooide ze eerst de kledingzak naar beneden, die bijna in een boom vloog.

'Waarom deed je dat nou?' vroeg Fabian aan haar, toen ze naast hem stond en een blaadje van de klimop uit haar haren plukte.

'Dan weten we in ieder geval zeker dat Amber ook komt.'

Fabian keek omhoog. Amber probeerde met haar ogen stijf dicht uit het raam te klimmen.

'Houd je ogen open, Amber!' siste hij. 'Anders is het veel te gevaarlijk!'

Toen Amber halverwege was, hoorden ze ineens een scheurend geluid.

'Oh, nee!' riep Patricia.

Het volgende moment scheurde het bovenste laken en viel Amber door de lucht. Patricia kneep haar ogen dicht en wachtte op de "bonk", maar die bleef uit. Verbaasd deed ze haar ogen weer open: Amber lag in de armen van Appie, die haar had opgevangen.

'Ik zei het toch!' glunderde hij. Hij zette Amber op haar – beetje trillende – benen. 'Dank je wel,' stamelde ze beduusd.

Ze renden snel naar hun fietsen. Fabian keek om zich heen. Nienkes fiets was weg! Was het haar gelukt om uit het Huis te komen? Of had ze hem vanmiddag op school laten staan en was ze nog steeds binnen? Fabian kraakte zijn hersenen, maar hij kon het zich niet herinneren. Ze kon toch niet uit het Huis zijn gekomen? Niet met die twee gekken die door het huis patrouilleerden... Hij begreep er niets van.

'Fabian, schiet op!' fluisterde Appie gejaagd. 'Straks staat Van Swieten of Victor voor onze neus.'

Maar ze kwamen veilig weg en reden over de maanverlichte paden door het bos heen naar school.

'Wauw!' zei Amber toen ze het schoolplein opreden. De hele voorkant was versierd met ontelbare lampjes en op een haag van rood-wit-blauwe ballonnen hing een groot bord: *WELCOME TO THE PROM!*

Ze zetten hun fietsen in de fietsenstalling. Fabian keek of hij Nienkes fiets ergens zag staan, maar hij zag alleen de fietsen van Mick en Mara. Amber begon enthousiast te gillen en omhelsde de andere drie.

'We hebben het gehaald! We hebben het gehaald!' gilde ze en ze danste naar binnen. Overal stonden al leerlingen in galakleding en kleine Robbie gaf Patricia een vette knipoog.

'Wat moet die nou van jou?' zei Amber verbaasd, terwijl ze de wc binnenglipten.

'Weet ik veel?' bromde Patricia. 'Kleine onderdeur.'

Natuurlijk was Patricia veel eerder klaar dan Amber en ze stond in haar knalrode cocktailjurk ongeduldig te wachten. Na tien minuten hield ze het voor gezien. 'Ik ga alvast!' zei ze en liep de wc uit, naar het dramalokaal, waar een of ander bandje slowmuziek stond te spelen. 'Ook dat nog,' zei ze ontevreden, en ze liep naar Fabian die in een keurig zwart galakostuum inclusief strikje aan de bar stond en heel ongelukkig keek. 'We hadden op Nienke moeten wachten. We moeten terug naar huis,' zei hij.

Patricia ging op een barkruk naast hem zitten. 'Dat heeft nu geen zin, we worden daar vast aangevallen door die twee doorgedraaide gekken.' Ze woelde even door zijn haar. 'Hé, ze zit vast ergens verstopt,' troostte ze hem.

'Als Zeno haar maar niet te pakken heeft... Die begraaft haar natuurlijk levend.' Fabian legde zijn hoofd in zijn handen en zuchtte.

'Wacht even op de anderen, dan maken we een plan, oké?' zei Patricia die zoekend om zich heen keek. Overal stonden mensen tegen elkaar aan te dansen, inclusief Mick en Mara. Patricia was blij dat Amber er nog niet was. Waarschijnlijk was haar jurk spontaan van hemelsblauw in gifgroen veranderd.

Maar Amber had heel andere dingen aan haar hoofd. Toen ze helemaal in vol ornaat de wc uitkwam, zag ze hoe Jason richting het dramalokaal liep. Hij zag er geweldig uit in zijn rokkostuum met een kraakwit overhemd eronder en zijn strikje dat los om zijn nek hing. Op het moment dat Amber zijn naam riep, draaide hij zich om.

'Wat zie je er mooi uit,' glimlachte hij.

Amber was in de wolken en wilde net haar armen wijd open doen om hem te omhelzen, toen Jason pontificaal langs haar heen liep naar Esther die achter Amber stond. Haar gymlerares zag er prachtig uit en wat nog erger was: ze had net zo'n kleur jurk aan als Amber! Jason kuste haar op haar wang en leidde haar richting het dramalokaal, terwijl Amber terug de wc in rende. Ze sloot zich op in een hokje en begon te huilen.

Plotseling hoorde ze de deur van de wc opengaan. Ze hield op met huilen. Stel je voor dat het Esther was, dat zou een afgang zijn! Ze snoot haar neus in een toiletrol en haalde diep adem.

Ineens viel er een rode roos voor haar voeten. En nog een. En nog een. Amber werd bedolven onder rozenblaadjes die iemand over de rand van het hokje gooide.

Verbaasd stond ze op en deed voorzichtig het hokje open. Ze was nog verbaasder toen ze Appie in een wit pak zag staan met een rode roos in zijn hand.

'Prinsessen zoals jij horen niet alleen op een bal,' zei hij en hij stak zijn hand naar haar uit.

'Appie?' Amber stond helemaal perplex.

'Kom. Gaan we dansen.' Hij stak de roos tussen zijn tanden.

Amber begon te giechelen en accepteerde Appies hand.

'Dat is goed?' zei ze een beetje voorzichtig.

Appie trok zijn ene wenkbrauw op.

'Dat is zeker goed,' zei hij tussen zijn tanden door en hij liet Amber een galante pirouette draaien waar ze spontaan van moest giechelen.

Samen liepen ze naar het dramalokaal, waar Patricia en Fabian intussen een dieptepunt hadden bereikt qua humeur. Fabian bleef maar op de klok kijken en Patricia had al een heel bekertje vol servetjes kapot gescheurd.

Ze bespraken met Appie en Amber wat ze nou moesten doen, maar eigenlijk kon niemand een goede oplossing bedenken. Ze moesten maar hopen dat Nienke ergens veilig verstopt zat…

Mick had de plaats ingenomen van het zoetsappige bandje en stond nu lekker te dj-en. Maar nadat ze drie liedjes lang hadden gekeken hoe de andere leerlingen zich vermaakten op de dansvloer zei Fabian dat hij toch terug naar huis wilde.

'Laten we nog heel even wachten,' zei Patricia die al halverwege haar tweede bekertje servetjes was.

Plotseling ging er een opgewonden gemompel door de menigte. De vier keken nieuwsgierig op wat er aan de hand was. Er kwam iemand binnen in een witte jurk, als een sprookjesprinses. Ze baande zich een weg richting de bar.

'Nienke?' Fabian sprong op.

Daar stond Nienke. Haar witte jurk schitterde in het licht van de discolampen en in haar opgestoken haar zaten allemaal parels gevlochten.

'Dag Fabian,' zei ze lachend.

'Nienke! Je hebt het gehaald!' Fabian omhelsde haar alsof hij haar nooit meer los wilde laten.

'Waar was je?' Hij hield haar even op een afstandje en keek naar haar alsof hij nog niet kon geloven dat ze echt voor hem stond. 'En hoe ben je uit de badkamer gekomen?'

'Uit het raam geklommen.'

'Wat?' Fabian kon zijn oren niet geloven. 'Wij zijn ook uit het raam geklommen – met aan elkaar geknoopte lakens – en dat was al moeilijk!'

'Maar bij het badkamerraam zit een richel en een regenpijp,' zei Nienke.

'Ik kan het niet geloven... Dat je dat durfde!' Fabian keek haar aan alsof hij haar ter plekke een medaille wilde geven voor bewezen heldenmoed. 'En waar ben je toen heengegaan? En hoe kom je aan die jurk?'

'Ik ben naar het bejaardentehuis gegaan, naar mijn oma,' zei Nienke. Ze ging even met haar hand over de jurk. 'Deze was van Sarah, die had ze aan mijn oma gegeven voor mijn eerste bal.'

Fabian keek haar vol bewondering aan.

'En...' Nienke wilde nog iets zeggen, maar Amber begon in de microfoon te praten.

'Mag ik even jullie aandacht? Mick?'

Mick stopte de muziek. Iedereen keek naar Amber die op het podium stond.

'Zoals jullie weten zou er een koning en een koningin van het bal gekozen worden. Maar omdat verkiezingen op deze school niet altijd te vertrouwen zijn...' Ze keek veelzeggend naar Patricia die op de dansvloer stond met Kleine Robbie. Kleine Robbie salueerde spottend naar Amber. 'Graag gedaan, hoor,' riep hij, wat hem een ferme pets op zijn achterhoofd opleverde van Patricia.

Amber vervolgde haar speech: '… en omdat het wel duidelijk is wie er de mooiste is vanavond, heeft onze nieuwe schoolvertegenwoordiger deze belangrijke taak op zich genomen. Mara, kom maar naar voren.'

Mara kwam elegant naar voren lopen in een heel strakke zwarte avondjurk. Ze hield een roodfluwelen kussentje vast waarop een kroontje lag uitgestald. Ze gaf Amber het kussentje en pakte zelf de microfoon.

'Ik zal het kort houden, dan kunnen jullie weer verder dansen en misschien eindelijk een keer met je partner zoenen,' zei ze met een flair waar Amber nog een puntje aan kon zuigen. Iedereen begon te joelen en te klappen en uitbundig op zijn vingers te fluiten. Toen de menigte een beetje bedaard was, nam Mara weer het woord.

'Goed, het moment van de waarheid! De koning en de koningin van het bal zijn…'

Ze liet een stilte vallen die Mick opvulde met een heftig tromgeroffel. Iedereen keek vol verwachting naar Mara.

'Fabian Ruitenburg en Nienke Martens!' gilde ze in de microfoon. 'Nienke, Fabian, kom maar naar voren!'

Nienke had niet verbaasder kunnen kijken en keek naar Fabian, die verlegen terugkeek. 'Zullen we…?' zei hij.

Hij pakte haar hand en begeleidde haar door een haag van leerlingen die allemaal stonden te juichen en in hun handen klapten. 'Nienke! Nienke!'gilden ze allemaal heel hard. Mara trok hen beiden het podium op. Amber reikte als een echte lieftallige assistente Mara het kussen aan waarop het kroontje lag. Ze pakte het op en duwde het plechtig op Nienkes hoofd.

'De koning en koningin van het bal!' gilde ze heel hard. Fabian en Nienke maakten een beetje verlegen een buiging naar de joelende massa op de dansvloer.

'Weet je nog, de eerste dag in het huis?' vroeg Fabian zachtjes. 'Had je dit toen kunnen bedenken?'

Nienke schudde haar hoofd.

… *On the wings of love*… klonk het uit de speakers. Mara gaf

Fabian en Amber een zetje. 'Jullie moeten dansen.' Ze wees op de cirkel die de leerlingen in het midden van het lokaal hadden gevormd. Ze liepen samen naar het midden en Fabian nam Nienke in zijn armen.

... up and above the clouds, the only way to fly...

'Je bent geweldig, Nienke,' zei Fabian. Nienke keek naar hem op.

'Jij ook,' zei ze lief.

'Nee, echt... Je bent zo m...'

Nienke legde haar hand op Fabians mond.

'Sssst... Eerst dit...' Ze haalde haar hand weg en boog zich naar Fabian. Haar hart maakte een enorme sprong en ze sloot haar ogen, terwijl ze Fabian heel voorzichtig zoende.

Eindelijk gebeurde het! Eindelijk zoende ze met hem!

Ze deed haar ogen weer open en zag dat Fabian een zorgelijke uitdrukking op zijn gezicht had. 'Maar de graal?'

Nienke lachte. 'Kijk eens goed naar het podium.'

Fabian tuurde naar het podium. Hij zag op het eerste gezicht niks bijzonders en keek vragend naar Nienke.

'Kijk nog eens goed.'

Hij keek nog eens. Hij zag de houten planken waarvan het podium gemaakt was, de microfoonstandaard, de twee speakers aan weerszijden, het zwarte gordijn dat langs de rand hing...

'Zie je het?' Ze wees naar een plek ergens beneden.

Toen zag Fabian het: het zwarte gordijn was niet helemaal gesloten. In de ruimte daarachter blonk iets. Iets van goud...

'De graal!'

Nienke knikte.

'Het is je gelukt! Je hebt de schat van het Huis Anubis gevonden,' fluisterde Fabian en hij omhelsde haar. Hij zuchtte even en keek verliefd naar Nienke. 'Je bent fantastisch.'

Nienke knikte. Ze had een brok in haar keel. Ze hadden de schat gevonden. Ze waren de kapers op de kust te slim afgeweest.

'Fabian?'

'Sst,' zei hij. 'Eerst dit...'

Het mysterie gaat door!
Lees het in het derde boek van Het Huis Anubis

DE GEHEIMZINNIGE VLOEK

De Club heeft de graal in handen, maar weet niet waar die naartoe moet. Dan vindt Fabian een manuscript met daarin een eeuwenoude liefdeslegende... Maar als ze de graal openen, lijkt het wel alsof er een vloek is vrijgekomen: Nienkes oma raakt in coma en Zeno Terpstra is plots spoorloos verdwenen. Het wordt een race tegen de klok. Lukt het de Club om de geheime wand te vinden en alle raadsels op te lossen voor de vloek nog meer slachtoffers maakt?